# 떠도는 땅

이 도서의 국립중앙도서관 출판예정도서목록(CIP)은 서지정보유통지원시스템 홈페이지(http://seoji.nl.go.kr)와 국가자료공동목록시스템(http://www.nl.go.kr/kolisnet)에서 이용하실 수 있습니다. (CIP제어번호: CIP2020013180)

# 떠도는 땅

김 숨
장편소설

은행나무

차례

**일러두기**

- 강 이름과 한인 마을 지명은 현재 러시아 지명으로 표기함.
- 황 노인의 캄차카 연어어장 이야기는 이인섭의 《망명자의 수기》에 나오는 에피소드를 모티프로 함.

1부

# 1

내 새끼들, 먹을 복이 있어서 평생 배불리 먹고 살아라…….

담배를 600개나 배급받았대요…… 추워…… 난로가 꺼졌어요…… 천수를 누리다 자식을 일곱이나 낳은 침대에서 눈을 감았대요…… 등유를 아껴요…… 마음 가는 데 몸도 가게 돼 있어요…… 여보, 태엽을 감아요…… 성냥을 긋고 긋는 소리, 양철 그릇과 냄비들이 허공에서 자지러지는 소리, 게딱지 같은 빵 껍질을 뜯어 먹는 소리, 태평스레 코 고는 소리, 맥없이 앓는 소리, 널빤지 뒤틀리는 소리.

그리고 마침내, 석탄더미 같은 어둠 저편에서 열병을 앓는 듯한 소년의 목소리가 들려온다.

"엄마, 우린 들개가 되는 건가요?"

열차 사방엔 널빤지가 대져 있다. 열차 위쪽에 내놓은 조그만 창문은 양철 조각을 대고 못을 박아 막아버렸다. 바닥에는 마구간처럼 건초가 깔려 있다. 사람이 아니라 말이나 염소 같은 가축을 실어나르는 열차다. 사람들은 건초 위에 거적이나 누더기 이불을 깔고, 머리맡이나 엉덩이 뒤나 발치에 짐보따리를 두고, 좁은 둥지 속 새처럼 웅크리고 있다.

"들개요, 들개!"

2층에서 들려오는 소리다. 열차 양쪽 벽면에 널빤지를 선반처럼 가로질러 놓아 2층을 만들고 그곳에도 사람들을 태웠다. 그 위 누군가 몸을 조금만 뒤척여도 널빤지는 늙고 병든 수탉이 내는 소리를 낸다.

"미치카, 제발 목소리를 작게 하렴."

한껏 낮춘 여자의 목소리는 쉬고 메말라 갈라진다.

"들개가 되는 거냐고요."

"오, 그게 무슨 소리니?"

"우릴 버리러 가는 거잖아요."

"누가 그러던!"

"안드레이가요."

"안드레이?"

"내 친구요. 그 애가 그러는데 우릴 혁명 광장에 몰아넣고 총으로 탕, 탕 쏴 죽이려다 총알이 아까워서 그냥 버리기로 했대요."

"오!"

"안드레이는 열차에 안 탔어요. 그 애 엄마의 눈동자는 청개구리처럼 초록색이거든요."

엄마가 러시아인인 아이들은 열차에 실리지 않았다. 하지만 아빠가 러시아인인 아이들은 열차에 실렸다.

“미치카, 그만 입을 다물고 잠이나 자렴.”

“하지만 난 방금 깼는걸요.”

“날이 밝으려면 아직 멀었으니 더 자려무나.”

“들개가 되는 거냐구요. 네?”

“미치카, 들판의 참새들이나 쫑알거리는 거라고 몇 번을 말했니?”

“그럼 난 참새로 태어날 걸 그랬어요!”

“미치카, 소비에트의 모범 인민이 되려면 꼭 할 말만 해야 한단다.”

“그래서 엄마는 ‘예, 아니오’ 말고 다른 말은 할 줄 모르는 거예요?”

“미치카!”

“이모가 그러는데 엄마는 예, 아니오 말고는 할 줄 아는 말이 없대요. 어릴 땐 잘도 재잘거리더니, 프롤레타리아 노동자와 결혼해 살면서 상냥하고 곱던 목소리도 녹슬어 퉁명스러워졌고요. 이모가 그랬어요. 엄마가 ‘예’는 두 번을, ‘아니오’는 네 번을 했다고요.”

“네 이모는 정말이지 못 말리는 수다쟁이란다. 입을 하도 놀리고 다녀서 우리 집에 숟가락이 몇 갠지 이웃들이 다 알았으니까.”

“그래서 내가 이모에게 그랬어요. 엄마가 다른 말도 할 줄 안다고요.”

“오, 다른 말이라니?”

“실, 바늘, 달걀 다섯 개, 설탕 100그램, 비누 한 개, 멀쩡한 접시…… 난 엄마가 전차 유리창에 대고 중얼거리는 소리를 들었어요.”

“그래, 실과 바늘이 늘 부족하니까. 달걀은 떨어지고, 금 간 수프 접시가 언제 두 쪽이 날지 모르니까…….”

“실, 바늘, 달걀 다섯 개, 설탕 100그램, 비누 한 개, 멀쩡한 접시, 실, 바늘, 달걀 다섯 개……” 소년의 목소리가 점점 작아진다.

‘그 여자도 열차에 타고 있을까.’ 방금 성냥 불꽃이 마른번개처럼 번쩍인 어둠 속을 막막한 심정으로 응시하던 금실은 페르바야 레치카 역*에서 본 러시아 여자를 떠올린다. 그 여자는 병아리처럼 노란 머릿수건으로 머리를 여미고, 자신보다 왜소한 조선 사내의 팔을 손으로 꽉 붙들고 있었다. 뚱뚱하고 머리가 희끗희끗한 소비에트 호위대원이 다가가자 여자는 입을 찢듯 벌리고 러시아 말로 소리 질렀다. “난 남편을 따라갈 거야!” 착잡한 표정으로 여자의 얼굴을 응시하던 호위대원은 항복하듯 두 팔을 들어 보였다. “네가 내 딸이 아니어서 천만다행이지 뭐야.”

오줌 지린내, 눅눅해진 건초가 썩는 냄새, 구릿한 살냄새, 케케묵은 목화솜 냄새, 땀과 때에 찌든 옷 냄새, 보드카 냄새, 담뱃잎 타는 냄새, 염장 청어 냄새가 뒤섞여 열차 공기 중에 떠돈다.

허공에 떠다니던 건초 부스러기가 금실의 입속으로 날아들어 혀에 달라붙는다. 그녀는 그걸 떼내려다 그만 혀를 할퀸다. 손톱이 뾰족이 자란데다 혀가 메말라서다.

쇠바퀴를 세차게 굴리며 내달리던 열차가 뿌리까지 썩은 어금니

---

* **페르바야 레치카 역** 1937년 신한촌 거주 한인 강제 이주가 처음 이뤄진 블라디보스토크의 화물열차 역.

처럼 흔들린다. 저릿저릿한 두 손을 날개처럼 펼쳐 부른 배를 감싸던 금실은, 종잡을 길 없이 내달리는 열차가 마침내 설 땅에서 아기를 낳게 되리라 직감한다. 그녀는 막연하지만 그 땅이 춥고 척박한 땅일 것만 같다.

성질 고약한 바람이 열차 지붕을 할퀴어댄다. 열차가 강 근처를 지나가는지 널빤지 새새로 들이치는 바람에서 깊고 어두운 강에서나 날 법한 짙은 물비린내가 맡아진다.

"아, 살아 있을 때 복을!"

"들판을 걸어가는데 돌멩이가 하늘에서 뚝 떨어졌어. 죽은 새였어. 내가 그랬지. '새도 죽어서는 땅을 찾는구나!'"

"땅이 있어서 씨앗을 심었지요."

"아들은 4년 전 이역만리 우랄 광산으로 떠나고, 두 딸은 시집을 가버려 우린 달랑 둘이랍니다…… 여보, 태엽을 감아요."

"여기가 어딜까요?"
"달리는 열차 안이지요."
"어디쯤이요?"
"아무리 멀리 달려왔어도 러시아 어디겠지요. 러시아는 넓으니까요."

바퀴 달린 미닫이문이 나무에 묶여 뒷발질하는 염소처럼 안달한다. 들썩이는 바닥에서 올라오는 냉기는 건초와 거적, 겹겹이 껴입은 옷을 차례로 뚫고 들먹들먹하는 엉덩이를, 궁상스런 오장육부를 찌른다. 오한증이 나 서리 맞은 닭처럼 떨던 금실은 어깨에 두른 모직 숄을 머리 위까지 끌어올리고, 뱃속 아기의 심장이 뛰는 소리에 귀기울이려 애쓴다. 심장은 일찌감치 빚어졌다. 쇠바퀴가 선로를 쉭쉭 긋는 소리 사이로 밤톨만 한 북이 둥둥 울리는 소리가 들려온다. 아기가 그녀의 몸에 들어선 것은 종려주일 즈음이었다. 지금이 10월 초순이니까 어느덧 7개월로 접어들었다. 물 한 모금 못 넘길 만큼 심하던 입덧은 거짓말처럼 잦아들었다. 처음 그녀 몸에 들어선 아기는 아니지만 첫 아기나 다름없다.

재작년 겨울, 아무르만이 거울처럼 얼어붙었을 때 찾아온 첫 아기는 겨우 두 달 남짓 그녀의 몸에 머물다 허망하게 떠났다. 그녀는 어시장에 다녀오다 하바롭스크 거리 한복판에 주저앉아 으깨진 토마토 같은 핏덩이를 쏟았다. 통째로 떨어져나가는 것 같은 아랫배를 움켜잡느라 그녀는 손에 들고 있던 대나무 바구니를 떨어뜨렸다. 그 안에는 털게 세 마리와 200그램쯤 나가는 돼지기름 한 덩이가 들어 있었다. 멀리 수하노바 거리에 있는 푸시킨극장 첨탑에서 비둘기들이 화환처럼 날아올랐다. 검은 솜바지를 입은 중국인 사내가 똥수레를 끌며 느릿느릿 사거리를 가로질렀다. 신한촌* 하바롭스크 거리 끝자락 사거리 한편에는 중국인들이 모여 살았다.

* **신한촌(新韓村)** 일제강점기 러시아 연해주 블라디보스토크에 있던 한인 집단 거주지.

그들은 양철 똥통이 실린 수레를 끌고 블라디보스토크 일대를 돌아다니며 변소를 쳤다. 매캐한 궐련 냄새를 짙게 풍기며 지나가던 러시아 청년들이 그녀를 보고는 조롱했다. "저 조선 계집애 좀 봐, 개처럼 길에서 오줌을 누는군!" 사거리에 트럭이 나타나자 청년들은 고삐 풀린 망아지들처럼 뛰어내려가 적재함에 올라탔다. 트럭은 매캐한 연기를 내뿜고 고려사범대학교가 있는 오케얀 거리를 향해 내달렸다. 그녀는 흰 머릿수건을 풀어 그걸로 종아리를 타고 흐르는 피를 훔쳤다. 익히다 만 달걀흰자 같은 하늘을 원망 어린 눈길로 쏘아본 뒤, 왼다리를 절룩이며 하바롭스크 거리를 걸어 올라갔다. 아무르만이 한눈에 내려다보이는 산등성이에 자리 잡은 신한촌을 가르마처럼 가로지르는 하바롭스크 거리는 고갯길이었다. 평소에는 가뿐하게 오르던 경사가 힘에 부쳐 그녀는 스탈린구락부에 못 미쳐 풀썩 주저앉았다.

창문을 막은 양철 조각 새로 결핵 환자의 낯빛만큼 창백한 빛이 스며든다. 널빤지들 틈새로도 빛이 새어든다. 입김, 건초 부스러기, 실오라기, 잿가루가 빛 속을 떠다닌다. 팔다리를 어정쩡하게 접고 잠들었던 사람들이 깨어난다. 한숨 소리, 마른기침 소리, 기지개 켜는 소리, 사기요강에 오줌 누는 소리, 방귀 소리…….

열차가 길게 기적을 울린다. 널빤지를 이어 붙여 짠 문짝이 뽑혀 날아갈 듯 뒤척인다.

"아빠, 큰오빠가 달려나가고 잣나무 숲에서 늑대가 울었어요…… 난 잣나무 숲 위에 뜬 달을 보며 벼룩 노래를 불렀어요. '옛날에 한

왕이 살고 있었네. 벼룩, 벼룩, 벼룩, 왕은 벼룩을 왕자처럼 애지중지했네. 하하하하, 헤헤헤헤, 벼룩, 벼룩, 벼룩, 왕이 재봉사를 불렀네. 이 멍청아, 내 벼룩에게 비로드로 긴 외투를 지어 바쳐라. 벼룩, 벼룩, 벼룩'."

차츰 밝아지는 빛에 사람들 얼굴이 잃었던 윤곽을 되찾으며 떠오른다. 누룩처럼 누르께하거나 핏기 없이 파리한 얼굴들은 분노와 절망, 비애, 불안 같은 감정들로 얼룩져 있다. 3.5평 남짓한 열차에는 전부 합쳐 스물일곱 명이 타고 있는데, 사람들은 보이지 않는 울타리를 치고 그 안에 가족끼리 소복이 모여 있다. 금실 가족은 시어머니인 소덕과 그녀, 둘뿐이다. 아기를 가져 배가 부른데다, 늙어 거동이 굼뜬 시어머니까지 챙기느라 그녀는 문 쪽에 겨우 자리를 잡았다.

"소비에트 호위대가 우리를 치타*에 데려가 총살할 거라던데요."

"누가 그래요?"

"어시장에서 염장 청어를 파는 여자요."

"혹시 턱에 보조개가 있는 유대인 여자 말이에요?"

"네, 그 여자는 빛깔만 보고도 어디서 잡은 청어인지 귀신같이 맞춘대요."

"그녀 남편은 노동수용소에 있다지요. 모스크바에서 염장 청어 장사를 했는데 레닌에서 스탈린으로 바뀐 뒤 정부에서 엄청난 세금을 물렸대요. 세금을 못 내자 재산을 몰수하고 살던 아파트에서

---

* **치타** 러시아 자바이칼 지방. 시베리아 횡단철도와 하얼빈으로 이어지는 만주 횡단철도가 만나는 교통의 요충지.

내쫓았고요. 자기가 말한 걸 절대 아무에게도 말하지 말라고 내게 신신당부하더군요. '비밀이야, 약속해줘, 절대 아무에게도 말하지 마!'"

"아줌마, 치타라고 했어요? 거기가 어딘데요?"

"치타에서 살다 온 여자를 알아요. 그 여자가 그랬어요. '치타에 살 때 양배추 농사를 지었지.'"

"양배추 농사를요? 그럼 사람이 살 만한 곳이겠어요."

"그러게요."

소비에트 호위대가 조선인들을 치타에 데려가 전부 총살할 거라는 소문을 금실도 들었다.

"닭!"

"닭이요?"

"내가 가정부로 일하던 집 바깥주인이 내무인민위원회 직원과 친하다고 해서 내가 알아봐달라고 부탁했지요."

"뭘요?"

"소비에트 정부가 우리 조선인들을 어쩔 작정인지요. 이튿날 그 양반이 날 서재로 조용히 부르더니 그러데요."

"뭐라고요?"

"소비에트 공화국 연방의 인민인 너희 조선인들은 닭 한 마리도 잃지 않을 것이다."

"그 말을 믿어요?"

"믿지 않으면요?"

"그래서 그 말을 믿어요?"

쥐색 강보에 싼 아기를 두 팔로 끌어안고 잠들었던 따냐가 소스라치며 깨어난다. 이목구비가 뭉개질 정도로 부은 그녀의 얼굴은 겁에 질려 있다. 검고 숱 많은 머리카락은 둘둘 말려 녹색 털실로 짠 숄을 두른 어깨 위에 걸쳐져 있다.

"여보…… 하바롭스크는 아직 멀었어요?"

"따냐, 하바롭스크는 벌써 지났어."

요셉이 타이르는 듯한 부드러운 목소리로 말한다. 열차가 출발할 때만 해도 말끔했던 그의 턱에는 수염이 재를 묻힌 듯 거뭇거뭇 올라왔다. 그는 정신을 차리려 손바닥으로 얼굴을 비비고 고불거리는 머리카락을 매만진다.

열차가 출발할 때까지만 해도 최종 목적지가 하바롭스크라고 말하는 이들이 있었다. 열차는 하바롭스크 역에 들르기는 했지만 그곳에서 사흘을 머물고 다시 계속 달렸다. 열차가 그 역에 멈추어 있는 동안 쇠난로를 지필 장작을 공급받고, 양철통 속 분뇨를 버렸다. 기름에 튀긴 만두를 바구니에 담아 팔러 다니는 러시아 여인들에게서 요깃거리를 사 먹고, 역에서 커다란 솥에 끓여 제공하는 뜨거운 물을 받아 마시기도 했지만, 사람들은 대부분의 시간을 열차 안에 꼼짝없이 갇혀 지냈다. 열차는 들판에서 두 번을 더 섰다. 그때마다 여자들은 미닫이문이 열리기 무섭게 황급히 열차에서 뛰어내렸다. 알 낳을 자리를 찾는 암탉들처럼 시커먼 침목이나 들판 여기저기 자리를 잡고 앉았다. 엉덩이를 내놓고 하늘을 원망 어린 눈길로 흘겨보며 참았던 오줌을 눴다. 오줌 방울이 튄 치맛자락을 털며 열차로 뛰어가 이불이나 옷가지를 들고 나왔다. 휑한 들판에 대고 벼룩과 이를 털었다. 남자들은 들판 여기저기 말뚝처럼 서서 오줌을 눴다. 호위대원들이 이탈자를 막기 위해 호루라기를 불고 욕설을 퍼붓는 살벌한 분위기에도 사람들은 선로 주변에서 주운 나뭇가지로 불을 피워 밥을 짓고, 감자나 홍당무를 썰어 넣고 국을 끓였다. 열차가 갑작스레 떠나려고 해서 밥이 뜸들고 있거나 국이 끓어오르는 냄비를 옷자락으로 감싸 들고 황급히 열차에 오르기도 했다.

"여보, 물 좀요."

요셉이 몸을 일으키자 망토 모양의 감청색 모직 외투 자락에 달라붙은 건초 부스러기들이 호들갑스레 흔들린다. 그는 둥근 양철 냄비를 들고 양철통으로 다가간다. 남자치고 키가 작은 편이지만 어깨가 반듯하게 벌어져 다부져 보인다.

요셉은 양철통을 덮은 널빤지를 거두다 말고 그 옆 시커먼 쇠난로에 눈길을 준다. 그 안에는 장작이 타고 남은 재만 수북이 들었다. 파란 페인트를 칠한 양철통은 부식되고 찌그러졌다. 하바롭스크 역에서 가득 채운 물은 줄어들어 한 양동이쯤 남았다.

"하바롭스크 역에서 호위대원 둘이 조선 사내를 열차에서 끌어내 끌고 가는 걸 봤어요. '난 소비에트 인민이야!' 소리 지르더군요."

"나도 봤어요. 어디로 데려갔을까요?"

"근데 여보, 뭘 찾아요?"

요셉은 양철통 속 물에 낀 살얼음을 양철 냄비로 때려 깨뜨린다. 열차에는 양철통이 두 개 있다. 하나에는 마실 물이 담겨 있고, 다른 하나는 분뇨통이다. 살얼음에 금이 가며 그 새로 물이 뽀글뽀글

올라온다. 달리는 열차 안에서 유일하게 마실 수 있는 물에는 먼지와 머리카락, 건초 부스러기가 지저분하게 떠다닌다. "내가 너에게 보여줄 땅으로 가라……." 양철 냄비를 비스듬히 기울여 그 안에 물이 담기는 걸 바라보며 요셉은 중얼거린다. 그것은 장로교 신자인 그의 아버지 서계숙이 생전에 입이 닳도록 한 말이다. 그는 자신도 성경 속 아브라함처럼 하나님의 음성을 듣고 러시아 땅으로 왔다고 말하곤 했다. 러시아 땅에 교회를 짓는 게 소원이던 그는 아브라함과 달리 고향땅을 그리워하다 폐병으로 세상을 떠났다. 그가 러시아 땅에서 쉰다섯 살이라는 늦은 나이에 낳은 요셉은 그때 일곱 살이었다.

"인간들이 갈라질 때 땅도 갈라진다……." 불쑥 떠오른 말을 낮게 소리 내 중얼거리고 나서야 요셉은 물이 담긴 양철 냄비를 들고 따냐에게 간다.

"따냐, 물이야."

요셉이 양철 냄비를 그녀의 입에 바짝 대준다.

"아, 목이 타들어가는 것 같아요."

그녀는 천진한 목소리로 투정을 부리고 나서야 부르튼 입술을 달싹여가며 입속으로 흘러드는 물을 받아 마신다.

잉어 비늘 같은 살얼음 조각이 박힌 물을 마시고 정신이 나는지 따냐가 눈빛을 반짝인다.

"여보, 하마터면 열차에서 아기를 낳을 뻔했지 뭐예요. 그럼 우리 아기 탯줄이 건초더미 위에서 잘렸겠지요."

흥분한 그녀는 금실과 눈이 마주치자 목소리를 높인다.

"아아, 난 우리 마을에서도 전쟁이 터진 줄 알았어요! 강 건너 마을에서 시커먼 연기가 치솟고 비명소리가 들려왔지만 우리 마을은 그림 속 마을처럼 고요했거든요. 안개가 짙게 낀 새벽에 말을 탄 빨치산들이 마을을 휩쓸고 지나갔지만 한 집도 불타지 않았어요. 전쟁이 아닌 걸 알고 손으로 가슴을 쓸어내렸지요. 전쟁은 죄 없는 여자들을 과부로 만드니까요."

들숙이 앞니 두 개가 나란히 빠져 바람 새는 소리를 내며 실그시 웃는다.

"어디 전쟁만 여자를 과부로 만드나."

식량이 든 아마포 자루 속을 살피던 오순이 끼어든다.

"콜레라, 티푸스, 결핵, 기근……."

누런 발싸개로 싼 두 발을 거적 위로 내놓고 얼떨떨한 표정으로 앉아 있던 풍도가 오순의 식량자루에 눈길을 주며 침을 삼킨다. 그의 우락부락하고 팥알이 박힌 것처럼 얽은 얼굴은 기름이 껴 번들거린다. 부리부리한 눈망울은 의뭉스러우면서도 순박하다.

희미하던 염장 청어 냄새가 짙게 풍기는 걸로 봐서 자루 속에 염장 청어가 들어 있는 게 분명하다. 오순이 꽤 깨끗한 광목 손수건을 솜치마 위에 펼치더니, 자루에서 소시지 두 덩이와 빵 두 덩이를 꺼내 그 위에 나란히 놓는다. 자루 입구를 노끈으로 단단히 묶고 자신의 엉덩이 뒤에 감추듯 밀어놓고는 손수건 위 소시지 한 덩이를 들어 남편 허우재에게 내민다. 목에 녹두색 털목도리를 느슨하게 두른 허우재는 곱고 수줍은 인상이다. 소시지를 받아 입으로 가져가는 그의 턱에는 새끼 까치의 꼬리 같은 수염이 나 있다. 남편이 먹는 걸 바라보던 오순이 그의 목에서 털목도리를 풀더니 다시 단단히 둘러준다. 그녀는 열차가 출발한 뒤로 내내 남편을 살뜰히 챙긴다.

"집 마당을 나서며 남편은 내게 단단히 일렀어요. '따냐, 절대 뒤돌아보지 마! 깜둥이가 서럽게 울부짖어도 돌아다보면 안 돼!'"

"깜둥이요?"

"내가 강아지 때부터 키운 개요. 짐승은 데려갈 수 없다고 해서 집 떠나기 전에 미역국에 밥을 한 공기나 말아 밥그릇에 부어줬지요. 먹성이 어찌나 좋은지 밥에 정신이 팔려서 절 버리고 떠나는데도 밥그릇만 파고 있지 뭐예요. 그래서 내가 그랬지요. '개는 개네!' 밭에 들어서며 남편이 내게 일렀어요. '따냐, 불구덩이를 건너는 심정으로 저 밭을 지나가야 해!'"

따냐의 목소리는 빠르고 높아 노래를 부르는 것 같다.

"남편이 웃자란 들깨들을 손가락으로 가리키더니 말했어요. '따냐, 저 들깨들이 활활 타오르는 불기둥이라고 생각해!' 어디 들깨뿐인가요. 당근, 도라지, 땅콩, 호박, 배추, 무……. 롯의 아내는 뒤돌아보았지만 나는 그러지 않았어요!"

스스로가 대견한지 따냐의 얼굴에 자부심이 어린다.

"롯이 누구야?"

송아지만 한 보따리에 펑퍼짐한 엉덩이를 붙이고 누워 있던 들숙이 일어나 앉는다. 볼살이 두둑해 심술궂은 인상이지만 옴팡눈에 감도는 눈빛은 따사롭다.

"롯은 소돔 사람이에요."

"소돔? 그건 러시아 어디에 붙었대?"

"소돔은 성경에 나오는 땅이에요. 러시아 땅은 아니지요. 그럼요, 아니고말고요. 러시아가 아무리 넓다지만 세상 모든 땅이 러시아 땅은 아니니까요. 롯의 아내는 어리석게도 뒤돌아봐서 소금기둥이 됐지만 난 그러지 않았어요."

따냐가 숨차하며 들려주는 얘기를 말없이 듣기만 하던 금실은 속으로 항변한다. 신한촌은 죄악으로 물든 소돔이 아니다. 내 아버지는, 내 자매들은, 내 이웃들은 러시아인들의 원한을 살 만큼 인색하게 살지 않았다.

"아, 젖을 먹여야지……."

따냐가 제법 솜씨 있게 짠 숄을 걷어올리고 그 안의 누비 솜저고리 고름을 더듬더듬 풀어헤친다. 아기 얼굴을 젖가슴으로 바짝 끌어당긴다.

아무때고 발작적인 울음을 토해 열차에 탄 사람들의 잠을 깨우던 아기는 지쳤는지 간간이 칭얼거리기만 할 뿐이다.

"이주만 아니었으면 절절 끓는 구들방에서 젖을 빨고 있겠지……."

"핏덩이가 뭔 죄래요?"

여자들이 한마디씩 하는 말에 따냐는 아기가 새삼 안쓰러워 눈물이 돈다. 손등으로 눈가를 훔치고 젖을 먹이려 애쓰는 그녀를, 오순이 부러움이 담긴 눈길로 바라본다. 쉰 살 남짓인 그녀는 좁은 이마를 찌푸리고 있어서 강파른 인상이다.

"난 자식을 여섯이나 낳았는데 전부 걸음마도 못 떼고 떠났어요…… 둘은 태어나자마자 죽었지요…… 남편도 셋이나 보냈으니 말 다 했지요."

오순은 폭 한숨을 토하다 손에 들린 소시지 조각을 입에 넣고 오물오물 씹는다. 그녀는 이주 통보서를 받기 전에 이주 사실을 알고 식량을 마련했다. 한 달 전쯤 스탈린구락부 고려도서관에서 일하는 남동생이 그녀를 불쑥 찾아왔다. 그는 그녀에게 조만간 강제 이주가 있을 것이니 한 달 치 비상식량을 준비하라고 일렀다. 자신에게 들은 말을 발설해서는 안 되며, 그랬다가는 자신과 그녀가 쥐도 새도 모르게 총살당할 거라고 단단히 일렀다. 그녀는 긴가민가하면서도 벼룩시장에서 재봉틀을 팔아 마련한 돈으로 돼지고기와 소시지, 염장 청어, 빵, 설탕, 훈제 생선을 샀다. 돼지고기는 소금에 재고, 빵은 한 입 크기로 잘라 햇볕에 말리고, 쌀은 물만 부으면 지어 먹을 수 있게 씻어서 말렸다.

다른 사람들도 자루나 보따리에 챙겨온 식량을 꺼내 먹기 시작한다. 대개 질긴 소시지이거나 소금에 절여 소태 같은 돼지고기, 누룽지, 햇볕에 말려 건빵 같아진 빵이다.

"이렇게 오래 열차를 타고 갈 줄 알았으면 소금에 절인 무라도 챙겨올 걸 그랬어요."

금실도 식량이 든 광목 자루를 살핀다. 100그램쯤 나가는 소시지 여섯 덩이, 흑빵 800그램, 보랏빛 싹이 돋은 쭈글쭈글한 생감자 열 알, 설탕 200그램, 소금 100그램, 보리쌀 두 되, 멥쌀 한 되, 누룽지 두 되, 밀가루 300그램. 그녀는 흑빵 한 덩이를 소덕의 손에 들려주고 자신은 누룽지를 먹는다.

사람들의 식량 자루 속에는 감자가 몇 알씩 들어 있지만 쇠난로가 식어 익혀 먹을 수가 없다. 열차가 출발하고 쇠난로에서 장작이 활활 타오를 때만 해도 사람들은 감자를 삶아 나눠 먹는 여유가 있었다. 난로가 식고, 그 위 양철 냄비 속 물이 식자 사람들은 자신들에게 남은 식량을 살피기 시작했다.

"따뜻한 귀리죽이 아쉽네요. 어릴 때 하도 먹어서 귀리라면 질색하는데도요."

"내 어머니는 귀리 한 줌에 들에서 뜯은 풀 한 광주리를 넣고 죽을 쒀 자식들에게 먹였어요. 쐐기풀, 명아주, 민들레, 쑥, 이름 모를 풀들……."

풍도가 솜잠바 앞섶을 헤치고 그 안에 품은 자루를 꺼낸다. 죽은 토끼처럼 늘어진 자루에서 엄지손가락만 한 소시지 덩이를 꺼낸다. 어금니가 빠지고 없어 앞니로 그걸 뜯어 먹는다.

오도독오도독 누룽지를 씹던 금실의 눈길이 인설을 향한다. 그는 문짝에 등을 기대고, 두 다리를 가슴팍 가까이 끌어당겨 모으고 앉아 허공을 뚫어져라 응시하고 있다. 콧수염을 기르고, 황소 눈알만 한 금색 단추가 달린 외투를 걸친 모습이 눈길을 끈다. 갈색 가죽 구두는 굽이 닳고 긁힌 자국 투성이다. 독신으로 떠도는 막일꾼 같은 거칠고 고독한 분위기에, 콧날이 날렵한 얼굴은 까다롭고 자존심 강한 인상이다. 페르바야 레치카 역을 출발할 때만 해도 그는 열차에 타고 있지 않았다. 하바롭스크 역을 떠나기 직전에 황급히 그녀가 타고 있는 열차 칸에 뛰어올랐다. 자신이 엉뚱한 칸에 탔다는 걸 깨닫고는 고개를 세차게 흔들었다. 두 손으로 머리를 감싸고 탄식하더니 풍도 옆에 자리를 잡고 앉았다. 그의 손가락에서 차갑고 이물스럽게 빛나는 것은 금강석 반지다. 금실의 남편 근석도 그것과 비슷하게 생긴 반지를 손가락에 끼고 다녔다. 우랄산에서 채굴한 금강석으로 만들었다는 반지를 근석은 60루블이나 주고 샀다.

비릿한 젖내를 맡은 황 노인이 목을 쥐어짜는 신음 소리를 내며 깨어난다. 그는 누덕누덕 기운 이불을 목까지 끌어당겨 덮고 누워 호두처럼 쪼그라든 얼굴만 삐죽 내놓은 채로 실려가고 있다.

"내가 아직 살아 있다니……."

오장육부가 썩으면서 풍기는 것 같은 냄새가 식도를 타고 올라와 그의 비뚜름히 벌어진 입으로 토해진다. 그의 머리맡에 앉아 있는 백순이 낯을 구기며 회색 앞치마 자락으로 코를 감싼다.

"죽더라도 고향 가까운 데서 죽겠다는 날 기어이 열차에 태웠구나!"

금실은 신한촌 오케얀 거리 일본총영사관 건물 근처에서 황 노인을 보았다. 그는 뿌리 잘린 나무처럼 수레에 실려가고 있었다. 신한촌에 살고 있던 조선인들이 한꺼번에 쏟아져나와 서로 떠밀고 떠밀리며 오케얀 거리를 줄지어 걸었다. 그녀는 보따리 하나는 머리에 이고 하나는 손에 들고, 수레 뒤를 따라 걸었다. 오케얀 거리와 스베틀란 거리가 교차하는 혁명 광장에 이르러 수레는 인파가 만들어내는 소용돌이 속으로 삼켜져 빙글빙글 돌았다. 볼셰비키 혁명이 한창일 때 붉은 깃발이 휘날리던 혁명 광장은 집에서 쫓겨난 조선인들의 아우성으로 들끓었다.

갓난아기와 황 노인. 금실은 문득 그 둘이 '한 인간'만 같다. 한 인간의 최초와 최후가 함께 열차에 실려가는 것만 같다. 열차가 마침내 최종 목적지에 도달했을 때 그 한 인간의 최초는 사라지고 최후만 덩그러니 남아 있을 것 같은 생각마저 든다.

백발의 쪽진 머리를 내밀고 시무룩이 앉아 있던 소덕의 입이 슬며시 벌어진다. 검누런 이 사이로 쌀뜨물 같은 허연 입김이 피어오른다.

"집을 두고 떠나려니 발길이 안 떨어져서 한 발짝 떼고 뒤돌아보고, 또 한 발짝 떼고 뒤돌아보고……."

"나도 목에 쥐가 나도록 돌아보았답니다. 오만 정이 들어서 집이 아니라 늙어 앞 못 보는 부모를 버리고 야반도주하는 심정이었어요." 앙상한 목을 까닥이던 백순이 우는 소리로 중얼거린다.

"그들이 벌써 내 집을 부수지는 않았겠지요?"

"부수지 않았으면 쥐들이 갉아먹고 있겠지요."

"그럴까봐 나는 고양이 세 마리를 집에 풀어두고 왔답니다!"

"나는 집을 아예 부수고 왔지요."

"오동나무 반닫이, 자개경대, 재봉틀, 놋수저 열 벌, 간장 항아리, 된장 항아리, 고추장 항아리, 소금 항아리, 돌절구, 가마솥, 놋그릇들…… 얼마 써보지도 못했는데…… 장롱 그득 든 이불들은 어쩌구요! 하루아침에 병든 개처럼 쫓겨날 걸 모르고 김장 배추를 60포기나 담갔지 뭐예요……."

"으음, 염소 한 마리!"

"한 마리요? 난 염소를 세 마리나 버리고 왔어요. 어쨌든 아주머니가 나보다 덜 억울하겠어요."

"덜요?"

"아주머니는 염소를 한 마리만 버렸지만 나는 세 마리나 버렸으니까요."

"내 염소가 얼마나 포동포동 살이 쪘는데요."

"내 염소들은 부지깽이처럼 말랐을까봐서요?"

"아무렴, 한 마리 버린 사람이 세 마리 버린 사람보다 억울하겠어요?"

"이거야 원, 도떼기시장도 아니고, 시끄러워서 잠을 잘 수가 없네!"

"잠은 밤에나 자요."

"지금이 밤 아니었어요?"

"해가 중천에 떴대요!"

열차가 옆으로 기울며 쇠바퀴가 선로를 날카롭게 긁는 소리가 길게 이어진다. 선반에 주렁주렁 매달아놓은 양철 그릇과 냄비들이 서로 때리고 밀치며 요란스레 떠든다. 황 노인의 손이 이불 밖으로 삐져나온다. 앙상한 손가락들이 그악스레 구부러져 있다.

"눈먼 러시아 신부가 성당에서 쫓겨나며 그러더군요. '너의 지혜가 너의 어리석음이구나!'"

"너의 꾀가 너의 올가미구나!"

풍도가 솜잠바 주머니에서 호두알 장식이 달린 담배쌈지와 나무를 엉성하게 깎아 만든 파이프, 누런 종이 쪼가리를 꺼낸다. 잘게 썬 담뱃잎을 종이 쪼가리에 조금 덜고 그걸 둘둘 말아 담배를 만들더니 파이프에 끼운다. 독하고 느끼한 담배에 취해 몽롱하게 풀어진 눈으로 인설을 바라본다.

"한 모금 피우겠소?"

미간을 구기고 생각에 잠겨 있던 인설이 고개를 흔든다.

큰맘 먹고 베푼 인심을 보기 좋게 거절당한 풍도는 입을 씰룩인다. 담배를 한 모금 더 빨고는 침 묻힌 손가락으로 담배 끝을 꾹 눌러 불씨를 끈다. 반토막으로 줄어든 담배를 꺼내 종이 쪼가리에 싸더니 파이프와 함께 솜잠바 주머니 속에 넣는다. 아껴뒀다 피우려는 것이다. 블라디보스토크에 흘러들어 막노동거리를 찾아 항구를 헤매고 다닐 때 담배 살 돈이 없어 길바닥에 나뒹구는 꽁초를 주워 피우던 걸 생각하면 담배 한 모금이 귀하다.

턱수염이 덥수룩하고 방한모를 쓴 사내가 손에 빈 양철 주전자를 들고 사다리를 내려온다. 쇠난로를 발로 툭 차며 불만에 찬 소리로 중얼거린다.

"죽은 마누라 몸뚱이처럼 싸늘히 식었군!"

그 말에 씁쓸히 웃던 들숙이 금실과 눈이 마주치자 슬며시 묻는다.

"염소를 한 마리 버린 사람보다 세 마리 버린 사람이 더 억울할까?"

"네?"

"한 마리 버린 사람도, 세 마리 버린 사람도, 자신이 가진 염소를 전부 버렸으니 누가 더 억울한지 따지는 건 우습고 부질없어……."

고개를 가로젓는 들숙이 금실은 낯익다. 어디서 봤는지 떠올리려 애쓰던 그녀는 친구 올가를 떠올리고 나서야 마침내 기억해낸다. 신한촌 아무르 거리에서 곁가지처럼 뻗어나간 골목에 사는 여자다. 작년 겨울 금실은 올가 집에 다녀오다 들숙이 러시아 주정꾼을 꽝꽝 언 길바닥에 내동댕이치는 광경을 우연히 보았다. 늙고 덩치 큰 조선 여자가 죽기 살기로 달려들자 러시아 주정꾼은 쌍욕을 퍼부으며 비탈진 골목을 구르듯 뛰어내려갔다.

일거리를 찾아 블라디보스토크로 흘러든 떠돌이 노동자들을 상대로 하숙을 치고 밥과 술을 파는 들숙은 아들 최 아나똘리와 함께다. 그는 숱 많은 까만 머리를 푹 숙이고 양팔을 늘어뜨린 채 주먹을 쥐락펴락한다.

"아나똘리, 내 아들……."

아나똘리가 뾰족하고 각진 턱을 치켜들고 거친 숨소리를 토한다. 갈색 양가죽 외투에 통 넓은 바지, 앞코가 불룩한 염소 가죽 구두. 러시아 청년처럼 차려입고 냉소적인 표정을 악착같이 짓고 있지만 생김새는 영락없는 조선 청년이다. 핏발 선 그의 눈동자가 아리나를 향한다. 갸름하고 이목구비가 앙증맞은 아리나의 얼굴은 핏기가 없어 낮달처럼 희끄무레하다. 그녀는 어머니인 백순의 등 뒤에 숨듯 꼭 붙어 앉아 있다. 그 옆 일천은 먼산을 바라보듯 앉아 파이프를 만지작거리고 있다.

아들의 눈치를 살피던 들숙이 광목 자루에서 빵을 꺼내 아들에게 내민다. 햇볕에 말린 흑빵이다. 반죽할 때 이스트를 넣어 부풀린 흑빵은 사흘만 지나면 곰팡이가 피기 때문에 말려서 비상식량으로 챙겼다.

"먹어라."

"먹고 싶지 않아요."

차갑게 내쏘는 그의 얄팍한 입술이 파르르 떨린다.

"어디가 아프기라도 한 거냐?"

아나똘리는 두 무릎 사이에 얼굴을 파묻어버린다. 널빤지 새로 비쳐드는 빛이 빵과 그것을 떠받치듯 들고 있는 들숙의 손을 비춘다. 주름이 자글자글한 손에 들린 빵은 돌덩이 같다.

"먹어야 기운이 날 것 아니냐."

아나똘리는 주먹을 쥐락펴락한다.

"아주 사정을 하네. 놔둬요, 배가 덜 고픈가보지요. 뱃가죽이 등짝에 달라붙을 지경이 되면 남이 먹다 버린 빵도 주워먹게 돼 있어요."

오순의 말에 마음이 상한 들숙의 낯빛이 굳는다.

"하여간, 요새 젊은이들은 부모를 아주 우습게 알더군요."

두꺼비 같은 손으로 얼굴을 긁던 풍도도 한마디 보탠다.

"그래도 조선인 마을에서 아들이 아버지 멱살을 잡았다는 소문은 못 들었는걸요. 제분소 앞에서 새파란 러시아 청년이 백발노인의 멱살을 잡고 뒤흔드는 걸 보고 기겁했잖아요. 둘이 부자지간이란 소릴 듣고 놀라 까무러쳤지요."

백순이 핼쑥한 얼굴을 절레절레 흔든다.

"어디 멱살만 잡나요? 아들이 아버지를 죽이기도 하는 걸요!" 풍도가 말한다.

"에그그, 세상이 아무리 말세라지만 그러기야 하겠어요?" 소덕이 눈살을 찌푸린다.

"백군*, 적군**이 싸울 때 별별 일이 다 있었잖아요."

"그랬지…… 한 부모 밑에서 난 형제끼리 편을 갈라 총을 들이대고 조상 대대로 살던 집을 불태우고……." 황 노인의 목소리는 염소 울음소리처럼 떨려 나온다.

"아홉 살이나 먹었을까? 러시아 머슴애가 보석처럼 반짝이는 녹색 눈동자로 제 엄마를 쏘아보며 그러데. '소냐 동지, 나는 백군이었던 아빠가 부끄럽습니다. 악당이자 인민의 적인 그 인간은 내 아빠가 아닙니다.' 화가 난 여자가 머슴애 뺨을 찰싹찰싹 두 번 때렸어. 머슴애가 풀이 죽기는커녕 고개를 빳빳이 들곤 그러더군. '아빠를 불쌍하게 생각하는 엄마도 인민의 적이에요. 난 엄마를 고발하고 고아원으로 가겠어요.' 그러자 여자가 울면서 말했어. '네 아빠는 네가 얼마나 못된 아이인지 모르고 편지에 썼단다…… '여보, 우리 아들에게 가장 따뜻한 옷을 입혀요. 우리 아들을 정직하고 건강하게 키우는 게 당신이 날 위해 할 수 있는 최선의 노력이오.'"

남자들은 담배쌈지 속 담뱃잎이 얼마나 남았는지 살피거나, 자신과 처자식의 운명이 앞으로 어떻게 되려는지 근심에 잠긴다. 여자들은 짐보따리를 풀었다 다시 꾸리거나, 자식의 머리카락을 헤

---

* **백군(白軍)** 반反볼셰비키 군대.

** **적군(赤軍)** 볼셰비키 군대.

집어가며 이를 잡거나 바느질을 한다.

"'사람은 먼저 사람이 돼야 한다.' 할아버지가 생전에 누누이 하시던 말씀이랍니다. '사람 허울을 하고 있다고 다 사람이 아니다.'"

그때 열차가 심하게 흔들린다.

"할아버지는 한 번 들은 사람 이름은 절대 안 잊는 비상한 기억력을 가진 분이셨어요. 손주들을 앉혀놓고 《천자문》과 《명심보감》을 읽어주시곤 했지요. 오 형제 중 셋째셨는데 어느 날 할아버지의 아버지가, 말하자면 내게는 증조할아버지 되는 분이시지요. 하여간 할아버지의 아버지 되시는 분이 할아버지를 조용히 부르더니 그러시더래요. '너는 머리가 비상하니 작은 조선 땅에서 살지 말고 큰 땅 러시아로 가 살아라.' 며칠 뒤 할아버지는 처자식을 이끌고 집을 나섰대요."

"손가락이 왜 그래요?"

"아기 때 동상에 걸려서 그래요. 막둥이인 내가 두 돌이 안 돼 아버지가 돌아가시는 바람에 어머니가 날 업고 행상을 다니셨답니다. 콧물이 흐르다 말고 어는 추운 겨울날 날 들쳐업고 행상을 나가셨던 모양인데 그때 동상에 걸려 손가락 일곱 개가 쇠처럼 굳어 세 개밖에 못 써요. 너무 어려서 나는 기억도 안 나지만요."

"손가락 세 개로 바느질을 잘도 하네요."

"손가락이 세 개여도 남들 사는 것만큼 살아야 하니까요. 남들은 다섯 시간 바느질할 걸 나는 여덟, 아홉 시간 해야 하지요. 그래도 불평한 적 없어요. 세 개나마 멀쩡하니 얼마나 다행이냐 싶어서요."

"뭘 그렇게 꿰매는 거예요?"

"양말에 구멍이 나서요."

"바늘이 자꾸 아주머니 손을 찌르는 것 같은데요?"

"손이 산짐승 가죽처럼 질겨져서 바늘이 웬만큼 찔러서는 아픈 줄도 몰라요."

"에그그, 손등에서 피가 나는데요. 열차가 서거든 하지 그래요?"

"구멍은 제때 꿰매지 않으면 커지지요. 걷잡을 수 없이 커져서는 인생을 집어삼키고 말지요."

"하긴 그래요."

"아주머니야말로 뜨개바늘에 손을 찔려가며 뭘 그렇게 떠요?"

"남편 양말요. 두 손을 게으르게 놀릴 수는 없으니까요."

"시원한 물 한 모금 마시면 소원이 없겠어요."

"물은 내 고향 재피거우* 물이 가장 달고 맛있답니다."

"재피거우가 고향이에요?"

"거기서 태어났으니까요. 비단실로 수놓은 열두 폭 병풍을 펼쳐 놓은 듯 경치가 몹시 빼어난 데랍니다. 봄이 되면 골짜기에 진달래가 지천으로 피지요."

"내 아버지는 돌아가시기 전에 고향 물을 한 사발 마시는 게 소원이라고 하셨어요. 아버지는 러시아에 와 채송화 꽃씨를 뿌리셨어요. 딸들이 채송화 꽃을 보고 자라라고요."

열차 안에 떠돌던 빛이 슬그머니 자취를 감추고 노랫소리가 열차에 떠돈다. 허우재의 입에서 흘러나오는 소리다. 시조창 같은 노

* **재피거우** 우수리스크 서남방에 형성됐던 한인 마을.

랫소리는 쇠바퀴 굴러가는 소리에 기름처럼 감겨든다. 여자인 자신보다 고운 음색에 소덕의 찌그러져 있던 얼굴이 절로 펴진다.

“소리하는 사람이우?”

가죽 궤짝을 사이에 두고 허우재와 나란히 앉은 소덕이 넌지시 묻는다.

“못 들어요. 한쪽 귀는 뭉개지고, 한쪽 귀는 영영 날아가버렸거든요.”

오순이 허우재의 희끗희끗한 머리카락을 헤치고 따개비처럼 흉측하게 짜부라진 귀를 소덕에게만 슬쩍 보여준다.

“에그머니나, 귀가 어쩌다…….” 소덕은 말을 잇지 못하고 혀를 찬다.

오순이 손가락으로 허우재의 손바닥에 글자 같은 걸 끼적인다. 고개를 끄덕이던 허우재가 수줍고 그윽한 눈빛으로 소덕을 바라본다.

“러시아 내전이 한창인 1921년 2월 11일 저녁나절이었지요. 하바롭스크 볼로차예프카에서 적군과 백군이 일생일대 전투를 벌였지요…… 볼로차예프카 이윤코란산에 백군 주둔지가 있었는데, 능선을 따라 가시 철조망을 여섯 겹이나 두른 그야말로 난공불락의 고지였지요. 우리 조선인 빨치산 부대가 가장 먼저 돌격했지요. 빨치산들은 총창으로, 몸뚱이로 철조망을 끊었어요. 머리로, 얼굴로, 팔뚝으로, 손으로, 허벅지로, 발로 가시 철조망을 끊는 빨치산들을 향해 백군 장갑차가 우박을 퍼붓듯 기관총을 쏘아댔어요. 이윤코란산이 포탄 소리에 뒤흔들리고, 화약 연기로 뒤덮였지요. 백 명이 넘는 빨치산이 가시 철조망에 매달려 살이 찢기고 총알이 박혀 죽어갔지요…… 그때 가시 철조망에 한쪽 귀가 찢겨 떨어져나가고, 남은 귀는 이 모양이 되었답니다…….”

허우재는 끊겼던 노래를 다시 이어 부른다.

“전생에 새였는지 시도 때도 없이 노래를 부른답니다. 어릴 때 아버지가 머슴을 살던 양반댁에서 귀동냥으로 들어 익힌 노래들이라는데, 머리로 왼 건지, 입으로 왼 건지 까막눈이 구구절절 그 많은 노래를 청산유수로 외워 부르는 걸 보면 신통방통해요.”

열차 흔들림에 맞춰, 노랫가락에 맞춰 속절없이 흔들리는 얼굴마다 거뭇거뭇 어둠이 들러붙는다.

“아빠, 집에 촛불을 켜야 해요. 그래야 불빛을 보고 큰오빠가 집에 찾아오지요.

“그게 벌써 5년 진이니 그 녀석도 스물한 살이 되었겠구나…….”

“내가 따라가려고 하자 아빠가 반토막 남은 초를 가리키며 그랬어요. ‘저 초가 다 타기 전에 그 녀석은 돌아올 거다.’ 하지만 초가 다 타도록 큰오빠는 돌아오지 않았어요. 아빠는 새 초의 심지에 불을 붙이며 말했어요. ‘우린 동굴 속에 사는 박쥐가 아니란다.’”

“네 큰오빠는 돌아오지 않을 거다. 그 녀석은 날 미워하거든.”

“아빠가 큰오빠를 미워하니까요.”

“그 녀석은 러시아 소비에트 당원을 흉내 내며 최씨 어르신을 찾아가 협박하고 수치를 줬다.”

“그 할아버지가 착하고 가난한 농민들을 착취하는 쿨라크*니까

---

* **쿨라크** 러시아 말기 가축과 토지를 소유했던 부농들. 소비에트 정부가 들어서고 농업 집단화가 이뤄지면서 계급의 적으로 간주됐다.

요."

"그 어르신은 러시아 땅에서 우리에게 처음으로 자비를 베푼 은인이란다."

"자비요?"

"아주 오래전, 그러니까 너희가 태어나기 전이란다. 그때 나는 겨우 열한 살이었다. 국경을 넘어 러시아 땅에 오자마자 네 할아버지는 티푸스에 걸려 미치광이가 되었단다. 아기를 가져 배가 부른 네 할머니는 내 손에 빈 자루를 들려 최씨 어르신 집에 구걸을 보냈단다. 감자 한 소쿠리와 돼지기름, 성냥, 초를 자루에 담아주며 그 어르신이 내게 그러더구나. '내일 내 집에서 암소를 잡을 것이니 해가 중천에 뜨거든 다시 오거라.' 나는 방앗간 굴뚝에 걸려 있던 해가 하늘 복판에 떠오르길 기다려 그의 집에 갔단다. 그는 자신의 아내를 시켜 소 피 한 냄비를 내게 들려주었다. 네 할머니와 나는 감자와 소 피를 먹고 겨울을 무사히 났단다. 보리싹이 올라올 즈음 네 할머니는 쌍둥이를 낳았지. 겨우 열두 살인 내게 그 어르신은 자신의 소와 염소를 돌보는 일거리까지 주시더구나. 그 어르신이 내게 당부한 건 한 가지였다. 자신의 가축을 때려서는 안 된다는 거였다. 내가 굶어 죽지 않은 건 그 겨울밤 그 어르신이 베푼 자비 덕분이었다. 그런데 네 큰오빠가 나쁜 친구들과 패를 지어서는 붉은 깃발을 들고 그 어르신 집을 찾아가 난동을 부렸으니…… 은혜를 원수로 갚은 꼴이지 뭐냐."

"큰오빠가 그랬어요. 그가 가진 걸 내놓지 않으려고 한다고요. 밭도, 소들도, 말들도, 농기구들도요."

"갈리나, 내 딸아, 내 집 우리에 있는 소를 내놓는 건 쉬운 일이 아니란다."

"아빠, 집에 촛불을 켜야 해요."

"그 녀석은 젊은 날을 객지에서 다 흘려보내고 난 뒤에나 돌아오겠지…… 회전목마가 다섯 바퀴쯤 돌고 백수(白手)가 되어서야……."

"어쩌면 오늘 밤 큰오빠가 집에 돌아올지 모르잖아요. 우리가 집에서 쫓겨난 걸 알면 오빠가 스탈린 대원수에게 편지를 쓸 거예요. 내가 얼마나 검소하고 근면한 아이인지 스탈린 대원수가 알면 우리를 다시 집에 데려다놓을 거예요."

"이주 통보서를 들고 찾아온 경찰들에게 네 오빠 얘기를 했단다. '내 큰아들이 콤소몰*이오.' 그들은 콧방귀나 뀌더구나."

"아빠, 집에 촛불을 켜야 해요."

"그러고 싶어도 집에 남은 초가 없구나."

요셉이 팔짱을 풀고 바둑판만 한 양가죽 가방에서 성냥갑과 등유 램프를 꺼낸다.

등유 램프 심지에서 불꽃이 피어난다. 불꽃은 호박죽색 불빛을 둥글게 빚으며 사람들 얼굴에 묻은 어둠을 털어낸다.

"갈리나, 누가 우리 집에 불을 켜놓았구나!"

---

* **콤소몰** 공산주의청년동맹.

열차가 속도를 줄인다. 종일 쟁기질에 지친 소가 걸어가듯 천천히 달리다 다시 속도를 낸다.

"때가 되면요."

"때가 돼야 제비들도 사랑을 하니까요."

"때가 언제인데요?"
"내가 그걸 알면 이 열차에 타고 있겠어요?"

"열차가 떠난 지 아흐레가 지났어요."
"열흘이 아니라요?"
"시침이 열여덟 번 돌아갔어요."
"그럼 어지간히 도착할 때가 됐겠네요."

따냐가 손을 뻗어 등유 램프 아랫부분을 잡더니 불빛이 그리는 노란 원 속에 그녀 자신과 아기가 삼켜질 때까지 끌어당긴다. 거대해진 그녀의 그림자가 열차 벽에 드리워진다. 불빛을 받아 화색이 도는 것 같은 그녀의 얼굴은 어느새 품에 안은 아기를 향해 기울어져 있다.
"여보, 아기 살갗이 어쩜 이렇게 얇을까요? 잠자리 날개만큼 얄팍해서 피가 흐르는 게 들여다보여요. 여보…… 그런데 피가 가지색이에요."

“따냐, 피가 가지색일 수는 없어.”

“하지만 보랏빛이 도는 게…… 여보 이 작은 얼굴에 눈 코 입이 다 있는 게 신기해요. 게다가 눈썹도 나고 양옆에는 귀도 달렸으니 말이에요. 지금은 눈썹이 낮달처럼 흐리지만 자라면서 숱이 불어나고 짙어지겠지요.”

따냐는 새끼손가락으로 아기의 눈썹을 쓰다듬는다.

“여보, 도톰한 입술 좀 봐요. 눈동자는 당신을 닮아 옅은 갈색이에요. 머리카락도 당신을 닮아 검고 고불거려…… 난 당신에게 아들을 낳아주고 싶었어요. 당신을 쏙 빼닮은 아들을요. 난 겁이 났어요. 당신을 닮지 않은 아기가 태어날까봐서요. 아기가 태어나기 전에는 얼굴을 볼 수 없으니까요. 하지만 아빠인 당신이 아니면 누굴 닮겠어요. 내가 말했던가요? 첫 입덧을 한 날 백인 아기를 낳는 악몽을 꾸었다고요. 나는 너무 무서워서 이빨로 탯줄을 끊고 아기를 저 가방 속에 숨겼어요. 아기 우는 소리가 들려와서 저 가방을, 아…… 저 가방을……”

따냐는 요셉이 조금 전 등유 램프를 꺼낸 가방을 쏘아보며 어깨를 떤다. 고개를 세차게 흔들더니 강보 속 아기의 손을 꺼내 몇 번이고 입을 맞춘다. 메말라 있던 그녀의 입술에 침이 돈다.

“손톱이 딱정벌레 날개 같아요.”

아기의 손가락 하나하나를 살피던 그녀가 달아오른 목소리로 말한다.

“여보, 아기 손가락이 그새 조금 더 자란 것 같아요.”

아기의 손에 연신 입을 맞추던 따냐의 얼굴이 침울해진다. 아기가 태어나자마자 집에서 쫓겨나 열차에 태워져서인지, 그녀는 아기의 탄생이 마냥 기쁘지만은 않다.

“여보, 땅 위에서 자란 것들을 모두 불태웠다고 했지요? 유황과 불을 퍼부어서요.”

생각에 잠겨 있던 요셉의 눈길이 따냐를 향한다.

“그럼 지렁이들도요?”

“따냐…….”

“벌들도요? 벌들이 무슨 죄를 저질렀는데요?”

요셉이 진지한 표정으로 묵묵히 바라보자 따냐는 시무룩이 입을 다문다. 아기의 볼을 손가락으로 쓰다듬다 말고 불만 어린 눈길을 엉뚱하게도 금실에게 던진다. 그녀들은 흔들리며 서로를 말없이 바라본다. 내내 다물려 있던 금실의 입이 조심스레 벌어진다.

“불타는 땅이었어요…….”

“뭐라구요?”

따냐가 되묻지만 도로 다물린 금실의 입은 다시 벌어지지 않는다. 그녀가 국경을 건너와 러시아에서 처음 본 땅은 아궁이에 던져진 감자처럼 불타는 땅이었다.

“소비에트 경찰들이 이주 통보서를 들고 집집을 돌아다닌다는 소문을 들었지요. 나는 그들을 기다렸어요. 산비탈에 있는 내 집 마당으로 들어서려는 그들에게 나는 조용히 하라는 눈짓을 보내고 벚나무로 살금살금 걸어갔어요. 단풍 든 벚나무 가지에 참새가 스무 마리는 앉아 있었어요. 나는 벚나무를 흔들어 참새들을 쫓았어요.

'심보가 고약하군, 가만있는 참새들을 왜 쫓는 거야?' 면박을 주는 경찰에게 내가 그랬지요. '그럼 당신들은 가만있는 우리를 왜 쫓는 거예요?'"

"이주 통보서를 받기 며칠 전 어머니가 꿈에 뵈어서 영 심란했어요. 어머니가 울고 계셨거든요. 아버지가 일찍 돌아가셔서 어머니가 먹고살려고 말린 생선을 대나무 광주리에 담아 머리에 이고 다니며 팔았어요. 종종 막둥이인 날 데리고 다니셨지요. 내가 다리가 아프다고 보채면 길바닥에 광주리를 놓고 쉬셨어요. 한번은 생선 냄새를 맡고 몰려드는 파리를 쫓으며 쉬고 있는데, 지나가던 아저씨가 뒷짐을 지고 서더니 묻데요. '아주머니, 해가 짱짱한 대낮에 무슨 사연으로 우세요?' '아이고 아저씨, 내가 언제 울었다고 그러세요?' 어머니가 화를 내자 그 아저씨는 민망해하며 가버렸어요. 자신이 내내 울고 있다는 걸, 어머니 자신만 모르셨어요."

"'난 참 자식 복이 많아. 먹을 복은 없고.' 어머니는 그 말을 입에 달고 사셨어요. 자식을 열네 명이나 낳으셨거든요."

"내 어머니는 그러셨지요. 사람 사는 데는 다 똑같다고요. 큰 산이 있는지, 작은 산이 있는지, 냇물이 흐르는지, 강이 흐르는지 그것만 다르다고요."

"내 어머니는 날아가는 새만 보면 손을 흔들며 말했어요. '새야,

너무 멀리 날아가지 마라.'"

"강물아, 너무 멀리 흘러가지 마라."

"우린 너무 멀리 왔어요."

"여보, 노래를 불러요."

끄덕끄덕 고개를 흔들던 허우재가 다시 노래를 부르기 시작한다.

하늘과 땅이 겨울 혹한에 얼어 생기가 막혔네요.
흰 눈이 일색으로 덮여 있고요.
사람은 말할 것도 없거니와
날짐승의 날아감도 끊어져 있네요.*

날짐승의 날아감도 끊어진 시베리아 하늘 아래, 50량이 넘는 열차가 내달리는 길은 끝을 모르고 이어진다.

---

* 정철 〈사미인곡〉에서 변형 인용.

## 2

소비에트 경찰들이 신한촌으로 몰려온 것은 열흘 전 동풍이 불던 날이었다. 찌그러진 양철 지붕이나 판자 지붕을 머리에 쓴 집들 위로 목화 솜뭉치 같은 구름이 빠르게 흘러갔다. 해가 구름 사이로 나올 때마다 은빛 햇살이 지붕들에 면사포처럼 드리워졌다. 그들은 700여 호가 넘는 집집을 돌아다니며 정확히 사흘 뒤 일주일 치 식량과 당장 입을 옷가지만 챙겨 혁명 광장에 모일 것을 명령했다. 그들은 멜리코브 거리에 있는 금실의 집에도 찾아왔다. 그녀는 마당에 돌아다니는 닭들을 우리로 몰아넣다 그들을 맞았다.

아마빛 구레나룻을 기른 경찰이 그녀에게 말했다.

"너희는 떠나야 한다. 너희 조선인들에게 이주 명령이 내려졌다."

그녀가 아무 대꾸도 않자 앞니가 심하게 벌어진 경찰이 짜증을 냈다.

"이거야 원, 도대체 말귀를 못 알아듣는군. 소비에트 공화국 연방 인민위원회에서 너희를 이주시키라는 명령서가 내려왔다."

기껏 몰아넣은 우리 안 닭들이 도로 나와 마당을 돌아다녔다. 주황색 닭이 은분홍빛 다리를 사뿐사뿐 내딛으며 그녀 앞으로 지나갔다. 가장 나이 많은 수탉이 아직 알을 낳아보지 못한 어린 암탉의 꽁무니를 졸졸 쫓아다녔다. 돼지 울음소리, 개 짖는 소리, 장작 패는 소리가 골목에서 들려왔다. 앞집 여자가 울짱에 넌 흰 이불보를 거두다 말고 호기심 어린 눈길로 그녀의 집 마당을 건너다보았다. 윗집 닭장에서 며칠 전 부화한 병아리들이 삐약삐약 울었다. 팥죽 쑤는 냄새가 골목 어느 집 마당에서 풍겼다.

"집은요?"

"뭐?"

구레나룻 경찰이 윽박질렀다.

"집 말이에요."

"집과 가축들은 두고 간다."

"하지만 남편이 장사를 나갔어요."

"그래서?"

앞니가 벌어진 경찰이 그녀를 다그쳤다.

"남편이 돌아오든 해야 떠나지요."

"네 남편이 언제 돌아오는데?"

구레나룻 경찰이 그녀를 다그쳤다. 날짜를 헤아리느라 뜸을 들이던 그녀는 자신 없는 목소리로 중얼거렸다.

"아무리 일러도 열흘 뒤에나……."

구레나룻 경찰이 그녀의 얼굴을 집어삼킬 듯 입을 벌렸다.

"설마 러시아 말을 제대로 못 알아듣는 건 아니겠지?"

그는 검은 장화 신은 발을 휘둘러 닭들을 쫓았다.

"사흘 뒤 너희는 무조건 떠나야 한다."

경찰의 벌어진 앞니 새로 침이 튀었다.

"그럼 남편은요?"

그녀는 구레나룻 경찰의 청회색 눈을 쏘아봤다.

"네 남편은 뒤따라갈 거다."

"우리가 어디로 가는 줄 알고요?"

"그건 우리가 알려줄 거야."

그들이 가고 난 뒤에야 그녀는, 그들이 정작 자신에게조차 어디로 가는지 알려주지 않았다는 걸 깨달았다.

문이 빼꼼히 열리더니 소덕이 얼굴을 내밀었다. 찡그린 눈으로 마당을 살피며 물었다.

"누가 다녀갔니?"

"소비에트 경찰들이요."

수탉이 모가지를 끌어당기더니 한순간 푸드덕 날아올라 뒤쫓던 암탉의 등 위에 내려앉았다. 놀란 암탉이 꽥 소리 지르며 열 발짝쯤 쏜살같이 내달렸다. 수탉은 몸부림치는 암탉의 깃털 새로 발가락들을 꽂아넣었다.

"이주 통보서를 주고 갔어요. 저희가 사흘 뒤에 떠나야 한대요."

"떠나다니?"

"인민위원회에서 우리 조선인들을 이주시키라는 명령을 내렸대요."

"난 못 떠난다. 너무 늙어 가는 길에 병이 나 죽을 게 뻔하다. 네 시아버지 제사도 지내야 하고."

금실의 남편 근석은 보따리장사꾼으로 보름 전 장사를 떠났다. 간도 일대를 돌아다니며 직물, 물소 가죽, 양초, 은제 칼 등을 팔았다. 영국에서 만들어져 블라디보스토크 항구를 통해 들어오는 고급 물건들로, 간도에 정착해 사는 일본인들에게 인기가 많다고 했다. 가장 잘 팔리는 물건은 영국제 직물로 견고하고 색상과 문양이 다양했다. 근석은 한 번 장사를 떠나면 스무 날 남짓 객지를 떠돌다 집에 돌아왔다. 이번에 장사를 떠나며 그는 무게가 제법 나가는 물소 가죽과 은제 칼 여러 자루를 챙겨갔다. 칼집이 딸린 은제 칼은 집게손가락 크기로, 칼날 면에 왕관과 앞발을 치켜들고 포효하는 사자가 새겨져 있었다. 아무르만 너머 간도는 먼 곳은 아니었지만 중국 땅이었다. 국경을 넘나들었기 때문에 그녀는 근석이 보따리를 꾸려 장사를 떠나면 돌아오는 날까지 마음을 곯였다. 석 달여 전 중국과 일본 사이에 전쟁이 터졌을 때도 그는 장사를 떠나고 집에 없었다.

근석은 러시아 땅에서 태어나고 자랐다. 러시아 말을 조선말보다 잘했지만 모습은 어쩔 수 없는 조선인이었다. 러시아 땅인 연해주와 중국 땅인 간도를 오가는 자신에게 무슨 일이 일어날지 그 자신도 예측할 수 없었다. 국경을 넘어 그가 도착한 땅, 그 땅에서 학살과 전쟁이 일어나거나 무서운 전염병이 돌 수도 있었다. 장사에서 돌아온 지 보름도 안 지나 또다시 보따리를 꾸리는 그에게 그녀는 말했다.

"요즘 꿈자리가 좋지 않아요."

"돌아오면 당신이 그토록 갖고 싶어 하는 재봉틀을 사주지."

그는 그녀를 뒤에서 끌어안고 목과 어깨에 인장을 찍듯 입을 맞추었다.

"아기가 태어나면 모든 게 아기 차지가 되겠지."

"모든 게요?"

"당신의 모든 게."

그녀는 남편이 아직 세상에 태어나지도 않은 아기를 질투한다고 생각했다.

소비에트 경찰이 다녀간 이튿날 금실은 서울 거리에 살고 있는 당숙 집에 다녀왔다. 양지바른 비탈에 터를 잡은 그 집 마당에서는 페르바야 레치카 역과 아무르만이 내려다보였다.

그녀가 갔을 때 당숙모는 까만 광목천으로 머리를 싸매고 아무르만을 망연자실 내려다보고 있었다. 청백색 바닷물이 고여 있는 아무르만은 300여 미터 낭떠러지 아래였지만 눈부실 만큼 맑고 선명해 손을 뻗으면 닿을 듯 가깝게 느껴졌다.

"그게 벌써 26년 전이지. 저 아래 개척리에서 쫓겨나 이곳에 왔더니 흙 한 줌 없는 앙상한 돌산이지 뭐야. 바위들이 병풍처럼 삐죽삐죽 솟아 있고, 발에 차이는 게 돌이었어……. 바위를 피해 터를 닦고, 납작한 돌을 구해다 구들을 놓고, 흙을 반죽해 벽을 쌓았지. 구들장을 나르던 게 엊그제 같은데 다른 데 가서 살라니…….
올 겨울에는 아무르만이 어는 것도 못 보겠네."

아무르만은 10월 중순부터 얼기 시작해 한겨울이 되면 두께가 5척은 되었다. 사람들은 얼음 위를 걸어 북간도 훈춘과 옌지 등을 오갔다.

소쿠리에 널어 말리던 미역을 손으로 간추리던 당숙모가 한숨을 푹 내쉬고 말했다.

"개척리에 살 때 미역을 아침저녁으로 캐다 먹었어. 미역이 얼마나 깨끗하던지 씻지 않아도 되었어."

개척리는 아무르만 남쪽에 붙은 언덕 아래 저지대에 자리하고 있었다. 그녀는 개척리에 살았던 적이 없지만 시어머니에게 그 시절에 대한 얘기를 하도 들어서 사진을 들여다보듯 그곳이 눈에 선하다. 블라디보스토크에 군항이 만들어질 때 많은 조선인들이 일거리를 찾아 흘러들었고, 그곳에 집을 짓고 모여 살다 보니 마을이 되었다고 했다. 길에 똥이 널리고 악취가 진동해 러시아인들이 짐승굴이라고 부르기도 했다고. 콜레라 근절을 이유 삼아 일부 조선인을 배에 태워 원산으로 보내기도 했던 차르 정부는, 1911년에 개척리의 조선인들을 아무르만 서북쪽 산등성이로 이주시켰다. 조선인들이 통나무와 흙, 판자 쪼가리로 지은 집들을 헐고 러시아 기병부대 막사와 훈련 시설을 지었다.

"내 돼지들은 어떻게 하느냐고 물으니까, 코가 주먹만 한 경찰놈이 두고 가라지 뭐야."

당숙모는 집 마당에서 돼지를 세 마리나 쳤다.

"내가 돼지들은 못 두고 간다고 했더니, 그곳에 가면 두고 온 마릿수만큼 돼지를 줄 거라고 하지 뭐야."

"그곳이 어딘데요?"

"그곳이 어딘지 모르겠지만 아무렴 그곳 돼지들이 내 돼지들만 할까?"

그날 금실은 이웃 여자들이 앞집 마당에 모여 수군거리는 소리를 들었다. 회색 중돼지와 흰 닭들, 타르 덩어리처럼 검은 개가 마당에서 노닐고 있었다. 패다 만 장작에 도끼가 꽂혀 있었다.

"국경에서 오늘내일 전쟁이 터질 거라네요. 일본 관동군하고 소비에트군이 라즈돌나야강*을 사이에 두고 하루가 멀다 하고 서로 총질을 해대고 있대요."

조선은 여전히 일본의 식민지였고 중국과 일본은 전쟁 중이었다.

"스탈린이 왜 우리 조선인들을 멀리 쫓아버리지 못해 안달하는지 알아?"

"왜요?"

"피부색이 누렇고 눈이 찢어졌기 때문이야."

"그걸 이제 알았대요?"

"그게 아니라 일본 간첩 노릇을 하는 조선인들 때문이래요."

"조선인들이 일본 간첩 노릇을 해요?"

"생긴 게 일본인 비슷하고 일본말을 잘하니까 그런 의심을 하는 거겠지요."

---

* **라즈돌나야강** 중국과 러시아를 흘러 동해 표트르대제만으로 유입되는 강.

"풍년이라고 좋아했는데 설마 추수도 하지 말고 떠나라는 건 아니겠지?"

"사흘 뒤에 짐을 꾸려 혁명 광장으로 모이라잖아요."

"낯선 땅으로 가느니 차라리 고향에 돌아가겠다고 했더니 안 된다지 뭐야."

"고향? 내 고향은 여기 연해주야."

"충북 진천이 고향이라고 하지 않았어?"

"두 살 먹어 엄마 등에 업혀 떠나왔는걸. 우수리스크* 푸칠로프카**에서 열일곱 살 먹도록 살다가 크로우노프카***에 사는 총각에게 시집갔지. 그때가 7월이었으니까 한창 더울 때지. 친정에서 혼례 치르고 크로우노프카 시댁에 가니까 집 앞에 황금덩이 같은 해바라기가 끝도 없이 피어 있었어. 땅이 얼마나 기름진지 감자 한 바구니를 심으면 열 바구니를 수확했어. 강에는 물고기가 넘쳐나서 부지런을 떨면 하루 세끼 배불리 먹고 살 수 있었어. 크로우노프카에서 셋, 개척리에서 하나, 신한촌에서 하나. 자식을 다섯 낳았지. 류드밀라, 안나, 이사악, 안드레이, 세르비아. 아이들이게 러시아 이름을 지어주었어."

"여자들에겐 자식을 낳고 키운 데가 고향이야."

---

* **우수리스크** 소비에트와 중국 국경에 자리한 광활한 곡창 지대로, 라즈돌나야강을 본류로 그라니트나야강, 보리소프카강, 라코프카강들이 흘렀다. 그리고 그 강들을 따라 크고 작은 한인 마을이 수십 개 들어서 있었다. 당시 한인들이 부르던 지명은 추풍(秋風).

** **푸칠로프카** 라이돌나야강 유역의 한인 마을. 1882년 한인 가구수는 274호, 거주 한인은 2,827명이었다. 당시 한인들이 부르던 지명은 육성촌(六城村).

*** **크로우노프카** 1869년 형성된 한인 마을. 1882년 한인 가구수는 229호, 거주 한인은 1567명이었다. 당시 한인들이 부르던 지명은 황구(黃溝).

"그럼, 크로우노프카가 시댁이야?"

"큰집이 아직 거기 있으니까."

"내 사돈총각이 크로우노프카에 살고 있어."

"담배 공장 반장 세르게이가 글쎄 우리가 떠나면 남은 것은 다 자기들 차지가 될 거라고 떠들고 다니지 뭐야?"

담배 공장에서 담배 마는 일을 하는 여자가 얼굴이 시뻘게지도록 흥분해 말했다. 금실도 근석과 결혼하기 전까지 담배 공장에 다녔다. 감색 머릿수건을 두르고 하루에 담배를 5000개씩 말았다. 세르게이는 쉰 살이 넘은 러시아 사내로, 레닌그라드 출신이었다. 러시아인이었지만 담배 공장에서 일하는 그도 조선인과 마찬가지로 태어나고 자란 고향을 떠나 연해주로 흘러든 이주민이었다. 공장 여자들 사이에는 그가 술만 마시면 아내를 부엌 기둥에 묶어두고 가죽 혁대로 때린다는 소문이 돌았다.

"우리가 떠나면 전부 러시아인들 차지가 되겠지?"

연해주는 소비에트 땅이었지만 러시아인보다 조선인이 더 많이 흘러들어 살고 있었다. 연해주는 러시아인들에게 동쪽 끝 멀고 외진 땅이었다. 하지만 소비에트 정부가 들어선 뒤로 연해주로 이주해오는 러시아인 숫자는 급격히 불어났다.

"난 전부 가져갈 거야. 숟가락 하나라도 두고 갈 줄 알아?"

"한 사람 짐이 30킬로가 넘으면 안 된다는 소리 못 들었어?"

떠나기 전날, 금실은 다리를 절룩절룩 절며 하바롭스크 거리를 내려오는 앞집 여자를 만났다. 그녀는 흰 저고리 위에 검정 모직 숄을 걸치고 쪽진 머리에 흰 머릿수건을 반쯤 걸쳐 쓰고 있었다. 금방이라도 진눈깨비가 흩날릴 듯한 우중충하고 쌀쌀한 날씨였지만 앞집 여자의 이마와 콧등에 좁쌀만 한 땀방울이 맺혀 있었다.

"어디 가세요?"

"내 아버지 무덤에…… 보드카 한 잔 따라드리며 빌려고. 빌 데라곤 죽은 아버지뿐이네."

"뭘요?"

"우리가 어디로 가든 굶어 죽지 않게 해달라고, 뿔뿔이 흩어지지 않게 해달라고, 그리고……"

"그리고요?"

"살던 곳으로 다시 돌아오게 해달라고."

여자는 여기저기 바늘로 기운 저고리 소매에 코를 풀었다.

"내 아버지 고향이 함경북도 길주군 풍계리…… 죽을 때가 되면 기어서라도 고향에 가 고향집 뒷산에서 죽을 거라는 말을 입에 달고 사셨는데 타작마당에서 숨을 거두셨어. 빌러 간 김에 무덤가 흙도 한 줌 퍼와야지."

"흙은 왜요?"

"가져가려고. 죽은 내 아버지의 살과 뼈가 섞인 흙이니까."

금실은 조상의 유골을 가져가려고 밤에 몰래 무덤을 파헤치는 이들이 있다는 소문을 들었다. 공동묘지에 있는 어머니 무덤에 인사하러 갔다 구덩이만 남아 있는 무덤을 보기도 했다.

아랫집 여자는 자신의 염소에게 홍당무를 배불리 먹였다. 그녀의 남편은 수년 전 물고기를 잡으러 바다에 나갔다 돌아오지 못했다.

“염소가 잘생겼네요.”

“내가 사랑을 다해 키웠거든.”

“아주머니는 사랑이 넘치시니까요.”

“나는 닭도, 돼지도 사랑을 다해 키우다 때가 되면 잡아먹지.”

“네, 때가 되면요!”

“이 염소의 어미 염소도 사랑을 다해 키우다 잡아먹었어. 어미 염소도 인물이 얼마나 좋았다고.”

“네, 결코 빠지지 않는 인물이었지요.”

“신은 어쩌자고 짐승에게도 눈동자를 주었을까. 눈동자만 없어도 잡아먹기가 훨씬 수월할 텐데.”

“그러게요.”

“오늘 저녁에 내가 잡아먹을 거라는 걸 염소가 몰라서 다행이야.”

“염소를 잡으려고요?”

“짐승은 열차에 실을 수 없다니 어쩌겠어. 뱃속에 넣어서라도 데려가야지.”

그 아랫집, 이주 통보가 있기 며칠 전까지 소방관 직원이었던 사내는 뒷마당을 파고 놋그릇들과 도자기, 족보 등을 파묻었다.

골목에서 가장 양지바른 집 마당에서는 까까머리 소년이 식칼을 들고 수탉을 쫓고 있었다. 소년이 날쌔고 사나운 수탉을 당해내지 못하고 쩔쩔매자, 그 광경을 말없이 지켜보던 노파가 안짱걸음으로 소년에게 다가갔다. 식칼을 빼앗아 들더니 눈 깜짝할 새 수탉의 모가지를 내리쳤다.

제분소 앞에서는 등이 낫처럼 휜 조선 사내들이 모닥불을 쬐면서 언성을 높였다.

"집을 부수자!"

"러시아인이 들어와 살지 못하게."

"가축들을 죽이자!"

"러시아인들이 못 데려가게."

"새들이 나락을 쪼아먹게 놔두자!"

"어차피 우리가 거두지 못할 테니까."

장작들이 타들면서 날린 재가 사내들의 머리와 얼굴에 내려앉았다.

혁명 광장에서는 빨치산 출신 사내가 소련 경찰들을 향해 조선말로 소리 질렀다.

"쫓겨나느니 총살형을 당하겠다!"

당숙모가 돼지들을 잡던 날, 금실은 양철 냄비를 들고 선지를 얻으러 갔다.

당숙모는 부엌 문 뒤에 서서 아들들에게 신신당부했다.

"착한 내 돼지들을 사납게 다루지 마!"

하루 사이에 앞집 마당에서는 중돼지와 흰 닭들이 사라져버렸다. 혼자 남겨진 검은 개는 영문을 모르겠다는 듯 어리둥절한 표정으로 사방을 두리번거리다 텅 빈 허공에 대고 컹컹 짖었다.

신한촌에 이주에 대한 흉흉한 소문이 들끓고 반발이 심해지자 소비에트 선전대가 앵무새처럼 떠들며 돌아다녔다.

"너희는 여기보다 살기 좋은 곳으로 갈 것이다."

"그곳이 어딘데?"

"그곳에서는 폐병도 쉽게 고칠 수 있다."

"그래서, 그곳이 어딘데?"

"그곳에는 너희들이 살 집도 있다."

"그래서, 그곳이 어디야?"

"그곳에는 가축도, 농사지을 땅도, 농기계도 준비되어 있다."

"그래서, 그곳이 어디냐니까!"

선전대는 끝끝내 그곳이 어딘지 말해주지 않았다. 선전대는 이주가 영원한 것이 아니며, 때가 되면 다시 연해주로 돌아올 거라는 말도 흘리고 다녔다.

"다시 돌아올 거래요."

그녀의 말에 소덕은 가만가만 고개를 저었다.

"고향 떠나오며 네 시아버지가 내게 철석같이 한 약속이 생각나는구나."

"어떤 약속이었는데요?"

"고향에 다시 돌아올 거라고 했다. 세월이 속절없이 흘러서 고향 떠날 때 계절이 봄이었는지, 가을이었는지 기억도 나지 않는구나. 빨래하러 다니던 냇가 비탈에 보라색 꽃이 피었던 것만 가물가물하다."

남편이 돌아오기 전에는 절대 떠날 수 없다고 다짐하면서도 금실은 떠날 채비를 했다. 열차에서, 그리고 도착해서 꼭 필요할 것 같은 물건들과 귀중품들을 생각해뒀다가 보따리를 쌌다. 이불, 양초, 갈아입을 겉옷과 속옷 서너 벌, 성냥, 바늘, 실, 칼, 가위, 양철 냄비, 양철 그릇, 놋그릇과 놋수저 세 벌, 그리고 결혼식 때 찍은 사진과 예물로 받은 은가락지, 한자로 쓴 근석의 사주단자, 시아버지의 고향집 주소와 근석을 비롯한 아들들의 한자 이름과 생년월일시가 적힌 종이, 근석의 사진들과 그가 아끼는 물건들—근석의 큰형이 가문비나무를 깎아 만든 새, 금마차 모양의 작은 오르골, 은박 하모니카.

소비협동조합에 빵을 배급받으러 간 그녀에게 제빵사 알렉산드라가 물었다.

"떠난다며? 너희가 언제까지나 우리와 형제처럼 살 줄 알았는데. 어디로 가는지도 모른다지?"

노란색 눈동자가 인상적인 알렉산드라는 아이가 둘 딸린 러시아 과부였다. 그녀의 부모도 땅을 찾아 떠돌다 연해주까지 흘러든 이주민이었다. 그녀의 남편은 러시아가 독일과 전쟁을 치를 때 전사했다. 그녀는 기마병이었던 남편이 전선에서 보내온 사진을, 여러 개의 소인이 지저분하게 찍힌 봉투와 함께 항상 몸에 지니고 다녔다.

"내가 얘기해줬어?"

"뭘?"

"내 남편 니콜라이가 전선에서 전사하기 며칠 전 밤에 꾸었던 꿈 얘기 말이야."

"아니."

"꿈에서 자작나무 숲속을 헤매는데 불에 그슬린 것 같은 오두막이 나오지 뭐야. 문이 열려 있어서 들어갔더니 군복을 입은 사내가 두 팔을 늘어뜨리고 페치카 앞에 앉아 있었어. 잠이 든 것 같아 깨우려고 가까이 다가갔더니 죽어 있더라고. 시어머니가 듣고는 누군가 죽는 꿈이라지 뭐야. 순간 직감했지. 내 남편과 시아주버니, 둘 중 하나가 전사하겠구나, 하고 말이야. 시어머니가 창가로 걸어가더니 성호를 그으며 기도하데. '하나님의 아들이시여, 내 불쌍한 아들들에게 자비를 베푸소서.' 시어머니의 예수기도가 끝나자마자 나도 속으로 기도했지. '하나님의 아들이시여, 니콜라이 형제 중 하나를 데려가실 작정이라면 동생이 아니라 형을 데려가주세요.' 보름 뒤 남편의 전사를 알리는 군사우편을 받았어. 시어머니가 내게 그러더라. '불쌍한 아가, 네가 네 남편을 데려가달라고 기도드렸다면 공의로운 하나님께서 네 남편이 아니라 시아주버니를 데려가셨을 텐데.'"

알렉산드라가 고개를 흔들고 다른 조선 여자에게 물었다.

"너희는 어째서 너희 고향으로 돌아가지 않는 거야? 내가 너희라면 고향으로 돌아가겠어."

"내 고향? 내 고향은 여기야. 나도 너처럼 여기서 태어나 여기서 자랐지."

"틀린 말은 아니네."

알렉산드라가 금실에게 흑빵을 건네며 물었다.

"너 혹시 내가 미워?"

"네가? 네가 왜?" 금실이 물었다.

"러시아인이니까."

"넌 내가 조선인이라서 미워?"

"난 고작 그런 걸로 누군가를 미워하지 않아. 세상엔 별의별 시답잖은 이유로 누군가를 미워하는 인간들도 있지만 난 아니야. 내가 미워하는 인간은 이 세상에 단 하나야."

"그게 누군데?"

"안나, 내 시어머니. 큰아들이 살아서 돌아오자 내가 키우던 암소를 데리고 큰아들 집으로 가버렸지…… 다음은 우리 차례겠지?"

"너희 차례?"

"언젠가 우리 러시아인들도 이곳에서 쫓아버릴걸. 스탈린은 러시아인들에게도 자비롭지 않아. 사실 내 외할아버지는 벨라루시아인이야. 내 머리카락이 만 가닥이라고 칠 경우 백 가닥은 벨라루시아인의 머리카락인 셈이지. 러시아인들 중에 만 가닥이 전부 러시아인의 머리카락인 이가 몇이나 될까? 너희 조선인의 핏속에는 조선인의 피만 흐르는지 몰라도, 러시아인의 핏속엔 다양한 민족의 피가 흐르고 있다구. 우크라이나인의 피, 벨라루시아인의 피, 우즈베크인의 피, 카자흐인의 피……."

"너희마저 쫓아버리면 이곳에는 누가 남지?"

"가축들과 군인들이 남겠지."

"농사는 누가 짓고?"

"군인들이 알아서 짓겠지."

"떠나기 전에 팔고 싶은 물건이 있으면 말해. 재봉틀이 있으면 내게 팔지 그래? 재봉틀을 짊어지고 가는 건 어려워도 돈은 보따리 속에 넣어 갈 수 있잖아.”

흑빵을 끌어안고 집으로 돌아가며 금실은 생각했다. 자신의 머리카락이 만 가닥인 경우 만 가닥이 전부 조선인의 머리카락이라고. 부모들은 자식들에게 말하곤 했다. 조선인은 조선인과 결혼해야 한다고. 하지만 근석의 사촌 하나는 러시아 여자와 결혼했다. 우랄지방 벌목장에서 통역 일을 하던 그는 어머니가 일찌감치 아냇감으로 점찍어둔 조선 여자를 거절하고 자유연애로 만난 러시아 여자와 러시아 성당에서 결혼식을 올렸다. 그 러시아 여자는 그가 일하던 벌목장 근처 마을 출신으로, 그녀의 사촌도 조선 남자와 결혼해 살고 있다고 했다. 러시아 국적까지 취득했지만 자신이 한 집안의 종손이라는 사실을 망각하지 않은 근석의 백부는 러시아 여자가 집안의 맏며느리로 들어오는 걸 용인하지 않았다. 조선에서 천민도, 그렇다고 양반도 아니던 그의 신분에 대한 집착은 병적일 정도여서 그는 러시아 땅에서 태어난 두 아들을 통해 신분 상승을 도모했다. 보따리 장사로 시작해 고리대금업으로 돈을 번 그는 연년생으로 태어난 두 아들을 러시아 아이들이 다니는 학교에 보냈다. 아버지로부터 물려받은 조선식 성(性)과 러시아식 이름이 혼합된 이름을 가진 두 아들은, 아버지의 바람대로 조선인들이 선망하는 직장을 얻어 웬만한 러시아인들보다 안정적으로 살았다. 그는 조선의 독립을 요원한 것으로 보았다. 고향으로 돌아가 일본인들의 개로 사느니 낯선 러시아 땅에 뿌리를 내리고 사는 게 낫다고 확신하면서도 조상의 제사를 지내며 철저히 조선인으로 살았다. 러시아인들에 대한 그의 태도는 이중적이어서, 그는 큰 나라에서 태어난 러시아인들을 부러워하면서도 그들이 게으르고 예의범절을 모른다고 멸시했다. 그는 러시아 며느리를 집안에 들이지 않았을 뿐 아니라, 큰아들에게 그녀와 이혼할 것을 종용했다. 러시아 며느리가 딸이 아니라 아들을 낳았다는 소식을 듣고는 여섯 끼를 내리 굶었다. 김나지야의 물리 교사이자 연해주 공산당원이던 작은아들은 어머니가 원하는 조선 여자와 결혼했지만 작년 가을 사상이 의심스런 인민의 적으로 고발당해 유배를 떠났다. 그리고 그사이 큰아들 부부는 아들 하나와 딸 하나를 더 낳았다. 자신을 가족으로 받아들이지 않은 것에 원한을 품고는 시아버지 장례식에 발길조차 하지 않았던 러시아 며느리는 어느 날 불쑥 아이들을 데리고 시댁 식구들 앞에 나타났다. 그날은 마침 백부의 첫 제삿날이었다. 큰아들은 아버지가 돌아가시자 아이들에게 자신의 성씨인 전주 이(李)씨를 물려주고 호적에 올렸다. 그렇게 해서 죽은 백부가 원하든 원하지 않든, 그의 가계에는 러시아인의 피가 섞여 들었다.

이주 통보서에 쓰여 있는 날짜가 되자, 소비에트 군인들이 신한촌으로 몰려왔다. 집집마다 돌아다니며 우리 밖으로 가축을 몰듯 사람들을 집 밖으로 내몰았다.

"남편이 돌아오면 함께 떠날게요."

"언제 돌아오는데?"

"오늘 밤에는……."

그녀가 러시아 말로 사정했지만 그들은 들으려 하지 않았다.

그녀는 이불 보따리를 머리에 이고, 식량과 귀중품이 든 보따리를 손에 들었다. 마당을 나서는 그녀를 소덕이 훌쩍훌쩍 울면서 따라나섰다.

자꾸만 뒤를 돌아다보는 시어머니에게 그녀는 말했다.

"어머니, 우린 다시 돌아올 거예요."

하바롭스크 거리를 걸어 내려가던 그녀는 도끼로 집을 부수는 사내를 보았다. 사내는 자신이 휘두르는 도끼날이 문짝에 박힐 때마다 외마디 비명을 내질렀다. 사내의 아내는 마당의 텅 빈 닭장 앞에서 고만고만한 아이 셋을 끌어안고 벌벌 떨며 흐느꼈다.

사내는 솔발관 빨치산 부대 출신으로, 빨치산 시절 우수리스크에서 백군과 벌인 전투 때 입은 부상으로 한쪽 다리를 심하게 절었다.

서두르던 발걸음을 잠시 멈추고 그 광경을 지켜보던 사람들이 한마디씩 했다.

"제 손으로 지은 집을 제 손으로 부수는구나!"

"인간만 제 집을 부수지."

"어디 제 집만 부수나요? 남의 집도 부수지요."

사내는 방 안으로 뛰어들어가 궤짝을 들고 나왔다. 마당에 그것을 내던지더니 득달같이 달려들어 도끼로 찍었다.

아이들은 엄마의 치맛자락을 붙들고 걸었다. 엄마의 한 손은 머리에 인 보따리를 붙잡고 있고, 다른 한 손은 보따리를 들고 있어서 잡을 손이 없어서였다. 서너 살 아이들은 아버지가 등에 짊어진 이불 보따리나 지게 위에 훌쩍 올라앉아 실려갔다.

우왕좌왕하는 사람들에게 떠밀려 하바롭스크 거리를 내려가던 금실은 2층집 창문 아래 산산조각으로 흩어져 있는 꽃병과 거울을 보았다.

그녀는 집이나 가구를 부수지도, 값나가는 세간들을 땅에 파묻어 숨기지도 않았다. 떠나던 날 아침 그녀는 귀한 손님을 맞을 준비라도 하듯 집 구석구석을 쓸고 닦았다.

집을 나서기 전 그녀는 가마솥에 감자 열 알을 삶아놓고 우물물을 길어다 물동이를 가득 채웠다. 근석이 집에 돌아와 갈아입을 깨끗한 속옷을 반닫이장 위에 놓아두고 근석에게 편지를 썼다.

기다리지 못해서 미안해요. 그곳에 먼저 가서 기다릴게요.

어디로 가는지 몰랐기 때문에 그녀는 그렇게만 썼다.

서울 거리, 아무르 거리, 하바롭스크 거리, 니콜스크 거리에서 한꺼번에 쏟아져나온 사람들은 행렬을 만들며 혁명 광장을 향해 걸었다.

그녀는 사람들에게 치이지 않으려 소달구지 뒤를 바짝 따라 걸었다. 오케얀 거리 일본총영사관 앞에서 마주친 이웃 여자가 그녀에게 대뜸 물었다.

"네 남편은?"

"나중에 뒤따라올 거예요."

"나중에? 언제?"

"내일이라도요!"

장마철 강물처럼 불어난 행렬은 오케얀 거리와 스베틀란 거리가 만나는 혁명 광장에 이르러 소용돌이치듯 안으로, 안으로 말려들었다.

사람들이 뒤엉키며 발이 발을 밟고, 보따리가 보따리를 쳤다. 엄마 손을 놓친 아이들이 울부짖고, 놀란 가축들이 날뛰었다.

혁명 광장에 모여드는 사람들을 호위대원들이 회색 벽처럼 둘러쌌다.

날은 차갑고 맑았다. 금각만*에 정박한 고깃배에 앉아 있던 갈매기들이 힘차게 날개를 치켜들고 바다로 날아갔다.

사람들은 어리둥절한, 혹은 억울한, 더러는 겁에 질린 표정을 짓고 서로서로 물었다.

“어디로 가는 거래요?”

소가 끄는 수레가 사람들과 뒤엉켜 동상을 둘러싸고 빙글빙글 돌았다. 긴 외투를 펄럭이며 한 손에 깃발을 들고 위풍당당하게 서 있는 사내의 모습을 본떠 만든 동상은 적군의 승리를 기념하기 위해 세운 것이었다.

소, 염소, 개, 닭이 울었다. 두고 떠날 걸 명령했지만 사람들은 키우던 가축을 혁명 광장까지 데리고 왔다.

사람들은 호위대에 둘러싸여 페르바야 레치카 역을 향해 움직이기 시작했다.

화물용 열차인 와곤과 가축운반용 열차를 뒤섞어, 시작도 끝도

---

* **금각만(金角灣)** 블라디보스토크에 위치한 뿔 모양의 긴 만.

보이지 않을 만큼 길게 연결한 열차가 사람들을 기다리고 서 있었다.

때가 타고 해진 외투를 입은 호위대원들의 얼굴에는 대개 짜증과 냉소가 어려 있었다. 나이가 들어 보이는 호위대원들은 하나같이 강제 노동에 시달리는 부역자처럼 지치고 불만에 찬 표정이었다. 호위대원들은 약속이나 한 듯 열차가 언제 떠나는지, 목적지가 어디인지 입도 벙긋하지 않았다. 눈앞에서 벌어지고 있는 일이 강 너머 풍경인 듯 무심한 눈길로 바라보던 호위대원도, 조선인들을 향해 상스런 욕설을 퍼붓던 호위대원도, 호루라기를 신경질적으로 불어대던 호위대원도.

석탄을 그득 실은 수레가 사람들을 헤치고 지나갔다.

키우던 가축과의 생이별이 못내 속상한 사람들은 울분을 토하다 흐느껴 울었다. 흰 염소가 자식들을 멀리 떠나보내는 늙은 여인네처럼 울었다. 사람들을 열차에 몰아넣기 전 호위대들은 인민증을 빼앗았다. 인민증을 빼앗기지 않은 이들도 있었는데 그들은 애당초 빼앗길 인민증이 없었다. 가축은 열차에 한 마리도 실리지 못하고 역에 버려졌다. 토막을 내고 소금을 친 가축들만 열차에 실리는 특권을 누렸다.

흰 솜저고리를 두 개나 껴입은 여자가 무명 보자기로 싼 닭을 끌어안고 소리 질렀다.

"닭이라도 가져갈래!"

상투를 튼 노인이 소의 꼬리를 손으로 붙잡고 아이처럼 엉엉 울었다.

# 3

“내 어머니는 뭐든 남에게 베푸는 분이셨어요. 어머니는 가진 게 많으셔서 나눠줄 것도 많으셨지요. 어머니는 굶어 돌아가셨어요.”

창문을 막은 양철 조각 새로 옅은 귤색 빛이 쏟아져들어온다. 파편처럼 떨어져나온 빛 조각이 열차 천장에 달라붙어 덫에 걸린 새처럼 떨고 있다. 허우재가 손을 들어 빛에 비춰보더니 엎치락뒤치락 뒤집어보고 손가락들을 구부렸다 펴본다. 괘종시계가 뎅 하고 운다. 일곱 번을 울고 나서야 잠잠해진다.

“엄마, 생일도 아닌데 사과하고 꿀을 듬뿍 넣어 만든 과자를 먹는 게 부끄러운 일이에요?”

“미치카, 누가 그러던?”

“마리안나 선생님이요.”

“마리안나? 그녀가 정말로 그렇게 말했니?”

“그럼 생선수프 먹는 거는요?”

"그녀가 그것도 부끄러운 일이라고 하던?"

"그녀는 집에서 감자수프하고 빵만 먹는대요. 저녁에는 오믈렛만 먹고요. 그녀는 생선을 먹을 수 있지만 먹지 않는대요."

"그녀는 생선을 싫어하는가보구나?"

"그게 아니라요, 못 배우고 가난한 프롤레타리아 노동자들보다 자신이 더 나은 게 없기 때문에 생선을 안 먹는 거래요. 더 위대하지도 않으면서 좋은 음식을 먹는 건 부끄러운 일이니까요."

"알았으니까 그만 입을 다물렴."

"그리고요, 오믈렛을 만들려면 달걀을 깨뜨려야 한다고 스탈린 대원수가 말했대요."

"이봐요, 이봐요!"

"날 불렀나요?"

그렇게 묻는 금실에게 따냐가 대뜸 말한다.

"다시 아기를 낳으면 난 죽을 거예요."

"네?"

"다시 아기를 낳으면 죽을 거라고 했어요."

"……?"

"내 앞니 좀 봐요."

따냐가 빵 부스러기가 묻은 입술을 벌리고 자신의 앞니를 보여준다.

"잘생긴 옥수수처럼 앞니가 가지런해서 언니들은 내 이를 부러워했지요. '따냐, 넌 정말 근사한 이를 가졌구나.' 그런데 아기를 낳고 앞니가 흉하게 벌어졌어요…… 난 정말이지 아기를 낳다 죽는 줄 알았어요."

"내 어머니는 날 낳다 돌아가셨으니까……."

들숙이 탄식하고는 머리카락을 풀어헤친다. 마디가 두드러지게 굵은 손가락을 벌려 엉킨 머리카락을 빗기 시작한다.

금실의 배를 살피던 오순이 말한다.

"여차하다 열차에서 아기를 낳게 생겼네."

"네?"

"배를 보니까 애가 당장 나오겠어."

"열차에서 어떻게 애를 낳아요……."

"이렇게 계속 달리면 열차에서 낳아야지 별수 있어?" 들숙이 말한다.

"나는 부뚜막 밑에서 태어났지요. 콩깻묵죽을 쑤는데 산통이 와서 땔감으로 쌓아둔 콩대를 부엌 바닥에 깔고 그 위에서 날 낳으셨다고 어머니가 말씀해주셨어요." 풍도가 히죽 실없이 웃는다. 그의 머리는 성긴 머리카락과 비듬, 지푸라기가 엉켜 제비가 짓다 만 둥지 같다.

"일곱 달밖에 안 됐어요."

"칠삭둥이도 있으니까. 배 모양을 보니 사내애는 아니겠어. 그나저나 네 남편은?"

"그이는 뒤따라올 거예요."

"어디로 가는 줄 알고?"

"그들이 알려주겠다고 했어요."

"그들?" 들숙이 묻는다.

"소비에트 경찰들이요."

"소비에트 경찰들은 우리가 어디로 가는지 알고 있대요?" 2층에서 요강 속 오줌을 비우러 내려왔다가 사다리 밑에 자리를 잡고 앉은 여자가 묻는다.

"그거야 당연지사 아니겠어요?" 풍도가 말한다.

"근데 왜 우리에게 안 알려주는 걸까?"

들숙이 머리카락을 빗던 손가락을 늘어뜨리고 아나똘리를 바라본다. 그는 시옷 자로 접은 두 무릎 사이로 머리를 떨어뜨리고 있다. 그 모습이 꼭 어미 새가 날아간 절벽 아래를 내려다보는 새끼 새 같다.

사다리 밑 여자가 폭폭 한숨을 내쉬더니 말한다.

"내 남편은 내가 셋째를 임신해 입덧이 시작되자마자 티푸스에 걸려 세상을 떠났답니다. 개척리에 살 때였어요. 속에서 천불이 난다고 밤새 방 안을 데굴데굴 구르고 발광을 하다 뛰쳐나가서는 빙판에 코를 박고 죽었어요. ……20년도 더 전 일인데, 냉수를 달라고 애원하던 남편 모습이 여전히 눈에 선해요."

"티푸스가 무서워요. 개척리에서 티푸스 때문에 부모를 잃고 고아가 된 아이들이 동냥을 다니는 게 예사 풍경이었지요." 소덕이 말한다.

"개척리에서 티푸스에 걸려 죽은 사람이 한둘인가요?"

일천이 파이프를 만지작거리며 걱센 소리로 중얼거린다. 흰 솜저고리 위에 군청색 누비조끼를 껴입고 양반다리를 하고 앉은 폼이 깐깐하고 야박해 보인다.

2층에서 내려와 양철통으로 걸어가던 사내가 비통한 목소리로 말한다. "나는 열 살 때 어머니하고 누이를 한날한시에 잃었어요…… 오밤중에 어머니하고 누이를 가마니에 둘둘 말아 눈 속에 장사 지냈지요." 상투가 풀려 머리카락이 사내의 얼굴로 흘러내려와 있다.

"발광하다 죽으면 가마니에 싸 흰 눈 속에 파묻거나, 돌무더기를 헤치고 그 속에 감췄지요. 뉘 집에서 사람이 죽었다는 소문이 돌면 러시아 위생부에서 금세 나와 벌금을 물려서 말이에요."

"조선인이라고 병원에 입원은 안 시켜주면서 돈은 뜯어갔어요!"

"셋째 낳고 삼칠일도 안 돼 아이들하고 먹고살려고 석탄 공장에서 석탄을 날랐어요. 갓난쟁이를 겨우 일곱 살 먹은 큰 머슴애에게 맡기고요. 돈 좀 모아 밥장사, 술장사를 같이 했지요. 어시장에서 털게를 사다 된장 푼 물에 넣고 끓여 술안주로도 냈어요. 술을 파니까 러시아 술주정꾼들이 똥파리 떼처럼 끓어 골치를 썩었지요……."

여자는 요강을 집어 들고 몸을 일으킨다. 사다리를 물끄러미 올려다보다 발을 내딛는다.

들숙이 광목 쪼가리로 친친 감아 묶은 머리에 검은 머릿수건을 두르다 말고 중얼거린다. "우릴 왜 멀리 내쫓는 걸까?"

"결국은 우리 땅을 빼앗으려는 수작 아니겠어요?"

"땅이요? 우리에게 땅이 있었나요?"

"돌밭을 감자가 나고 배추가 열리는 땅으로 일구었으니 우리 땅이지요."

"그래서 땅에 명패라도 묻어두었나요?"

"나는 명패보다 더한 걸 묻었어요."

"그게 뭔데요?"

"내 아버지요!"

"떠나라는 통보를 받고 아버지 무덤을 찾아갔지요. 그 앞에 넙죽 엎드려 시든 엉겅퀴를 쥐어뜯으며 아버지를 원망했지요. 죽으나 사나 고향땅에서 살 것이지, 남의 땅에 와서 자식이 집에서 쫓겨나는 수모를 당하게 하느냐고요. 눈물 콧물을 짜고 있는데 머리를 쪽 진 아주머니가 다가오더니 그러더군요. '뉘신데 남의 남편 무덤을 주먹으로 때리는 거예요?'"

"내 아버지 무덤은 라즈돌리노예 역 옆에, 내 어머니 무덤은 중국 훈춘에, 내 할머니 무덤은 함경북도 나진 고향땅에, 내 할아버지 무덤은 포시예트에, 내 마누라 무덤은 블라디보스토크 공동묘지에 있답니다."

"경기도 의정부가 고향인 내 첫 마누라 무덤은 재피거우에 있지요. 의정부에서 태어난 사람이 죽어 재피거우에 묻힐지 누가 알았겠어요."

"아, 내 무덤은 어디에 있을까!"

"떠나오기 전날 내 어머니 무덤에 다녀왔는데 개나리가 피어 있었어요."

"개나리는 봄에 피지요."

"그러게요, 그래서 내가 그랬지요. 저 개나리가 미쳤네."

"개나리는 미쳐도 예쁜데 사람은 미치면 발정난 개가 되지요."

"나는 울고 싶어요."

"그럼, 울어요."

"내가 울면 아버지가 주먹으로 내 얼굴을 때릴 거예요. 아버지는 20년 전에 돌아가셨어요."

"난 간호사예요. 퇴근하려는데 수간호사가 날 부르더군요. '나탈리아, 내일부터 나오지 않아도 돼.' 그래서 내가 물었죠. '이반, 그게 무슨 말이에요?' '나탈리아, 당신은 해고야.' 며칠 뒤 나는 이주 통보서를 받았어요. 통보서를 손에 받아들고서야, 날 이 열차에 태우려고 해고시켰다는 걸 알았지요."

소비에트 정부는 신한촌에 단 한 명의 조선인도 남겨두지 않으려는 듯 병원에 입원해 있는 조선인들도 강제로 퇴원시켜 열차에 태웠다. 군인으로 복무 중인 조선 사내들을 제대시키고, 정부 기관에서 근무하고 있는 조선인들을 해고했다.

풀이 죽어 있던 허우재가 오순의 귀에 대고 무슨 말인가를 소곤거린다.

"누님이 울고 계시다고요? 몇째 누님이요? 둘째 누님이요?"

허우재가 고개를 끄덕이다 말고 긴 한숨을 토하더니 어깨를 늘어뜨린다.

오순이 사람들을 바라보고 말한다.

"고향 둘째 누님이 울고 계시나봐요."

"고향이 어딘데요?" 소덕이 묻는다.

"강원도 화천군 사내면 명월리요. 하여간 희한해요. 귀에 대고 속삭이는 소리는 못 들으면서 천리 밖, 만리 밖 소리는 들으니 말이에요."

"아주머니도 원, 인간이 천 리 밖 소리를 듣는다고요?" 풍도가 콧방귀를 낀다.

"내 남편이 그렇다면 그런 거예요. 나는 이이가 거짓말하는 걸 한 번도 못 봤어요. 순하고 착해서 없는 말을 지어내는 위인이 못 돼요. 거짓말은 첫 번째 남편이 밥먹듯 했어요. 고향에 버젓이 처자식이 있으면서 총각이라고 속여 처녀인 내게 새장가를 들더니, 1년도 못 살고 폐에 바람이 들어 당나귀 기침을 크억 크억 해대다 세상을 떠났지요. 제사라도 지내라고 본처에게 사망 전보를 보내고 싶어도 고향 주소를 알아야 보내지요. 고향도 매번 바뀌었으니까요. 황해도 사투리를 쓰면서 고향이 부산이라고 하니 누가 믿겠어요? 본처는 남편이 러시아 땅에서 객사한 줄도 모르고 돌아올 날만 눈 빠져라 기다리고 있겠지요?"

굴속을 지나가는지 열차 안에 떠돌던 빛이 순식간에 사라지고 쇠바퀴 굴러가는 소리가 묵직하게 울린다.

"여보, 발에 쥐가 나요."

따냐가 치맛자락을 손으로 말아 올리며 발을 앞으로 뻗는다. 이불 보따리를 옆구리에 끼고 바위처럼 버티고 앉아 있는 들숙 때문에 맘껏 뻗지 못하고 어정쩡하게 반쯤만 편다. 요셉이 무릎을 꿇고 앉더니 두 손으로 따냐의 발을 주무르기 시작한다.

"착한 남편을 둬서 호강이네."

들숙의 말에 따냐가 방긋 웃는다.

"네, 친정엄마는 시집간 딸들이 모이면 말씀하시곤 했어요. 세 딸 중 내가 가장 좋은 복을 차지했다고요. 둘째 언니는 그때마다 말했어요. '어머니, 착한 남편은 아내 버릇만 나빠지게 해요.' 그녀는 내가 결혼하고 응석이 더 늘었다고 했어요. 그녀는 검소하고 엄격한 볼셰비키가 가장 바람직하고 이상적인 남편이래요."

"세상에 착한 남자는 드물어요."

"착한 남편은 더 드물고요."

"난 벌써부터 내 딸이 어떤 남자에게 시집갈지 걱정이에요. 고주망태 러시아 놈은 아니어야 하는데 말이에요."

백순 뒤에 숨듯 앉아 빗으로 머리카락을 빗던 아리나가 자기 얘기가 나오자 새침한 표정을 짓는다. 해바라기 모양의 둥근 손거울이 그녀의 발밑에 놓여 있다. 그 모습을 멀건이 바라보던 소덕이 백순에게 묻는다.

"딸이 몇 살이에요?"

"열여섯 살이요."

"안 꾸며도 얼굴이 복숭아처럼 뽀얗고 예쁠 때네요."

"내 딸은 그것도 모르고 외모에 불만이 많답니다. 내 눈에는 살결이 백옥같이 고운데 제 눈에는 까무잡잡하게 보이나봐요." 한탄하는 백순을 아리나가 원망 어린 눈길로 흘겨본다.

"양초처럼 하얗기를 바라나보네요." 오순이 말한다.

아나똘리가 아리나를 흘끗 쳐다보며 날카로운 신음을 토한다. 외투 주머니에서 검은 베레모를 꺼내 머리에 푹 눌러쓴다.

"아주머니는 고향이 어디예요?"

소덕이 백순에게 묻는다.

"평안남도 양덕군…… 오강토성 아래요."

"먼 데서 왔네……."

"이 열차에 타고 있는 우리 다 먼 데서 왔지요. 할머니 고향은 어디신데요?"

"내 고향은 함흥 신포군…… 포구에서 30리 떨어진 곳이 내 고향이라오."

소덕은 낯선 조선인을 만나면 가장 먼저 고향을 물었다. 그것은 금실의 어머니도 마찬가지였다. 그녀의 친정 부모의 고향은 함경북도 무산군 쑥새였다.

금실은 다섯 살 되던 해인 1915년 초봄에 아버지의 등에 업혀 러시아로 왔다. 그녀는 여태껏 자신이 태어난 쑥새를 자신의 고향으로 생각했다. 너무 어려서 떠나와 추억 하나도, 기억에 남아 있는 풍경 한 점도 없으면서 그곳이 사무치게 그립곤 했다. 그런데 자신을 태운 열차가 페르바야 레치카 역을 출발하는 순간 자신의 고향이 연해주라는 걸 깨달았다. 그녀의 기억 속 희로애락이 담긴 모든 장면은 연해주에 있었다. 가장 슬픈 장면도, 가장 행복한 장면도. 그리고 그녀가 두고 온 모든 것은 신한촌 멜리코브 거리에 있는 집에 있었다. 그녀는 만약 자신이 당장 죽는다면 자신의 영혼이 열차가 내달리는 방향을 거슬러 멜리코브 거리의 집으로 날아갈 것 같다.

"네 시아버지 제사는 어쩐다니?"

“아버지 제사는 음력 10월 12일이잖아요.”

“그래서 하는 말 아니냐.”

이주 통보를 받고 소덕은 내내 죽은 남편의 제사를 걱정했다. 그녀는 길흉화복이 조상들에게서 오기 때문에 자손들이 복을 받으려면 제사를 정성껏 지내야 한다고 믿었다. 제사상을 차릴 때 고향에서처럼 사과 같은 붉은 과일은 동쪽에, 배 같은 흰 과일은 서쪽에, 생선 대가리는 동쪽을 향하게 놓았다. 평생을 굶주림에서 놓여나지 못한 인간이 죽어 자손들에게 복을 가져다주는 전능한 존재가 된다고 생각하니, 금실은 어쩐지 우습다.

“그나저나 네 친구 말이다, 담배 공장에 다닐 때 사귀었다는…….”

“올가요?”

“그래, 이름이 올가였지. 그 애는 어떻게 되었다니?”

“열차에 타고 있을 거예요.”

혁명 광장에서도, 역에서도 올가를 보지 못했지만 금실은 그녀가 멜로르와 함께 열차 어느 칸인가에 타고 있을 것이라고 생각했다.

올가는 블라디보스토크에서 남쪽으로 천 리나 떨어진 지신허(地新墟)*에서 태어나고 자랐다. 그녀의 증조할아버지는 조선에서 고종이 임금이 되던 해 고향 마을 사람들과 두만강을 건넜다. 홍수와 때 이른 서리로 한 줌의 벼도 거두지 못해 해골처럼 마른 그들 속

---

* **지신허** 문서 기록상, 러시아 연해주에서 가장 처음 형성된 한인 마을. 러시아 지명은 비노그라드노예이다. 1863년 그곳에 이주한 한인 가족 13세대를 시작으로 러시아로 이주하는 한인이 늘어났다.

에는 백일이 안 된 아기도 있었다. 거적때기를 뒤집어쓰고 북쪽으로, 북쪽으로 하염없이 걸어가던 그들은 언덕에 이르렀다. 그 아래 울창히 우거진 숲 사이로 굽이치며 흘러가는 금빛 강과 그 옆으로 끝 모르게 펼쳐진 평야를 보았다. 러시아 군인들만 들어와 살고 있어서 일대는 황무지로 버려져 있었다. 그들은 강가 나무들을 베어내고 땅을 평평히 다졌다. 봄이 되길 기다려 땅을 곱게 갈아 고향에서 가져온 씨앗들을 파종했다. 수수, 옥수수, 오이, 호박, 무, 상추, 고추…… 해를 거듭할수록 밭을 넓히고 작물 종류를 늘려갔다. 벼, 감자, 팥, 콩, 우엉, 당근, 땅콩…… 올가의 증조할아버지가 러시아 땅에 처음 씨앗을 심은 지 20여 년이 흘러 올가가 태어났을 때, 조선은 일본의 식민지가 되고 대한제국으로 명칭이 바뀌어 있었다. 정월대보름에 태어난 그녀에게, 그녀의 아버지는 조선 이름이 아닌 러시아 이름을 지어주었다.

올가도 남편과 함께 떠나오지 못했다. 그녀의 남편 강치수는 1년 전 소비에트 내무인민위원회에서 나온 사람들에게 연행됐다. 그들은 첫 닭이 울기 전 올가의 집 창문을 두드렸다. 강치수는 안경과 지갑만 겨우 챙겨 집을 나서며 올가에게 말했다. "난 정직해. 음모에 연루된 것뿐이야. 오해가 풀리면 날 집에 돌려보내줄 거야."

강치수는 떠돌이 정치학 강사이자 열렬한 볼셰비키 당원이었다. 러시아혁명이 일어나자 레닌그라드까지 가서 볼셰비키가 되어 돌아와서는 연해주 일대를 돌아다니며 볼셰비키 사상을 전파했다. 레닌그라드에서 멀리 떨어진 연해주에 소비에트 정권이 수립된 것은 1918년이지만 내전과 함께 정권이 상실, 회복되기를 반복했다.

1922년 10월에 일본군이 철수하고 내전이 종료된 뒤에도 명목상 극동공화국이라는 독립국으로 존재하다 1922년 12월에야 비로소 소비에트 정권이 완전히 연해주를 장악했다. 그는 연해주 일대 벽지의 조선인 마을을 돌아다니며 순회 학당을 조직하고, 열성 공산주의자들의 사상 교육을 시켰다. 그가 조선 청년들을 모아놓고 연설하는 모습을 금실도 보았다. 열여섯 살 생일을 앞두고 있던 그녀는 러시아 소녀처럼 길게 기른 머리카락을 늘어뜨리고 그 위에 머릿수건을 쓰고 있었다.

"우리 조선인들은 억압받는 프롤레타리아와 약소한 민족의 해방을 위해 투쟁해야 합니다. 그들의 해방은 조선 민족의 해방을 가져다줄 것입니다."

올가와 사랑에 빠졌을 때 강치수는 마흔 살이 훌쩍 넘어, 그녀의 어머니와 나이가 같았다. 올가의 부모와 오빠들은 그녀가 강치수와 만나는 걸 극심히 반대했다.

"가문도, 재산도 없이 입만 방아깨비처럼 찧고 다니는 늙다리가 귀한 내 딸을 채가는구나!"

그녀의 어머니는 딸을 러시아 백인 총각에게 시집보내지 않은 걸 두고 땅을 치며 후회했다. 강치수가 나타나기 전 올가에게 반한 청년이 그녀의 아버지를 찾아왔었다. 아버지는 딸에게 일찌감치 정혼한 남자가 있다는 거짓말로 청년을 단념시켰다. "올가, 안 경쟁이 공산당이 네 인생을 망칠 거야!" 오빠들은 자신들이 그토록 예뻐하던 여동생을 저주했다. 연해주에 거주하는 조선인들 대개가 소비에트 정권을 환영하고 지지하는 분위기에 휩쓸려서는 자진

해 자신들이 물려받을 땅과 가축을 콜호스*에 내놓긴 했지만 그들은 공산주의자들에게 불만과 원망을 품고 있었다. 부모와 오빠들이 서둘러 자신을 이웃 총각에게 시집보내려 하자 올가는 야반도주하듯 집을 도망쳐 나와 무작정 신한촌으로 왔다. 강치수와 혼인신고를 하고 반지하방을 얻어 신혼살림을 차렸다. 변변한 직업이 없는 남편과 먹고살기 위해 담배 공장에 취직해 돈을 벌었다. 그녀가 아들을 낳자 강치수는 멜로르(Melor)라는 괴상한 이름—마르크스, 엥겔스, 레닌, 10월 혁명의 앞 글자를 조합해 만든—을 지어주었다.

강치수가 연행된 지 보름쯤 지나 올가는 금실을 찾아왔다.

"내 남편이 일본 간첩이래…… 볼셰비키 혁명과 조선의 독립을 위해서 청춘을 바친 내 남편이!"

그녀는 흐느껴 울다 숄 안에 감추어 가지고 온 양철 상자를 꺼내 금실에게 내밀었다.

"그이가 전부 불태우라고 했는데 차마 그렇게 못하겠어. 그이의 사진을 불태우는 것은 그이의 몸을 불태우는 것과 같아. 그이의 일기장을 불태우는 것은 그이의 과거를 불태우는 것과 같지……." 그녀는 양철 상자 뚜껑을 열고 그 안에 든 강치수의 사진들과 일기장, 그가 지인들에게 받은 편지 뭉치를 보여줬다.

"그이가 일기에 썼더라. '올가가 내게 왔다. 망망한 우주에서 나 강치수는 이제 혼자가 아니다.' 네가 보관해줬으면 해. 여의치 않

* **콜호스** 소비에트 시절 집단농장 체계.

으면 불태워도 돼."

양철 상자가 유품만 같아 부담스러웠지만 그녀는 거절을 못하고 받아뒀다.

그즈음 신한촌에는 올가의 남편 말고도 내무인민위원회에 연행되어 간 조선인들이 더 있었다. 멜리코브 거리 첫 번째 집, 경찰 출신 사내도 그중 하나였다. 그들 대개는 빨치산 출신이거나 공산당원이거나 교사 같은 배운 사람들이었다. 연행된 뒤 총살형을 당했다는 소문이 들려온 이들 중에는 근석의 친구도 있었다. 그의 어머니는 소덕을 찾아와 넋이 나간 얼굴로 한탄하곤 했다. "'아, 흰 파* 시절에는 내 아들을 붉은 파**라고 감방에 가두더니 붉은 파 시절이 오니 흰 파라고 감방에 가두는구나!'"

수소문 끝에 남편이 하바롭스크에 있다는 사실을 알아낸 올가는 그를 만나러 그곳에 가겠다고 고집을 부렸다. 그것이 그녀가 남편을 만날 수 있는 마지막 기회일 수도 있다는 걸 알았지만 금실은 그녀를 말렸다.

"올가, 열차가 얼마나 위험한지 너도 알잖아."

그녀는 역(驛)과 열차 안에서 절도와 살인, 강간이 빈번하게 일어난다는 소문을 누누이 들었다. 이민족 여자가 혼자 열차를 타고 낯선 도시로 가는 것은 솜이불을 뒤집어쓰고 불길 속으로 뛰어드는 것만큼 위험했다.

"열차표를 구하는 게 쉽지 않다고 들었어. 여권이나 출장증명서

---

* 왕당 파.

** 볼셰비키 공산주의자와 붉은 군대 파.

같은 게 있어야만 열차에 탈 수 있다던데…….”

“암시장에서 구할 수 있을 거야.”

“올가…….”

“빵, 가짜 이력서, 담배, 특별신분증, 설탕, 금…… 돈만 있으면 암시장에서 뭐든 구할 수 있으니까.”

진눈깨비가 질척하게 내리던 새벽, 올가는 멜로르를 포대기로 둘러 업고 금실의 집을 찾아왔다.

“달포만 우리 멜로르의 엄마가 돼줘. 저 그믐달이 보름달이 되었다 다시 그믐달이 될 즈음 데리러 올게.”

그녀는 멜로르를 금실의 품에 떠안기고 떠났다.

하바롭스크로 떠난 지 꼬박 스무 날이 지나서야 올가는 지독한 독감에 걸려 돌아왔다. 그녀는 기침을 토하며 강치수가 하바롭스크 시내에서 반나절을 걸어가야 하는 감옥에 수감돼 있다고 말했다.

“아들이나 남편을 면회하러 온 여자들이 소포 꾸러미 같은 보따리를 들고 감옥 앞에 길게 줄을 서 있었어.”

그녀는 여자들에게서 감옥 안에서 일어나고 있는 무시무시한 고문에 대해 들었다고 했다. 세 시간 넘게 줄을 서고 나서야 만난 강치수는 불과 넉 달 사이에 머리카락이 백발이 되고, 어금니가 다 빠져 양 볼이 못으로 후벼판 것처럼 꺼져 있었다고 했다.

“친정아버지보다 늙어버린 얼굴을 바라보며 내가 울기만 하자 그가 말했어. ‘울지 마, 나는 살아 있어.’”

올가는 금실의 품에서 세상모르고 잠든 멜로르를 받아 안으며, 남편이 자신에게 한 말을 암기하듯 되뇌었다.

"올가, 멜로르에게 아버지가 필요하면 새 아버지를 구해주도록 해. 그래도 멜로르가 내 아들이라는 사실은 변하지 않아. 강 멜로르라는 이름은, 그 애 자신 말고는 누구도 바꿀 수 없지. 내가 당신과 햇수로 3년을 산 것은 300년을 산 것과 같아. 나와 헤어져 집으로 돌아가자마자 멜로르를 데리고 친정으로 가."

올가는 칭얼거리는 멜로르를 도로 금실에게 건네고 기침을 쏟았다. 금실은 멜로르의 등을 토닥이며 그녀에게 물었다.

"친정으로 갈 거야?"

올가는 고개를 저었다.

"그이는 여자인데다 스물네 살이나 어린 날 귀한 손님 대하듯 했어. 내가 부엌에서 밥을 하면 그는 빗자루로 방을 쓸었어. 내게 욕을 하지도, 날 때리지도 않았지. 난 남자들이 자신의 아내와 아이들을 때리는 걸 보면서 자랐어. 내 아버지도 화가 나면 어머니를 때렸지. 그이는 남자가 여자와 아이를 때리는 건 비열하고 부끄러운 행동이라고 했어. 개도 함부로 때려서는 안 된다고 했지. 그이는 여자도 프롤레타리아와 마찬가지로 억울하고 부당하게 억압받으며 살고 있다고 했어. '올가, 여자도 해방되어 남자와 평등하게 사는 세상이 돼야 해.'"

멜로르의 얼굴을 쓰다듬던 올가는 하바롭스크 감옥 근처에서 만난 조선 할머니 얘기를 들려주었다.

"얼굴에 귀티가 흐르는 조선 할머니가 절구를 등에 혹처럼 짊어지고 감옥 근처를 배회하고 있었어. 양철 냄비와 그릇, 국자, 도마, 식칼을 양 어깨와 팔에 주렁주렁 매달고. 다가가 사연을 물었더니 그러시더라. '내 외동아들이 저 철조망 너머에 있다우.' 모스크바 국립대학교에서 철학을 공부하던 수재 아들이 정치범으로 몰려 비밀 경찰들에게 체포돼 한쪽 눈이 실명되도록 고문을 받았다지 뭐야. 모스크바 감옥에 있던 아들이 다른 감옥으로 이송될 때 절구를 등에 짊어지고 아들을 따라나섰대. 그 뒤로 아들이 다른 감옥으로 이송될 때마다 따라다니다 보니 하바롭스크 감옥까지 오게 되었고…… 감옥 근처 마을에서 잠자리와 먹을 걸 구걸하며 살고 있다고 했어. 밭에서 주운 밀이나 귀리 낱알들을 절구에 찧어 가루를 내고, 들에서 뜯은 풀을 그것에 섞어 반죽해 떡이나 빵을 만들어서는 감옥에 있는 아들에게 사식으로 넣어준댔어. 감옥에선 희멀건 양배추 수프나 귀리죽만 주어서 아들이 배를 곯다 병이라도 날까봐. 그녀가 하늘을 올려다보며 그러더라. '내 아들은 종국에 시베리아 노동수용소로 보내질 거야.' 하바롭스크 역에서 그이에게 주려고 산 만두를 할머니에게 나눠드렸지. 열 개 중 세 개를 할머니에게 드리며 내가 그랬어. '만두는 아드님 주지 말고 할머니 드세요.' 그녀가 고개를 끄덕이더니 만두를 깨끗한 광목수건에 싸 품속에 넣으며 그러시더라. '만두를 세 개나 주다니, 열 개를 다 준 거나 같아.'"

"올가, 나도 그렇게 생각해."

"그이도 시베리아 수용소로 보내질까?"

올가는 친정으로 가지 않았다. 금실의 보따리 속에는 올가가 맡긴 양철 상자도 들어 있다. 그녀는 열차가 최종 목적지에 도착하고 올가를 만나면 그걸 전해줄 생각으로 보따리 속에 챙겨 넣었다.

# 4

양철 냄비 바닥을 숟가락으로 긁는 소리, 코 푸는 소리, 푸념 소리, 주먹으로 열차 벽을 치는 소리…… 창문을 막은 양철 조각이 빛에 휩싸여 알 밴 붕어처럼 부풀어 보인다. 열차 바닥이 지그재그를 그리며 들썩인다. 풍도가 쩝쩝 소리 내며 소시지를 씹는다. 소시지가 들린 그의 손은 씻지 못해 소똥거름을 주물럭거리기라도 한 듯 더럽고 고약한 냄새가 난다.

건초가 썩으면서 풍기는 들치근한 냄새가 역겨워 금실은 헛구역질을 한다. 널빤지 새새로 들이치는 바람에서 말똥 냄새가 맡아진다. 양철통 속 분뇨가 끔찍한 악취를 토하며 출렁인다.

쇠바퀴가 선로를 절단낼 듯 긁는 소리에 잠들었던 인설이 깨어난다. 그는 몇 초간 허공을 응시하다 잠꼬대하듯 입을 달싹인다. 퀭하게 꺼진 눈구멍 속 눈동자는 핏발이 섰다. '떠돌이 노동자일까. 머리와 겨드랑이에 이가 득실거리겠지, 톱날처럼 자란 손톱에는 때가 끼어 있고…….' 인설의 얼굴을 살피던 금실은 무심코 그의 외투에 달린 단추 개수를 세기 시작한다.

근석이 돌아오면 그녀는 그의 외투를 자신의 무릎 위에 펼쳐놓고 단추를 셌다. 밤이 되고 그가 잠들면 단추가 떨어져나간 자리에 새 단추를 달아주었다. 바늘과 실로 단단히 달아매는 데도 단추 한두 개가 꼭 달아나 있었다.

목화솜 이불을 둘둘 말고 누에고치처럼 누워 있던 오순이 발딱 일어선다.

"우릴 어디로 데려가려는 걸까?"

"카자흐스탄……." 인설의 놋빛 이마가 움찔 경련한다.

"이보우, 방금 뭐라고 했소?"

풍도가 쌍꺼풀 진 눈을 굼뜨게 끔벅인다. 요셉의 눈길이 조용히 인설을 향한다.

"카자흐스탄…… 우리가 가는 곳 말입니다."

"카자흐스탄이라고 했어요? 그건 러시아 어디에 붙었대요?" 오순이 인설을 향해 눈을 동그랗게 뜬다.

"러시아 서쪽…… 어린아이들이 살 수 없는 곳이지요……." 인설의 관자놀이가 꿈틀거린다.

"어린아이들이 살 수 없다니?" 들숙이 묻는다.

"모래바람 때문에 나무도 자라지 못하는 곳이니까요."

사람들이 술렁거리기 시작한다.

"열차가 카자흐스탄으로 간대요!"

"어린아이들이 살 수 없는 곳이래요!"

"여보, 어린아이들이 살 수 없는 데래요." 금방이라도 울음을 터트릴 듯 따냐의 볼이 실룩인다.

열차에는 많은 아이들이 실렸다. 그리고 그 아이들 중에는 러시아인의 피가 섞여 흐르는 아이들도 있다. 페르바야 레치카 역에서 금실은 자신처럼 아기를 가져 배가 부른 여자를 여럿 보았다. "내 배를 봐요, 열차에 타자마자 아기가 나오려고 할 거예요." 배가 터질 듯 부른 여자가 울면서 호위대원에게 호소했다.

"카자흐스탄이라고 했나요? 그곳에 가보았습니까?" 요셉이 묻는다.

인설이 고개를 가로젓는다.

일천이 안경알 너머로 인설을 골똘히 주시한다. 오른쪽 안경알에 기미줄처럼 가는 금이 가 있다.

"내 형님은 2년 전에 '형법 58조 조국위반죄'로 체포되셨지요."

"형님이 반동분자였군!"

일천이 파이프를 입에 문 채 비꼬듯 말한다.

"11년 만에 형님 집을 찾았다 그의 절친한 친구가 반역죄로 체포돼 총살형을 당했다는 소식을 전해 들었지요. 형님은 사색이 돼 내게 속삭였어요. '오늘 밤 그들이 날 체포하러 올 거야.' 형님은 열성적인 공산주의자지요."

"결국 형님의 말대로 되었네요." 풍도가 말한다.

"형님은 하바롭스크 21호 감옥에 수감돼 있다 카자흐스탄으로 유배살이를 떠나셨지요. 그곳에서 내게 보내온 편지에 쓰여 있었어요…… '나는 카자흐스탄 크즐오르다에 와 있다. 사막이 지척으로 모래바람이 사철 내내 불어 어린아이가 도무지 살 수 없는 곳이다. 나무가 자라지 못하고, 우물을 파면 소금물이 나와 채소를 재배할 수도 없다. 집 지을 나무가 없어서 여기 사람들은 두더지처럼 땅굴을 파고 그 안에 들어가 산다.' 카자흐스탄이 어린아이가 살 수 있는 곳이라면 내 형님이 거짓말을 한 거겠지요."

"그래서 형님은 살아계시오?" 풍도가 묻는다.

인설이 고개를 흔든다.

"그럼 돌아가셨소?"

"카자흐족 노인에게서 붉은 닭 한 마리를 얻었다는 소식을 끝으로 형님의 편지를 받지 못했습니다."

인설의 형 이고억은 하바롭스크 성모승천대성당 앞에서 체포되었다. 그때 그의 나이는 마흔한 살이었다. 공산당 노동조합에서 법률 업무를 맡아보던 그는 일을 마치고 집으로 가고 있었다. 사무실이 있던 맑스 거리에서 집까지 7킬로미터 남짓 되는 거리를 그는 매일 걸어서 출퇴근했다. 여느 때처럼 사무실을 나와 아무르강을 옆에 끼고 걸어가던 그는 성당에 이르러 가슴을 움켜잡았다. 허리를 접고 폐를 통째로 토할 듯 격렬한 기침을 토했다. 기침이 겨우 잦아들어 손수건으로 입을 훔치는 그의 옆으로 검은 차가 슬그머니 다가왔다. 가죽 외투를 걸친 사내들이 구둣발 소리를 일사분란하게 울리며 내리더니 그를 강제로 차에 태웠다.

그리고 넉 달 뒤 이고억의 집으로 판결문 내용이 적힌 종이가 날아들었다.

체포된 이고억에게 ○○○○주 내무인민위원회의 결정에 따라 1935년 11월 ○○일 유배형을 선고하며 이 선고는 12월 ○○일에 집행된다.

이고억의 아내 권옥희는 남편이 살아 돌아오지 못할 것이라고 판단했다. 그즈음 그는 객혈을 할 만큼 결핵을 심하게 앓고 있었다.

양반인 안동 권(權)씨 가문 출신에 김나지야를 나와 자존심이 강하고 도도하던 권옥희는 남편보다 아들들이 먼저였다. 정직하고 충실한 공산당원인지 모르지만, 이고억은 그녀에게는 무능하고 이기적인 가장이었다.

"혁명은 성공했는지 모르지만 당신 인생은 실패했어요."

노동조합 일이 우선인 남편에 대한 원망이 극에 달하면 권옥희는 아들들이 지켜보고 있다는 걸 까맣게 잊고 날 선 저주를 퍼부었다. 그때마다 이고억은 원호의 딸로 태어나 러시아 귀족처럼 자란 탓에 부르주아적이고 속물적인 악습에 물들어 있다고 그녀를 비난했다.

남편을 따라 공산당원이 됐지만 권옥희는 가정과 아들들을 중요시했다. 한창 자라는 아들들에게 고기와 생선을 먹이고 따뜻한 옷을 입히고 싶어 했다.

하루아침에 반소비에트 활동 혐의로 체포돼 숙청대상이 된 남편의 이력이 아들들의 인생을 파멸시킬까봐 염려하던 권옥희는 이웃들이 모두 잠든 밤에 몰래 짐을 쌌다. 아들들에게 괴나리봇짐을 하나씩 지우고, 돈과 금붙이를 싼 보자기를 자신의 허리에 둘

렸다. 그녀는 인설은 물론 친정 식구들에게조차 자신들이 떠난다
는 사실을 알리지 않았다.

## 5

혓바늘이 돋도록 혀가 마르지만 금실은 물을 마시지 않는다. 그녀는 하루 넘게 오줌을 누지 못했다. 그렇잖아도 배가 불러오면서 방광이 눌려 수시로 소변이 마렵다. 오장육부가 오줌으로 그득 차 부글부글 끓는다. 열차가 들썩일 때마다 그녀는 속옷에 찔끔 오줌을 지린다.

들숙이 끙 소리를 내며 일어서더니 검정 솜치마를 손으로 주섬주섬 말아 올린다. 치마 속에 껴입은 바지를 끌어내리고 사기요강 위에 엉덩이를 걸치고 앉는다. 오줌이 요강 바닥에 기운차게 떨어지는 소리가 민망해 일천은 파이프를 만지작거리며 헛기침을 한다. 풍도는 허공에 대고 눈을 끔벅끔벅한다. 들숙을 흘겨보던 아리나가 고개를 푹 수그리고 손으로 옆구리를 쥐어짠다.

페르바야 레치카 역을 출발한 열차가 하루를 꼬박 쉬지 않고 달리고 나서야 여자들은 씻는 것보다 용변이 더 절실한 문제라는 걸 깨달았다. 가축운반용 열차에 용변 볼 시설이 갖춰졌을 리 없었다. 사람들은 궁여지책으로 요강에, 미처 그것까지 챙기지 못한 이들은 냄비나 그릇에 대소변을 받아 양철통에 부었다.

"어머니……."

소덕이 졸음에 겨운 얼굴로 금실을 바라본다.

"오줌을 누고 싶은데……."

"저런, 어쩐다니……."

소덕이 금실보다 더 어쩔 바를 몰라 하며 쭈그리고 있던 몸을 일으킨다.

"내가 가려줄 테니 어서 눠라."

금실은 소덕의 뒤에 숨듯 자리를 잡고 앉는다. 갈색 주름 치마를 들치고 두 다리 사이로 넓적한 양철 냄비를 밀어넣는다. 치마 속으로 손을 넣어 속옷을 엉덩이 아래까지 끌어내린다. 치마에 얼굴을 파묻고 오줌을 눈다.

"다 눴니?"

"아직요……."

오줌 줄기가 잦아들 듯 잦아들지 않고 끈질기게 이어진다.

금실은 속옷을 끌어올리며 얼떨결에 고개를 들다 인설과 그만 눈이 마주친다. 민망한 그녀는 아랫입술을 깨문다. 양철 냄비를 들고 양철통으로 걸어간다. 그걸 덮어놓은 널빤지를 들추고 양철 냄비를 기울인다.

"다리가 불편한가보네? 절뚝이는 걸 보니……."

"어려서 소아마비를 앓아서 왼다리가 온전치 않아요."

소덕이 귀띔하듯 들숙에게 말한다.

"저런, 어쩐지……."

"가만히 있으면 저 애 몸이 불편한 걸 아무도 몰라요."

"행동거지가 반듯하고 재빨라서 눈치 빠른 나도 전혀 몰랐네요." 들숙이 기특해하는 눈빛으로 금실을 바라본다.

"내 며느리가 얼마나 바지런하고 마음 씀씀이가 착한지, 사지 멀쩡한 며느리를 둔 이웃 여자들이 외려 날 부러워한답니다. 내 뒷골에 대고 병신 며느리를 들였다고 흉을 뜯더니 말이에요." 소덕의 얼굴에 자부심 어린 미소가 번진다. "솔직히 나도 처음엔 마뜩잖았어요. 몸뚱이가 성해도 세상 살기가 힘든데 온전치 않은 애를 아내감으로 골랐을까, 아들이 야속했답니다. 하나 남은 아들이 서른 살 넘도록 장가를 안 가 속을 끓였어요. 맞선 보는 처녀마다 싫다고 마다하더니, 저 애하고 맞선을 보고 집에 돌아와서는 장가를 가야겠다고 하지 뭐예요."

"아드님이 제 짝을 알아본 거겠지요." 백순이 말한다.

소덕이 고개를 끄덕인다.

"시집 온 첫해 봄에 집 뒤 텃밭을 일구는 걸 보고 안심했지요. 나는 저 애가 시집오기 전까지 담배 공장에 다녔다고 해서 배추씨하고 무씨나 구분할 줄 알까 싶었어요. 근데 텃밭을 바둑판처럼 나누더니 씨앗을 종류별로 심더군요. 토마토, 오이, 감자, 가지, 땅콩, 배추, 홍당무, 무…… 마을마다 논밭을 합쳐 집단농장을 만든다고 어수선할 때였어요. 소나 말 같은 가축들도 네 것 내 것 구분 없이 한곳에 모아두고 키운다고 공장처럼 커다란 축사를 짓고요. 저 아래 세상은 팥죽 끓는 솥단지처럼 시끄럽고 어수선한데, 저 애 덕분에 우리 집 텃밭에는 호박꽃, 가지꽃이 피고 토마토, 오이가 울긋불긋 열렸답니다."

"요새 젊은 여자들은 농사를 우습게 알아요." 백순이 말한다.

"기술자가 대우받는 세상이 돼놔서 농촌 청년들이 기술을 배우겠다고 도시로만 몰려드니까요." 풍도가 말한다.

"내 밭에서 난 배추하고 시장에서 산 배추하고 아무렴 같겠어요? 못났어도 내 밭에서 난 배추가 더 달고 맛나지요…… 가지든, 오이든 키우려면 수고스럽지만 재미가 있어요. 꽃도 보고, 그 꽃을 찾아 날아드는 나비도 보고……."

소덕의 말에 백순의 수심 어린 얼굴이 환해진다.

"내 어머니는 옥수수하고도 말벗을 했어요. '아이고 예쁘다, 너는 더 영글어야겠구나, 너는 두었다 씨를 해야겠구나.'"

"옥수수 대가 쑥쑥 올라오는 걸 보고 있으면 자식 자라는 걸 보는 것 못지않게 기특하고 흐뭇해요." 주름이 자글자글한 소덕의 입가에 미소가 번진다.

흰 사기요강을 들고 2층에서 내려온 여자가 쇠난로 앞에 철퍼덕 자리를 잡고 앉더니 하소연한다.

"콜호스로 바뀌고 나서 농사짓는 게 신이 안 나요. 누가 게으름을 피우나, 누가 쟁기질을 가장 못하나, 괜히 남 일하는 거나 살피게 되고……." 여자는 목에 두른 광목수건에 코를 푼다.

불만 어린 목소리들이 뒤섞여 떠돈다.

"가축 키우는 보람도 없어졌어요. 공동 축사에 소가 스무 마리 있으면 내가 키우던 소만 눈에 들어오지요. 내 암소가 다른 소들보다 핼쑥하면 맘이 안 좋았어요. 그래서 밤에 내 암소를 몰래 집에 데려와 죽을 쒀 먹였지요."

"난 콜호스를 반대했어요." 사다리에 한쪽 다리를 걸치고 있는 사내가 울분을 토한다. 각목을 대충 잘라 엉성하게 짠 사다리가 삐거덕거린다. "양 니콜라이가 찾아와서는 마을 회의가 있으니 3시까지 학교에 모이라고 하더군요. 양 니콜라이가 누구냐면, 우리 마을에서 가장 게으르고 가난하던 농부였어요. 그는 봄이면 어린 자식들을 데리고 쌀이나 감자, 등유를 구걸하러 이 집 저 집 다녔어요. 돼지우리를 치우느라 조금 늦게 갔더니 마을 사람들이 벌써 학교 교실에 모여 있더군요. 낯선 청년이 앞으로 걸어나가더니 한바탕 연설을 하데요. '콜호스를 반대하는 농부는 누구든 프롤레타리아를 착취하는 쿨라크'라더군요. 연설이 끝나자 군복을 입고 총을 든 청년들이 우르르 들어와 우리를 둘러 쌌어요. 양 니콜라이가 기다리고 있다가 투표를 시작하겠다고 하더군요. 가족 농장을 없애고 토지, 가축, 농기구를 넘기는 결의안에 찬성하는 사람은 손을 들라고 하데요. 난 손을 안 들었어요. 열에 여덟은 손을 들었지요. 양 니콜라이가 교실 칠판에 반대하는 사람 이름을 적더군요. 그날 밤 그가 청년 둘과 내 집을 찾아와서는 그러더군요. '콜호스에 반대하는 것은 소비에트 정권을 반대하는 반역 행위야!'"

"난 콜호스를 무조건 찬성했어요. 공산당에서 하는 일이니까요. '공산당이 만들려는 세상은 평등한 세상이다. 공산당은 옳다.' 철석같이 믿었거든요."

"나도 두말없이 찬성했어요. 그런데 조선인들에게는 씨앗 한 알 심은 적 없는 척박한 땅을 주더군요."

백순이 갑자기 사색이 되더니 옷 보따리를 풀어헤친다. 옷가지들 속에서 꺼낸 갱지 뭉치를 황급히 펼쳐 보인다.

"팥이네?"

팥을 바라보는 들숙의 얼굴이 환해진다.

"두고 온 줄 알았지 뭐예요."

"내 친할머니가 늘그막에 노망이 나, 눈 감는 날까지 팥이 든 복주머니를 찾고 다니셨어요. 어디에 뒀는지 기억이 나지 않는다면서요. 복주머니를 찾는다고 집안 살림을 한바탕 뒤집어놓곤 하셨지요. 한번은 어머니가 물었어요. '어머니, 팥은 찾아서 뭐하시게요?' '심어야지.' '어디에요?' '땅에 심지, 하늘에 심을까봐?'"

"시집온 지 스무 날이나 지났을까, 얼굴이 설고 무섭기만 한 신랑이 러시아에 가 살기로 했으니 짐을 꾸리라더군요. 작은 주머니를 여러 개 만들어 씨앗을 종류별로 구분해 담았다우. 벼, 귀리, 보리, 조, 수수, 호박, 무, 상추, 열무, 오이, 가지, 배추…… 큰집 가족하고 거룻배를 타고 바다를 건너는데 너무 무거웠던지 배가 서서히 가라앉아서 하는 수 없이 챙겨온 세간을 하나씩 바다에 던졌다우. 한약방 하던 친정아버지가 혼수로 장만해준 반닫이를 가장 먼저 던지고, 무게가 많이 나가는 순서대로 하나둘 바다에 던지다 보니 나중에는 씨앗들하고 식량만 남데요. 러시아에 와 땅을 가리지 않고 고향에서 챙겨온 씨앗을 뿌렸다우. 하여간 주인 없는 땅이면 돌밭 천지여도 억척스럽게 일궈 열무씨라도 뿌려 거두어 먹었으니까요. 절벽처럼 바튼 땅에는 호박씨를 뿌려 호박을 따 먹었지요."

"내 친정아버지는 가마솥하고 벼 종자 보따리를 지게에 짊어지고 러시아로 오셨어요. 해가 떨어져 들판에서 모닥불을 피우고 자야 할 때면 아버지는 누가 훔쳐갈까봐 벼 종자 보따리를 머리에 베고 주무셨어요. 러시아에 와 15데샤티나*의 땅을 분배받았지만 자갈밭이라 도저히 벼농사를 지을 수 없었어요. 그래서 하는 수 없이 벼 종자를 귀리 종자하고 바꾸셨지요."

백순의 얘기에 고개를 끄덕이던 소덕이 말한다.

"농부아사 침궐종자(農夫餓死 枕厥種子)라고 농부는 굶어 죽더라도 종자 씨는 절대 먹지 않는다잖아요."

"러시아인들은 어째서 벼농사를 못 지을까요?" 풍도가 고개를 갸웃거린다.

"생전 벼농사를 지어봤어야 짓지…… 레닌이 지주들 땅을 몰수해 가난한 농민들에게 공평하게 나눠주기로 했다는 소문을 듣고 내가 콧방귀를 뀌었지…… 아, 레닌이 땅을 모르는구나…… 땅을 공평하게 나누는 건 불가능해……."

"떡을 나누듯 한 조각씩 떼어주면 되잖아요?" 풍도가 말한다.

"똑같은 15데샤티나의 땅이어도 어떤 땅은 1루블의 가치밖에 안 되고, 어떤 땅은 100루블의 가치가 있는 걸……."

"어르신 말씀이 맞네요. 한 종자여도 어떤 땅에 심으면 열 배가 나고, 어떤 땅에 심으면 백 배가 나니까요."

---

* **데샤티나** 면적법 이전의 러시아 면적 단위. 1데샤티나는 1.092헥타르다.

"엉덩이에 징이 박히네." 들숙이 엉덩이를 들썩인다.

"오장육부가 뒤집혀 창자가 위에 친친 걸쳐져 있는 것 같아요." 오순의 얼굴은 보랏빛이다.

백순이 물에 불린 빵 조각을 황 노인의 입에 넣어준다. 황 노인이 음산한 소리를 내며 입을 우물거린다. 열차가 뒤흔들리자 진죽이 된 빵을 고스란히 토한다.

인설이 몸을 일으키더니 문에 다가선다. 숨을 크게 한 번 내쉬고 문을 연다. 덜컥덜컥 흔들리는 문짝을 한쪽 어깨로 누르고 들이치는 바람을 고스란히 맞고 서 있는 그의 외투 자락이 펄럭인다.

뺨을 때리는 차가운 바람에 풍도는 정신이 번쩍 나 눈을 부릅뜬다. 아나똘리가 고개를 들고 입을 찢듯 벌린다.

"하늘에 뜬 게 달이에요, 해예요?"

"낮달이네요."

"피죽도 못 얻어먹은 얼굴이네요."

바람이 휘몰아쳐 들어와 열차 안에 고인 악취를 솎아낸다.

"저기도 러시아 땅이겠지요?"

"집이 한 채도 안 보이네요."

"사람도요."

"들짐승도 한 마리 안 보이네요."

"날짐승도요."

"그런데도 땅은 끝이 없네요."

# 6

"어머니, 아범이 집에 돌아왔을까요? 우리가 어디로 가는지 그들이 아범에게 알려주었겠지요?"

갑자기 감정이 북받쳐 흐느끼는 금실을 인설이 묵묵히 응시한다.

금실은 근석이 아직 집에 돌아오지 않았을 것 같다. 블라디보스토크의 조선인들이 전부 열차에 태워진 사실을 까맣게 모르고 일본인 행세를 하며 간도 땅을 헤매고 있을 것 같다. 뒤섞여 밀려드는 불안과 서글픔에 어깨를 떨던 그녀는 부부인 자신들이 실 한 가닥으로조차 연결되어 있지 않다는 걸 새삼 절감한다.

결혼식을 올린 지 1년쯤 지나서였다. 장사를 나간 근석이 두 달 가깝도록 돌아오지 않은 적이 있었다. 그는 대개 장사를 나가면 스무 날 안짝으로 돌아왔다. 그래서 그가 장사를 나간 지 보름째 되는 날부터 그녀는 밥을 새로 지을 때마다 사기그릇에 담아 아랫목 이불 밑에 파묻어뒀다. 날이 어두워지면 가마솥에 물을 데우고, 깨끗이 빨아 말려둔 속옷을 윗목에 놓아뒀다. 그가 간혹 취미로 불곤 하는 하모니카를 반짝 빛이 나도록 닦아 앉은뱅이 책상 위에 놓아 뒀다. 바람에 나뭇가지가 흔들리는 소리에도, 골목 어귀 장로교 전도사 집 개가 짖기만 해도 근석인가 싶어 내다보았다. 그가 국경을 넘어 간도로 떠났다는 것 말고 그녀는 아는 게 없었다. 기다리는 것 말고 그녀가 할 수 있는 게 아무것도 없었다. 그는 두 달 하고도 보름 만에 돌아왔다. 아침에 새로 지어 이불 밑에 파묻어둔 밥은 말라 있었다. 얼굴 살이 빠지고 머리가 덥수룩이 자란 탓도 있었지만 그녀의 눈에 그는 낯설도록 달라져 있었다. 그날 밤 그는 머리를 그녀의 목덜미에 파묻고, 담배 냄새에 찌든 손가락으로 그녀의 젖가슴을 더듬으며 러시아 말로 중얼거렸다.

"우리가 아이를 낳으면 그 아이는 뼛속까지 러시아인이어야 해."

근석은 손가락을 벌려 그녀의 젖가슴을 터트릴 듯 움켜쥐었다.

"우리 아이가 자라서 낳은 아이는 영혼까지 러시아인이어야 하고."

금실은 자신이 아이를 낳고, 그 아이가 자라 또 아이를 낳는 날이 올까 싶었다. 그런 날이 오려면 아주 긴 시간이 흘러야 할 것이었다.

"우리는 조선인이 아닌가요? 그럼 우리가 낳을 아이도……"

"조선? 조선이 어디 있지?"

"조선이 독립되면……."

"독립은 글렀어!"

"생신잔치 때 백부님도 그러시더군요. 난 당신이 백부님 생신 전에는 돌아올 줄 알았어요. 백부님이 당신을 찾으시더군요. 백부님은 백모님이 담근 인삼주를 드시고 〈허사가〉를 부르셨어요. '세상 만사 살피니 참 헛되구나'로 시작되는 노래 말이에요."

백부는 너울너울 춤까지 추며 노래를 부르다 '저 적막 강산 공동묘지 널 기다린다'는 대목에서 눈물을 보였다.

"조선이 일본에 합병된 지 20년 넘게 흘렀어. 러시아와 벌인 전쟁에서도 이긴 일본이야. 러시아가 이겼더라면 러시아가 조선을 지배했을까. 간도 곳곳에서 개미가 집을 짓듯 일본군 부대가 들어서고 있어."

"공산당에 가입한 사람들은 이구동성으로 우리 조선인들도 소비에트 인민이 돼야 한대요."

"그 전에 러시아인이 돼야 해."

"난 오늘 하루 종일 줄을 서서 빵 한 덩이를 받았어요. 배급표를 손에 든 러시아 여자들과 조선 여자들이 소비협동조합 건물을 빙 둘러쌀 만큼 길게 줄을 섰어요."

"당신에게 새 모직 코트를 사주고 싶었는데 옷 상점이 문을 닫았더군."

"식당과 상점들이 문을 닫고 있어요. 앞집 아줌마는 신발 상점에 장화를 사러 갔다 발에 맞는 장화가 동나서 그냥 돌아왔대요."

근석이 쇠 재떨이를 자신의 베개 가까이 끌어당겼다. 한 손으로 턱을 괴고 담배를 입에 물었다.

"솔직히 난 내가 누군지 모르겠어. 조선인, 러시아인, 소비에트 인민……."

"그 셋 다 아닌가요? 당신은 조선인이지만 러시아에서 태어났어요. 러시아는 소비에트가 되었고요."

"그 셋 다일 수는 없어."

그는 성냥을 그어 담배에 불을 붙였다. 천장을 바라보고 누우며 허공에 대고 길게 담배연기를 토했다.

"국경을 넘나드는 것도 지긋지긋해. 일본인 행세를 하는 나 자신이 역겨워…… 일본 간첩으로 오해받을까봐 겁이 나기도 하지……." 근석은 담배를 재떨이에 눌러 끄고 다시 그녀의 품으로 파고들었다. "밤마다 당신 품이 그리워서 미치는 줄 알았어……."

"……난 당신이 날 그리워하지 않는 줄 알았어요."

근석이 피식 웃으며 그녀의 머리카락으로 손을 뻗어왔다. 길게 땋아 내린 머리카락을 풀어헤치고 자신의 손가락을 숨기듯 밀어넣었다.

"머리숱이 더 많아진 것 같군."

그는 매달리듯 그녀의 머리카락을 움켜잡았다.

"당신이 장사를 나가고 머리카락을 자르지 않았어요. 당신에게 나쁜 일이 생길까봐서요."

그녀는 근석이 장사를 나가면 그가 돌아올 때까지 손톱도 깎지 않고 눈썹도 다듬지 않았다.

"한동안 당신 옆에 있어야겠어. 간도는 일촉즉발이야. 날짜를 헤아려보니 결혼하고 당신과 함께 잠든 날보다 멀리 떨어져 잠든 날이 더 많더군……."

"당신은 결혼하고 나흘 만에 장사를 떠났어요."

"그랬지, 당신은 날 붙잡지 않았지."

"내가 붙잡았으면 떠나지 않았을까요?"

"아아, 떠나지 않았을 거야." 근석은 그러나 방금 자신이 한 말을 부정하듯 고개를 흔들었다.

한동안 그녀의 곁에 있겠다던 그는 돌아온 지 보름도 안 지나 또 다시 짐을 꾸렸다. 그녀는 처음으로 그를 붙들었다.

"한곳에 정착해 농사짓고 가축을 기르며 사는 건 어때요?"

"난 땅에 얽매이고 싶지 않아. 땅은 인간을 노예로 만들지. 세상은 얼마나 넓은지 가도 가도 땅이 있고, 가는 곳마다 사람들이 집을 짓고 땅을 경작하며 살고 있지. 농사꾼에게는 자신이 씨앗을 뿌리는 땅이 세상 전부야. 게다가 러시아에서는 더 이상 개인이 땅을 소유하는 것이 불가능해졌어. 더구나 난 내 소유도 아닌 땅에 매달려 살고 싶지 않아. 그것이 가능하다 해도 조선인인 내가 러시아에서 얼마만큼의 땅을 가질 수 있다고 생각해? 연해주에 조선인들이 늘어나자 차르 정부에서는 조선인들에게 주던 땅 할당량을 줄였어. 대신에 연해주로 이주해오는 러시아인들에게 마음에 드는 땅을 골라 농사짓고 살 수 있는 혜택을 주었지. 100데샤티나나 되는 땅을 말이야. 조선인들은 100루블을 주고서야 살 수 있는 1데샤티나의 땅을 러시아인들은 3루블에 구입할 수 있게 해주었지. 어디 그뿐이었는지 알아? 러시아인들에게는 인두세를 영원히 면제해주었어. 군역은 10년, 토지세는 20년이나. 설사 내가 100만 데샤티나의 땅을 소유할 수 있다 해도, 평생을 땅에 종속돼 살다가 죽는다고 생각하면 끔찍해. 하루 종일 논에 나가 죄인처럼 허리를 굽히고 곡괭이질이나 하며 늙고 싶지 않아. 변덕스러운 날씨 때문에 1년 농사를 망치면 어쩌나 전전긍긍하며 살고 싶지 않단 말이야. 농부들의 모습은 어디를 가나 비슷해. 러시아 농부나 중국 농부나 조선 농부나…… 어수룩한 것 같지만 그 안에 능글스런 구렁이가 들어앉아 있지. 이웃과 친동기간처럼 지내다가도, 내 밭의 호박이 이웃 밭의 호박보다 작으면 불같이 질투하는 게 농사꾼 심보야."

"씨앗을 심으려고 땅을 향해 허리를 구부리는 농사꾼이 내겐 죄인처럼 보이지 않아요."

"아아, 그렇군!" 근석은 돌이라도 씹은 듯 얼굴을 찌푸렸다.

"내가 뭘 잘못했나요?"

"땅! 땅에 화가 나! 간도 오지에서 코가 땅에 닿도록 허리가 굽은 조선 노인을 봤어. 상투를 틀고 저고리를 입고 있어서 조선인이라는 걸 알았지. 저고리가 찢기고 해져 비루 먹은 닭을 어깨에 걸치고 있는 것 같았어. 농사지을 땅을 찾아다니다 그곳까지 흘러들었겠지. 내가 고향이 어디시냐고 물었더니 한참을 생각하다 고개를 흔들더군. 조선말을 잊어버린 걸까. 농기구가 없는지 손으로 고랑을 내는 그 노인을 보고 있으려니 인간이 땅을 위해 존재한다는 생각이 들더군. 인간은 살아 있을 때는 땅의 종으로 살다, 죽어서는 썩어 땅의 거름으로 쓰이니 말이야."

"땅을 누리기도 하잖아요. 땅에서 나는 걸 먹고, 땅에 가축을 풀어 기르고, 땅에 집을 짓고……"

"당신이란 여자는 농사꾼의 아내가 됐어야 했어!"

"당신이 봇짐을 꾸려 대문을 나설 때마다 돌아오지 않을까봐 겁이 나요."

"돈이 조금 더 모아지면 모스크바로 갈 거야."

"모스크바요?"

"그래."

"하지만 사는 데를 함부로 옮겨다닐 수 없게 되었다고 들었어요. 다른 도시에서 살려면 그곳 거주권이 있어야 하고요."

"돈만 있으면 가짜 거주권을 구할 수 있어. 지금 러시아 땅은 적군과 백군으로 갈라져 싸울 때보다 혼란스러워. 벌통처럼 어수선하고 허점투성이지. 의심, 고발, 감시, 배신, 은폐, 체포…… 수많은 러시아인들이 가족과 고향을 떠나고 있어. 암시장에서 이력서를 위조해 출신과 계급을 바꾸고 있지. 어제까지 세례를 주던 신부(神父)가 건축가를 사칭하고, 귀족 출신 청년이 프롤레타리아 노동자 행세를 하고 있어. 모스크바 같은 대도시에선 시골에서 올라온 처녀들이 잠잘 방을 구하려고 얼굴도 본 적 없는 남자와 혼인신고를 한다지."

"모스크바에서 뭘 할 건데요?"

"장사를 할 거야. 난 장사꾼이니까. 이번에 장사를 다녀오면 겨울 내내 당신 곁에 있을게. 언 아무르만이 완전히 녹을 때까지 당신을 떠나지 않겠다고 약속하지."

근석이 장사를 떠날 때마다 소덕도 금실만큼 애간장을 태웠다. 근석은 그녀에게 유일하게 살아남은 자식이었다. 그녀는 근석 위로 아들 둘을 더 낳았지만, 둘째는 어려서 뇌막염에 걸려 죽고, 한인사회당 당원이던 첫째는 4월참변 때 일본 군인들에게 총살당했다. 근석의 큰형을 본 적 없지만 금실은 그가 죽은 날을 또렷이 기억했다. 1920년 4월 어느 날이었다. 첫 닭이 울고 얼마 지나지 않아 새벽 공기를 가르는 총소리를 들었다. 세상이 깊은 물속에 잠긴 것 같은 정적이 몇 초간 흐르더니 비명 소리와 함께 총소리가 산발적으로 들려왔다. 아버지가 벌떡 일어나더니 방문을 부수듯 열고 마당의 검보랏빛 어둠 속으로 뛰어나갔다. 그녀는 붉은 불길이 치솟고, 검은 연기가 뭉게뭉게 이는 걸 보았다. 총소리는 날이 환하게 밝아서야 잦아들었다. 아침도 거르고 신한촌을 둘러보고 돌아온 아버지가 어머니에게 말했다. "간밤 일본 군인들이 한민학교에 조선인들을 가두고 불을 질렀다오. 오는 길에 둘러봤는데, 건물이 폭삭 무너지고 굴뚝 네 개만 남아 있더이다." 그날 낮에 그녀는 어머니와 우물에 물을 길러 가다 공터에 장작더미처럼 쌓여 있는 시체들을 보았다. 머리를 쪽지고 아기를 등에 업은 여자가 시체들 속에 망연자실 서 있었다. 집에 돌아오는 길에는 일본 군인들에게 끌려가는 조선 사내들을 보았다. 그들은 러시아 적군 복장을 하고 있었다.

## 7

"여보, 태엽을 감아요……. 남편과 난 알단 금광*에서 만났어요. 열두 살 때 금전꾼인 의붓아버지를 따라 그곳에 갔지요. 겨울이면 지붕 처마에 염소 다리만 한 고드름이 주렁주렁 매달리는 곳이지요. 그곳에서 긴 머리를 잘렸지요. 황제가 아직 살아 있을 때였어요. 어머니가 녹슨 무쇠 가위로 내 머리카락을 자르다 말고 성질 괴팍한 암탉처럼 소리 질렀어요. '맙소사, 남편이 두 개나 되네!' 의붓아버지는 착하고 수줍음을 잘 타는 사람이었지만 술을 많이 마셨어요. 술 때문이었을까요. 의붓아버지가 밤에 잠을 자다 심장마비로 죽는 바람에 어머니가 식당을 해서 먹고살았어요. 어머니가 만두를 빚다 말고 잠꼬대하듯 중얼거리던 모습이 떠오르네요. '첫 번째 남편은 날 스베틀리 금광에 데려다놓고 죽더니, 두 번째 남편은

---

* **알단 금광** 러시아 극동지역 금광 지대.

알단 금광에 데려다놓고 죽었네!' 스무 살 되던 해 금광에 돈을 벌러 온 남편을 만났어요. 우린 서로 첫눈에 반해 연애를 시작했지요. 아무리 척박한 곳이어도 봄이 되면 꽃이 피고 새들이 날아드는 법이니까요. 고드름이 녹고 창백하던 숲에 연둣빛이 돌기 시작할 즈음, 우린 통나무집을 얻어 함께 살기 시작했어요. 통나무집 옆에 떡갈나무 세 그루가 있어서 새소리가 아침저녁으로 끊이지 않았어요. 먹을 게 흑빵과 소금물뿐이어도 행복하던 시절이었어요. 남편은 모은 돈으로 러시아 신민(臣民)증을 발급받았답니다. 그게 있으면 광산에서 일당을 배로 받았으니까요…… 내 신민증은 나중에 돈이 모아지면 구하기로 했지요. 태어나서 지금까지 난 비자도 국적도 없이 살고 있어요. 어머니가 출생신고를 못해서 조선 국적자였던 적도, 일본 국적자였던 적도 없지요. 러시아 신민이었던 적도 없고요. 소비에트 인민증도 없으니 엄밀히 말해 소비에트 인민도 아니지요. 내가 어디서, 몇 년 몇 월 며칠에 태어났는지는 죽은 내 어머니 머릿속에만 있지요. 내 어머니는 돌아가시는 날까지 러시아 글자를 읽고 쓸 줄도 모르셨어요. 조선 글자는 ㄱ, ㄴ, ㄷ, ㄹ, ㅁ까지만 아셨어요. 서류상으로 난 세상 어디에도 없지만, 난 이곳에 있지요. 이곳에, 이 열차 안에요…… 여보, 뭘 찾아요? 가만 내가 어디까지 얘기했더라…… 금광 일을 쉬는 날 우린 소시지와 빵을 보자기에 싸들고 자작나무 숲에 소풍을 갔어요. 벌, 나비, 무덤들, 산딸기, 버섯, 보라색 꽃, 햇빛…… 그런 날이 언제까지나 계속될 줄 알았어요. 그런 걸 두고 마른하늘에 날벼락이라고 하는 걸까요. 어느 날 경찰들이 나타나 신민증도, 비자도 없는 조선인들을 가려내 트럭에 강제로 실었어요. 강에서 목욕을 하고 돌아오던 길에 나도 번쩍 들어올려져 트럭에 실렸지요. 트럭이 얼마나 오래 달려갔는지 모를 만큼 한참을 가서야 벌판에 조선인들을 쏟아버리고는 가버리데요…… 신혼의 단꿈을 즐기다 말고 남편과 그렇게 생이별을 했지요. 알단 금광 내 집을 다시 찾아가는 데 3년이 걸렸어요. 그런 걸 두고는 믿는 도끼에 발등 찍힌다고 하는 걸까요. 남편은 그새 러시아 과부하고 눈이 맞아 새로운 인생을 살고 있더군요."

"여보, 난 당신을 눈 빠지게 기다렸어."

"아, 겨우 3년이요? 이해해요…… 구멍 난 옷을 꿰매주고 머리의 이를 잡아줄 여자가 필요했겠지요."

"여보, 지난 일이야."

"지난 일이요? 가슴에 남아 있으면 지난 일이 아니에요."

"나는 걸어서, 트럭을 얻어 타고 알단 금광까지 갔어요. 굶어 죽지 않으려고 먹을 걸 구걸해 먹기도 했지요. 통나무집은 아무 데로도 가지 않고 떡갈나무 세 그루 옆에 있었어요. 마당의 나무 절구통에 물이 흥건히 고여 있었어요. 격하게 떨리는 손으로 통나무집 문을 열었더니 러시아 과부가 식탁에 앉아 감자를 깎고 있더군요. 쥐가 그녀의 발밑으로 지나가는 게 내 눈에 들어왔어요. 그녀는 날 알고 있었어요. 나도 그녀를 알고 있었지요. 그러니까 우린 서로를 그 전부터 알고 있었어요. 나는 그녀의 도자기처럼 매끈하고 하얀 종아리를 바라보며 말했어요. '셋이 함께 살 수는 없어.' 그녀가 러시아 사투리로 뭐라고 중얼거리더니 짐을 꾸리더군요. 속옷 두 벌, 빗, 무명 블라우스 한 벌과 초록색 치마, 붉은 머릿수건, 바늘과 실

꾸러미…… 딱따구리가 떡갈나무를 쪼는 소리가 들려왔어요. 해가 떨어지고 남편이 돌아왔지요. 날 보고도 놀라지 않더군요. 집에 오는 길에 이웃 여자에게서 내가 돌아왔다는 소식을 들었다고 했어요. 두 달 뒤 우린 알단 금광을 떠나 블라디보스토크로 왔어요…… 여보, 뭘 찾아요? 내가 어디까지 얘기했더라…… 하여간 나는 러시아 경찰들이 날 트럭에 실어 러시아 국경 밖에 내다버리는 악몽을 꾸곤 해요. 길을 가다가도 경찰만 보면 가슴이 경첩 떨어진 문짝처럼 벌렁거리지요. 열차가 서면 식은땀이 나요. 소비에트 인민증 없는 조선인들을 가려내 다른 열차에 태울까봐요…… 여보, 근데 아까부터 뭘 그렇게 찾아요?"

"엄마, 난 어디서 왔어요?"

"러시아 과부가 짐을 싸며 그러더군요. '설탕 300그램은 내가 가져갈게. 넌 남편을 갖고, 난 설탕 300그램을 갖고. 둘 다 갖는 건 욕심이야.'"

"밑지는 장사를 했네요. 나라면 설탕 300그램을 갖겠어요."

"설탕 300그램은 금세 없어지지만 남편은 좀처럼 없어지지 않지요."

"난 남편이 이 땅 위에서 사라져버리면 소원이 없겠어요."

"여보, 도대체 뭘 찾아요?"

"가방 속에 챙겨 넣었는데……."

"뭘요?"

"분명히 챙겨 넣었어."

"착하고 불쌍한 여자였어요. 러시아 여자 말이에요."

"그래도 설탕 300그램은 챙겼네요."

"여보, 뭘 찾는데요?"

# 8

남풍이 불면 제비들이 사랑을 하러 날아오지요.

짝을 찾지 못한 제비는 나뭇잎과 사랑을 하지요.

시절이 가고 제비가 떠나면 나뭇잎도 나무를 버리고 떠나지요.

허우재의 노랫소리가 잦아들고, 누군가 소리 죽여 우는 소리가 떠돈다.

'저이는 새야…… 실수로 인간 세상에 날아든 새…… 노래할 줄 모르는 인간들을 위해 노래하는 새…… 저 새는 노래할 줄 모르는 인간들과 사느라 얼마나 고달플까…… 새의 얼굴도 늙는구나…… 늙어도 아름답구나…… 그래서 슬프구나…… 그래서 저 새가 부르는 노래도 슬픈 걸까……?'

금실은 속으로 중얼거리며 허우재의 눈꺼풀이 속절없이 감기는 걸 안타까이 바라본다.

'새가 잠들려 하네…… 새야 잠들지 말렴…… 계속 노래하렴…… 열차가 멈출 때까지 노래하렴…….'

하지만 허우재의 입에서는 흰 상사화만 피었다 진다.

금실은 새에게서 눈길을 거두고 사람들 얼굴을 살핀다. 슬픔이 엷어진 사람들 얼굴에 절망, 분노, 원망 같은 악의적이고 파괴적인 감정이 뒤섞여 빚은 표정이 어린다. 새는 깨어나 다시 노래할 거라고, 그럼 사람들의 얼굴에 눈송이처럼 맑고 차가운 슬픔이 깃들고 사나워진 마음이 순해질 거라고 금실은 스스로를 위안한다.

우린 정말 열심히 살고 있었어요…… 그러게요, 연해주에 소비에트 정부가 들어서고 평화와 평등한 세상이 도래했으니 어디 한번 잘 살아보자, 동기간을 만나면 다짐했지요…… 우린 연해주에 사범대학도 세우고 조선극장도 지었어요. 신나게 살아보려고요…… 그런데 죄수들처럼 열차에 실려가고 있네요…… 여보, 태엽을 감아요.

요셉이 따냐에게 다가앉는다.

"여보, 내가 좀 안고 있을까?"

"싫어요!"

"그러지 말고 아기를 내게 주지 그래."

따냐는 아기를 꼭 끌어안으며 고개를 완강히 흔든다.

"우리 아기를 훔쳐갔어요!"

"따냐, 달리는 열차 안에서 누가 우리 아기를 훔쳐가겠어?"

"그 여자가요……."

"따냐……."

"그 여자요…… 그 여자는 백인 아기를 낳았어요…… 그 여자는 맹꽁이동산 너머에 살아요…… 장마가 지나고 나면 마을 서쪽 동산이 맹꽁이로 뒤덮이지요. 물이 식혜처럼 단 우물이 그 너머에 있어서 여자들은 불룩한 배를 내밀고 우는 맹꽁이들을 밟으며 동산을 넘어갔다 다시 넘어왔어요. 우물물이 그득 든 물동이를 머리에 이고 집 마당에 들어서는 여자들의 발에 신긴 짚신에, 고무신에, 나무신에 배가 터져 죽은 맹꽁이가 달라붙어 있곤 했어요…… ."

흥분을 가라앉히지 못하고 떠드는 따냐를 달래려 요셉은 그녀의 볼을 어루만진다.

"아아, 당신 손은 식지 않고 따뜻하네요."

따냐가 남편의 손바닥에 볼을 부비며 입을 맞춘다. 조금 전까지 칭얼거리는 소리를 내던 아기는 잠들었는지 조용하다.

"엄마, 구름이 보고 싶어요."

"엄마, 하늘이 보고 싶어요."

"엄마, 류바는 밤에 엄마가 찬장 너머에서 기도하는 소리를 들었대요."

"그 애 엄마가 뭐라고 기도했다니?"

"'하나님, 버터 1킬로하고 청어 2킬로만 주세요. 여유가 되시면 캐비어 500그램도요.' 아침에 일어나보니 식탁에 삶은 감자하고 소금만 있더래요. 그래서 류바가 엄마에게 말했대요. '엄마, 스탈린 동지에게 기도하셨어야지요.'"

"떠나온 지 얼마나 됐다고 제분소 분쇄기 돌아가는 소리가 그립네요."

"고작 보름 지났어요."

"열차는 그동안 여섯 번을 섰고요."

"두 번은 다른 열차를 보내느라고요."

"역에서는 딱 한 번 섰고요."

"밖에 진눈깨비가 내리고 있어요."

"그걸 어떻게 알아요?"

"냄새로요. 눈도, 비도 아닌 냄새가 나잖아요. 고향 떠나던 날 진눈깨비가 내렸어요. 그래서 진눈깨비 냄새만 맡으면 가슴에 구멍이 뚫리는 것 같지요."

"전생에 뭔 죄를 지은 걸까?" 들숙이 입을 쌜쭉이 내민다.

아기를 바라보며 슬픔에 잠겨 있던 따냐가 고개를 들더니 눈빛을 반짝인다. "전생이요?"

"아무리 생각해도 전생에 지은 죄가 아니고서야 집에서 쫓겨나는 수치를 당할 리가 없다는 생각이 드니 말이야." 들숙은 말끝에 피식 웃는다.

소시지를 씹던 풍도가 들숙과 따냐를 번갈아 바라보며 말한다. "조상이 지은 죄가 커서 인생이 이토록 고달픈 거랍니다."

"조상이 뭔 죄를 지었는데요?" 오순이 묻는다.

“내 출신이 아주 천하지는 않아서 증조할아버지가 이방 비슷한 벼슬을 했다고 하더군요. 그런데 벼슬할 때 증조할아버지가 마을 사람들에게 몹쓸 짓을 좀 했나봅니다. 어릴 때 마을에서 가장 연장자이던 어른이 우리 아버지에게 하는 소리를 들었어요. ‘네 할아버지가 지은 죗값을 네 자식들이 치를 거다.’”

“내 남편이 그러는데, 하나님의 뜻이 있을 거래요.” 따냐는 속삭이는 듯한 소리로 재빨리 그렇게 말하고 요셉의 눈치를 본다. 그는 그새 두 팔로 머리를 감싸고 봇짐에 등을 기대고 곯아떨어져서는 코까지 얕게 곤다.

“뜻이요?” 풍덕이 묻는다.

“네, 다 뜻이 있어서 수난을 겪는 거라고 했어요.”

“무슨 뜻이 있을까?”

“그건 하나님만이 아신대요.”

따냐는 빠르게 중얼거리고 요셉을 흘끔 바라본다.

“하나님이 스탈린인가보군요!” 풍덕이 비웃는다.

“나도 하나님을 믿지 않았어요. 난 날 낳아준 아버지를 믿었지요. 아버지가 날 영원히 사랑하고 지켜줄 거라고요. 내가 태어났을 때 아버지 나이가 벌써 쉰다섯 살이었는데도 말이에요. 난 아버지가 세상에서 가장 힘이 센 줄 알았어요. 덩치 큰 러시아 사내와 다투는 걸 연자방아 뒤에 숨어 몰래 지켜보고 나서야 아버지가 실은 왜소하고 겁 많은 늙은이라는 걸 깨달았어요. 아버지가 돌아가시고 남편을 만났지요. 그는 내가 경리로 일하는 인쇄소의 식자공이었어요. 쉬는 시간에 인쇄소 마당에서 혼자 햇볕을 쬐고 있는 그를 보고 그만 첫눈에 반했지요. 부끄러웠지만 슬그머니 그의 곁으로 다가가 앉았어요. 쉬는 시간이 끝날 때까지 우린 그렇게 말없이 앉아 있었어요. 그가 가버리고 혼자 남겨져 시무룩해져 있는 내 눈에 꽃이 들어왔어요. 시멘트 바닥 갈라진 틈에 꽃이 피어 있었어요. 난 꽃 앞에 두 발을 모으고 앉았어요. 새끼발톱만 한 꽃이었어요. 난 꽃잎을 세기 시작했지요. 하나, 둘, 셋, 넷, 다섯. 난 새하얀 꽃술의 개수도 셌어요. 하나, 둘, 셋, 넷, 다섯. 꽃이 피어 있는 게 신기했어요. 난 고개를 들어 하늘을 바라보았지요. 태양이 노랗게 타오르고 있었어요. 그날부터 난 밤마다 기도했어요. '하나님, 곱슬머리 식자공이 따냐를 사랑하게 해주세요.' 기도한 지 100일째 되던 날 하나님은 마침내 내 기도를 들어주셨어요. 그가 내게 눈길을 주기 시작한 거예요. 하나님은 예쁜 브로치를 갖고 싶어 하는 내 기도도 들어주셨지요. 말똥 무더기를 피해 발을 내딛는데 반짝이는 게 내 눈에 들어왔어요. 세상에나, 브로치였어요! 누군가 슬그머니 놓아두고 간 듯 호박색 브로치가 내 발 앞에 놓여 있었어요. 나는 얼른 브로치를 주워 주머니에 넣었어요. 그날 저녁 집에 돌아온 그이에게 브로치를 보여주며 자랑했지요. '여보, 하나님이 내 기도를 들어주셨어요.' 그이가 기뻐할 줄 알았는데 말없이 날 바라보더니 그러는 거예요. '따냐, 하나님께 그런 기도는 드리지 않는 게 좋을 것 같아.' 그래서 내가 그랬지요. '여보, 당신이 내게 그랬잖아요. 구하는 게 있으면 하나님께 청하라고요.' '당신이 드리는 기도에 귀를 기울이시느라 굶는 이들의 기도를 못 들어주시면 어쩌려고 그래.' 그래서 내가 물었지요. '여보, 하나님도 귀가 두 개뿐이래요?'"

말끝에 따냐는 재미있어 죽겠다는 듯 소리 내 웃는다.

"애기 엄마, 하나님께 이 열차가 멈추게 해달라고 기도 좀 하지 그래요." 풍도가 말한다.

"내 남편이 그렇게 기도하면 안 된다고 했어요."

"그럼 어떻게 기도해야 하는데요?"

"하나님, 한날 이슬과 같은 존재인 제 뜻대로 하지 마시고, 하나님 뜻대로 하세요."

그때 괘종시계가 뎅 울린다. 따냐가 놀란 표정을 짓더니 얼른 입을 다문다.

"흙이 회색이었어."

"여보, 흙이 어떻게 회색일 수 있어요?"

"회색 흙이 끝없이 펼쳐져 있었어."

"흙은 쇳가루가 아니에요."

"제비들은 따뜻한 남쪽으로 날아갔겠지요."

"봄이 오면 또 날아오겠지요."

"네, 사랑을 하려고요."

"우리가 떠난 것도 모르고요."

얼굴을 찌푸리고 있던 소덕이 금실을 보고는 당부한다.

"아가, 혹시 내가 열차를 타고 가다 죽더라도 저고리하고 치마는 꼭 챙겨라."

"어머니, 그게 무슨 말씀이에요?"

"나는 까마귀밥이 되든 말든 들판에 버려도 되지만 내가 입고 있는 저고리하고 치마는 벗겨서 꼭 챙겨 가져가야 한다."

소련 경찰들이 집에 다녀간 이튿날 밤, 소덕은 낡은 광목치마를 방바닥에 펼쳐놓고 손바닥 크기로 잘랐다. 광목 조각들을 하나하나 전부 바느질해 붕어 부레만 한 주머니를 만들었다. 수탉이 첫 울음을 울 즈음 마흔두 개의 주머니가 완성되었다. 그녀는 주머니들을 솜저고리와 솜치마 안쪽에 속주머니처럼 매달고 씨앗으로 채웠다. 씨앗이 흘러넘치지 않게 주머니 주둥이를 꼼꼼하게 꿰맸다. 팥씨 같은 굵은 씨앗은 여러 주머니에 나누어 담고, 상추씨 같은 작은 씨앗은 하나의 주머니에만 담았다.

떠나던 날 아침 소덕은 씨앗 주머니들이 속에 주렁주렁 매달린 저고리와 치마를 입고 그 위에 솜을 넣어 누빈 두루마기를 걸쳤다.

"자홍빛이 도는 게 도라지씨다. 도라지씨를 뿌리려면 물이 잘 빠지게 고랑을 넓게 파야 한다. 아기 머리를 빗기듯 살살 골타기를 하고…… 도라지씨는 흙하고 섞어서 뿌려야 한다. 뿌리고 나서는 볏짚으로 덮어 빛을 가려주고."

"도라지씨는 1년밖에 못 묵히지요?" 소덕의 말을 귀담아 듣던 백순이 묻는다.

소덕은 고개를 끄덕여 보이고 말한다. "녹두씨는 몇 년을 묵혔다 뿌려도 괜찮다우."

"도라지씨는커녕 상추씨라도 심어 먹을 땅이 있어야 할 텐데요."

"보리씨, 팥씨, 조씨, 호박씨, 오이씨, 녹두씨, 가지씨, 상추씨, 배추씨, 옥수수씨, 땅콩씨, 메밀씨, 도라지씨, 무씨, 수박씨…….” 소덕은 며느리에게 씨앗 하나하나를 일일이 설명하려니 엄두가 안 나 씨앗들 이름을 중얼거린다.

“하여간 요즘 젊은 여자들은 씨앗 귀한 걸 몰라서 큰일이다. 골목 끝 집 큰며느리는 무씨하고 배추씨도 구분 못한다고 하더라.”

“그녀는 간호사잖아요.”

“간호사는 밥도 안 먹고 김치도 안 먹는다든?”

“내 증조할아버지는 겉보리씨를 얻으러 산 너머 친척 집을 찾아가다 호랑이 먹이가 되었단다.”

“우리 어릴 땐 씨가 참 귀했어요.” 백순이 말한다.

“씨앗은 지금도 귀하지요.”

“아저씨는 아까부터 무슨 생각을 그리 골똘히 한대요?” 오순이 풍도에게 묻는다.

“호두나무 숲이 눈에 선해서요.”

“호두나무 숲이요?”

“파르티잔스크*에 호두나무가 지천인 숲이 있답니다. 숲에 어디 호두나무뿐이겠습니까? 살구나무, 상수리나무, 온갖 버섯, 멧돼지, 노루, 사슴, 청설모, 토끼, 꿩, 비둘기, 딱따구리, 무지개 옷을 입은 앙증맞은 새들…… 춥고 습해도 천국 같은 곳이랍니다.” 풍도는 호두나무 숲이 눈에 선해 눈빛을 흐린다. “우박처럼 떨어지던 호두를 맞으며 숲에 들었다 얼굴에 총알을 맞고 죽어 있는 조선 사내를 봤

---

* **파르티잔스크** 블라디보스토크 동쪽 시호테-알린산맥이 끝나는 지점에 위치한 산악 지역으로 한인들이 정착해 살았다. 수찬으로 불리다 1972년에 파르티잔스크로 개명했다.

지요. 얼굴 절반이 날아가고 없었지만 목에 양철 호루라기가 걸려 있는 걸 보고 장두세라는 걸 알았어요. 들꿩 사냥꾼인 그자의 목에는 노상 양철 호루라기가 걸려 있었거든요. 엄지만 한 양철통 속에 팥알만 한 나무토막을 넣어 만든 호루라기를 불어 들꿩 우는 소리를 기막히게 흉내 냈지요. 마을로 달려 내려가 장두세의 집을 찾아갔어요. 마누라가 언청이였는데 어찌나 억척스러운지 염소쯤은 혼자 때려잡았으니까. 그녀는 남편이 죽은 것도 모르고 난로 앞에 앉아 피나무 껍질로 짚신을 짜고 있더군요. 며칠 뒤 장두세가 산지기가 쏜 총에 맞아 죽었다는 소문이 마을에 돌더군요. 산지기가 해군장교 출신 러시아인이었는데, 해군 제복을 입고 회색 얼룩 말을 타고 다니며 조선인들을 퍽도 괴롭혔어요. 초승달이 뜬 밤이었지요. 장두세의 아내가 도끼를 들고 시퍼런 달빛을 받으며 산지기 집으로 휘적휘적 올라갔답니다…….”

풍도가 말을 하다 말고 딸꾹질을 한다. 마른침을 꿀꺽 소리가 나도록 삼키더니 입을 다물어버린다.

“그래서요? 산지기 목이라도 벴대요?” 오순이 안달나 묻는다.

# 9

"남의 밭에서 감자를 훔쳤어요."

"여보, 그 얘기는 관두고 태엽이나 감아요."

"밤에 어머니가 날 흔들어 깨우더군요. 자루를 머리에 쓰고 어머니하고 러시아 지주의 감자밭에 갔어요. 소나무 가지들 사이로 반달이 떠 있었어요. 달이 구름 속에 숨을 때까지 기다렸다 감자밭에 들어갔지요. 동생들이 굶어 죽어가고 있었어요. 달 아래서, 별 아래서 훔친 감자가 내 동생들 목숨을 구했어요."

"첫 데이트 때 남편은 내게 저 얘기를 들려줬답니다. 그것도 숲에서요."

"'네 밭에서 수확을 거둬들일 때 밭 구석까지 모조리 거둬들여서는 안 된다.'* 늙은 러시아 농부가 지팡이를 짚고 수확이 끝난 밭을 바라보고 서서 그렇게 웅얼거리는 소리를 들었어요. 길게 늘어진

수염에 서리가 앉아 이팝꽃이 핀 것 같았지요."

"여보, 아까부터 뭘 찾는 거예요?"

"첫 데이트 때 남편은 내게 꿀 케이크를 사줬어요. 그리고 숲으로 날 데려갔답니다. 숲에서 쇳빛 산비둘기가 울었어요. 그리고 이름 모를 새가 울었지요."

"이름 모를 새요?"

"이름 모를 새는 이름 모를 새지요."

"이름 모를 새는 숲 어디에나 있으니까요."

"모르는 무덤 옆에서 꿀 케이크를 먹었어요. 꿀 냄새를 맡고 날아드는 날벌레들과 모기들을 쫓느라 손을 부지런히 내저으면서요. 한 손은 꿀 케이크를 들고 있고, 다른 한 손은 날벌레를 쫓고. 그러다 갑자기 새들이 울음을 그치고 바람이 잦아들었어요. 손짓하던 나뭇잎들이 멎었어요. 숲속이 몹시 습해서 겨드랑이에 땀이 흥건히 고였어요. 나는 치맛자락으로 남편의 얼굴에 맺힌 땀을 닦아줬어요. 그 바람에 내 허벅지가 햇빛에 드러났지만요. 그렇게 사랑이 시작된 거지요."

"'어디로 가야 하나' 증조할아버지가 돌아가시기 며칠 전 타작마당에서 중얼거리시던 모습이 떠오르네요. 그때 증조할아버지 연세

---

* 〈레위기〉 19장 9절.

가 아흔두 살이었어요. 증조할아버지는 오그라들어 갓난아기 발처럼 작아진 발을 동동 구르듯 내딛으며, 들깨를 널어놓은 멍석 앞을 오갔어요. 난 증조할아버지가 노망이 나서 하는 소리인 줄 알았어요. 근데 쉰 살이 넘어서야 알겠어요. 증조할아버지는 자신이 어디로 가야 할지 정말로 모르셨던 거예요."

"우리 할아버지는 손자들에게 남쪽으로, 남쪽으로 가라고 했어요."

"왜요?"

"남쪽은 따뜻하니까요."

"제비들은 어째서 남쪽에서 눌러 살지 않고 먼 북쪽 러시아까지 날아와 새끼를 낳는 걸까요?"

"북쪽 하늘이 보고 싶은가보지요."

"북쪽 하늘이 뭐 볼 게 있다고요."

"북쪽 하늘은 종일 올려다봐도 질리지 않아요. 구름이 흩어졌다 모이는 게 장관이지요. 구름이 몰려올 때면 마치 배불리 풀을 뜯은 양떼들이 돌아오는 것 같지요. 그러다 천둥 번개라도 치면 무릎을 꿇고 하늘을 올려다보며 애원하게 돼요. '절 부디 불쌍히 여겨주세요!'"

"엄마, 난 어디서 왔어요?"

"우린 100루블이나 주고 저 시계를 샀지요. 여보, 태엽을 감아요."

"그래서 산지기 목을 벴어요, 못 벴어요?"

"암소 두 마리, 손수레, 연자방아, 사과나무 세 그루, 닭 스무 마리, 농기구들…… 전부 빼앗겼어. 1931년 3월이었어. 아들들과 저녁을 먹고 있었어. 군복을 입고 붉은 깃발을 든 청년들이 내 집으로 몰려왔어. 청년들 속에 내 작은아들 친구도 있었어. 정부에서 500루블이나 되는 세금을 물렸어. 난 세금 낼 돈을 마련하려고 암소 두 마리와 손수레를 팔았어. 내 아내는 은반지와 재봉틀을 팔고. 아들들이 돈을 벌러 블라디보스토크로 떠났어. 넉 달쯤 지나 아내하고 나도 집과 논밭을 빼앗기고 블라디보스토크로 갔어. 내 아들들이 종일 햇빛 한 점 안 드는 지하방에서 살고 있었어. 침대가 없어 시멘트 바닥에 매트리스를 놓고 자고, 빵 200그램으로 하루를 나며. 큰아들은 선착장에서 짐을 나르고, 둘째는 집 짓는 공사 현장에서 벽돌을 날랐어. 아내가 시장에서 감자를 사 왔어. 감자를 사 먹다니! 양배추를 사 먹다니! 남의 암소에게서 짠 우유를 마시다니! 남의 닭이 낳은 달걀을 먹다니! 아내와 난 평생 우리 손으로 키운 걸 먹고 살았어. 아내가 제분소 담벼락 옆에 딸린 두 평 남짓한 땅을 텃밭으로 일구었어. 집 떠난 지 두 해가 지나서야 아내가 키운 배추로 김치를 담가 먹었어…… 소금에 버무린 김치였어……."

"난 처음이 아니에요. 10년 전에도 열차에 억지로 태워졌어요. 다들 땅, 땅 하는데 난 어부예요. 바다에 그물을 드리워 물고기를 낚는 사람이지요. 10년 전 열차에 실리기 전까지 농사는 안 지어봤어요."

"조선인 열 명이 있으면 열 명 다 농사를 짓고 사는 건 아니니까요."

"바다가 그리워요. 이왕이면 날 바다가 있는 데 데려다놓으면 소원이 없겠어요."

"바다도 가까이 있으면 좋지요, 하지만 땅이 먼저예요."

"바다는 씨앗을 심지 않아도 물고기가 나지요."

"하지만 바다를 맨발로 걸어다닐 수는 없어요."

"아저씨, 그때도 열차를 오래 타고 갔어요?"

"한 엿새 타고 갔어요. 열차에서 내려서는 트럭으로 갈아탔고요. 트럭에서 내렸더니 산골짜기 오지더군요. 하늘, 산…… 그게 다였어요. 열차에 실리기 전까지 내가 살던 세상은 하늘, 바다가 다였는데 말이에요. 그때 아내가 아기를 가져 배가 불러오고 있었어요. 우리가 살 집이 소나무 숲에 있었어요. 바라크라고 통나무로 지은 집 스무 채가 다닥다닥 붙어 있었어요. 특별 정착촌이라고 하더군요. 집이 아니라 헛간이었어요. 우리가 도착했을 때 소, 염소, 돼지, 개, 닭, 아이들이 뒤엉켜 진흙탕에서 뒹굴고 있었어요. 우릴 그곳에 데려다놓은 경찰이 곡괭이질이라곤 모르고 살던 내게 그러더군요. "자, 이제부터 땅을 일구고 살아." 겨울이 오지게 길고 추워서 서릿발이 8척 깊이까지 내리는 땅을 말이에요. '난 어부요. 농사는 안 지어봤소' 항변하는 내게 도리어 엄살 부리지 말고 땅을 개척해 살 궁리나 하라고 면박을 주더군요. 우리보다 한두 해 먼저 그곳에 정착해 살고 있는 사람들을 따라다니며 버섯을 따다 시장에 내다 팔았어요. 물고기만 잡던 사람이라 독버섯을 구분 못해 애를 먹었어요. 쌀가루 같은 안개가 낀 날 소나무 숲속에 들어 버섯을 따다 사내들을 봤어요. 노동수용소의 벌목공들이라고 알려주더군요. 반나절 떨어진 곳에 노동수용소가 있다고 했어요. 남자들 속에 열네다섯 살밖에 안 돼 보이는 소년도 있었어요. 낮에는 소나무 숲에서 나무 베는 소리가 들려오고 밤에는 늑대 우는 소리가 들려왔어요. 어느 날 버섯을 팔러 시장에 가는 길에 암송아지를 몰고 가는 백인 사내를 봤어요. 사내가 내게 그러더군요. '아내의 금니를 팔아서 산 암송아지랍니다.' 이듬해 봄 그 사내를 다시 봤어요. 엉겅퀴꽃 무더기에 얼굴을 파묻고 두 팔을 십자로 벌린 자세로 죽어 있었어요. 사람들이 그 사내가 죽은 자리에서 열 발짝도 안 떨어진 곳에 구덩이를 파고 그 사내를 파묻더군요."

"난 죽은 자리에 그대로 묻힌 사람도 봤어요."

"추워지네요."

"열차가 북쪽으로 달리고 있나봐요."

양말 위에 양말을 겹쳐 신느라, 옷 위에 옷을 껴입느라, 시린 얼굴을 천 쪼가리로 가리느라, 말아뒀던 이불과 담요를 펼쳐 덮어쓰느라 사람들은 분주해진다.

자리를 조금이라도 더 차지하려고, 열차가 떠난 뒤로 씻지 못해 서로의 몸이 풍기는 냄새가 역겹고 고약해서, 서로 떼밀고 떼밀리며 얼굴을 붉히던 사람들이 너그러워진다.

"아이고, 아주머니 코가 내 이마에 붙었네요."

"아주머니 발은 내 엉덩이에 붙었고요."

"아주머니하고 나는 뭔 인연일까요? 못 볼 걸 봐가며 한 열차에 실려가고 있으니 말이에요. 내 아버지는 옷깃만 스치는 인연도 전생에서 500겁의 인연이 있어야 한다고 했어요."

"우리가 전생에 자매였을까요?"

"부부였는지도 모르지요."

풍도는 엉덩이 뒤에 고이 모셔둔 장화를 신는다. 장화 앞코에 밤톨만 한 구멍이 나 있다. 펠트 재질 거죽이 불에 녹아서 생긴 구멍이다. 그는 열차에 실리기 전까지 석탄 공장에서 석탄 나르는 일을 했다. 장작불 앞에서 급식으로 나온 생선죽 속 생선 꼬리뼈에 붙은 살점을 허겁지겁 핥느라 불이 장화에 옮겨붙는 걸 몰랐다.

목화솜 이불을 뒤집어쓰고 꼭 붙어 앉아 있는 오순과 허우재는 굴속 한 쌍의 늙은 여우 같다. 풍도는 귀머거리인 허우재가 부럽기만 하다.

백순과 아리나도 한 담요를 머리 위까지 덮어쓰고 고개를 서로 엇갈려 끄덕이며 졸고 있다.

사람들이 금을 허물고 붙어 앉아 있는데도 열차 안은 비좁기만 하다. 겹겹이 껴입은 옷 위에 이불이나 담요를 뒤집어써서 부피가 늘어서다.

"러시아 국경을 넘어오던 해 겨울에 눈 속에서 얼어 죽은 사람을 봤어요."

"난 눈밭에서 얼어 죽은 사람을 들개들이 뜯어 먹는 걸 봤지요."

"러시아는 눈보라도 무시무시해요."

"오로라는 장관이지요. 밤하늘에 녹색 불길이 번지는 걸 넋 놓고 바라보다 발이 동상에 걸릴 뻔했답니다."

풍도가 누더기 담요로 몸을 싸매며 투덜거린다. "장작개비 같은 마누라라도 있었으면 싶은 날이 있는데 오늘이 딱 그런 날이네요."

"사내들은 아쉬울 때만 마누라를 찾지." 들숙이 한소리 한다.

인설이 몸을 일으키더니 팔을 흔들며 한 폭 남짓한 자리를 시계추처럼 오간다. 낡고 해져 톱니 같아진 외투 소매 밑으로 내밀어져 있는 손가락들은 얼어 보랏빛이다. 그에게는 담요도, 털장갑도, 껴입을 여분의 옷도 없다.

"영하 30도는 되는 것 같아요."

사람들 입에서 토해지는 입김은 선명해 그대로 공중에서 얼어붙어 성에꽃이 될 것 같다.

요셉이 조금 전까지 등을 기대고 있던 보따리를 풀더니 이불을 들어 인설에게 내민다.

"이걸 덮으세요. 우리에게 마침 남는 이불이 있네요."

솜을 넣고 누빈 이불은 아니지만 기운 데가 거의 없는데다 제법 깨끗하다.

인설은 고맙다는 눈짓을 보내고 이불을 받아 어깨에 두른다. 그 둘을 지켜보던 풍도가 한마디 한다.

"정이 넘치는 풍경이군요!"

"우리 조선인에게는 정이라는 게 있어요."

요강을 비우고 쇠난로 앞에 망연히 주저앉아 있던 여자가 입을 연다. "'사람은 정이 있어야 한다.' 아흔여섯 살에 돌아가신 할머니는 손주들에게 말씀하시곤 했어요."

"오래도 사셨네요." 백순이 말한다.

"총기가 있으셨어요. 돌아가시기 며칠 전부터 흰 팥고물 묻힌 인절미가 먹고 싶다고 노래를 부르셔서 어머니가 쌀을 빻아 인절미를 만들어드렸어요. 인절미 세 덩이를 조청에 찍어 잡숫고 나서는 그러시데요. '둘이 먹다 하나가 죽어도 모를 만큼 맛나게 잘 먹었다!' 할머니는 그날 밤 주무시다 돌아가셨어요."

"복 받으셨네요."

"사람은 정이 있어야 한다고 귀에 딱지가 앉도록 말씀하셔서 내가 물었지요. '할머니 정이 뭐요?' 할머니가 그러더군요. '콩 한 쪽도 나눠 먹는 게 정이다.'"

열차가 뿌우— 기적을 울린다.

"나는 열차에서 죽을 거야……." 끈적한 가래와 함께 황 노인의 입속에서 끓는 소리는 쇠바퀴가 선로를 긁는 소리에 묻힌다.

## 10

인설이 충동적으로 열차 문을 열어젖힌 것은, 열차 안에 찌든 끔찍한 악취와 신음 소리에 질식할 것 같아서였다. 격하게 떠는 문짝을 어깨로 누르고 서서, 외투 자락을 집요하게 잡아당기는 바람에 맞서 버티는 내내 그는 열차에서 뛰어내리고 싶은 충동에 시달렸다. 열차에서 뛰어내릴 때 가해진 충격으로 목이나 팔다리가 부러진 채 갈기갈기 찢겨 늑대들의 먹이가 된다 해도 서럽지 않을 것 같았다. 그에게는 연연할 게 아무것도 없었다. 그는 자신의 의지로는 가족을 만들지 않았다. 가족이 없다는 것은 무리 짓는 걸 태생적으로 혐오하는 새처럼 언제든, 어디로든, 얼마든지 날아갈 수 있다는 걸 뜻했다. 그에게 가족을 갖는 것은 어리석은 짓이었다. 그것은 눈을 질끈 감고 연민이라는 감정의 그물에 스스로 날아드는 것과 같은 행위였다.

한순간 위로 솟구치는 바람이 불었다. 바람을 잘만 타고 날아오르면 공중제비를 하듯 허공에서 한 바퀴 원을 그리며 도는 멋진 묘기를 선보인 뒤 땅에 완벽히 착지할 수 있을 것만 같은 흥분에 발뒤꿈치가 저절로 들렸다.

그가 열차에서 뛰어내리지 못한 것은 날아오르기 위해 발뒤꿈치를 드는 순간 끝 모르게 펼쳐진 땅이 그를 겁에 질리게 해서였다.

'저것이 땅이구나!'

시작도, 끝도 없는 땅이 그의 눈앞에서 탄생하고 있었다.

가는 곳마다 광활한 땅이 펼쳐져 있었지만, 땅이 그를 사로잡은 건 그것이 처음이었다.

모든 조선인이 땅을 찾아 러시아로 온 것은 아니었다. 신분 차별에 대한 불만, 넓은 세상에서 살고 싶은 갈망, 종교적 신념 등을 이유로 러시아 국경을 넘는 이들도 있었다. 인설의 아버지 이이세는 처자식을 고향에 두고 혼자 러시아로 왔다. 2대째 러시아 땅에 정착해 살던 처녀에게 새장가를 들어 아들 둘을 낳았다. 그는 자신이 조선을 떠나온 사정을 비밀로 끌어안고 무덤에 들어갔다. 그래서 고향에 처자식이 있다는 것이 이이세에 대해 아들들이 알고 있는 전부였다. 그는 아들들 앞에서 고향의 처자식이나 고향집을 그리워하는 기색조차 보이지 않았다. 그의 출신 가문과 과거는 아들들에게조차 철저히 비밀이어서, 인설에게 아버지는 영원히 풀지 못한 수수께끼로 남았다. 감정을 드러내지 않던 그가 인설에게 불같이 화를 낸 적이 있었다. 겨우 여섯 살이던 인설이 땅에 침을 뱉는 걸 우연히 목격하고서였다. '땅에 침을 뱉는 건 상스러운 짓이다. 네가 뱉은 침 때문에 전염병이 돌 수도 있다는 걸 모르는 거냐.' 이

이세에게는 철저히 지키던 몇 가지 원칙이 있었는데, '묵은밥과 새밥을 섞지 말 것'과 '묵은 음식은 끓여 먹을 것'이 그것이었다. 인설이 겨우 여덟 살 되던 해 이이세는 때가 되었다는 걸 깨닫고 사흘을 내리 굶어 스스로 세상을 떠났다. 동굴 같은 방 안에 누워 물 한 모금 마시지 않고 죽음을 기다리던 그의 모습은 인설의 머릿속에 인상적으로 남아 있다.

독하고 냉정한 아버지의 피가 자신의 피에 섞여 흐르고 있다는 생각에 인설은 새삼 몸서리가 쳐진다.

아버지가 죽고, 3년 뒤 어머니마저 세상을 떠나자, 이고억은 동생 인설을 데리고 하바롭스크로 갔다. 그의 나이 스물한 살, 인설은 열한 살이었다. 레닌에게 경도된 형은 일과 공부를 병행하며 볼셰비키 친구들과 어울려 다니느라 밤늦게야 집에 돌아왔다. 아니면 친구들을 집에 데려와 밤새도록 레닌이 쓴 저서를 읽고 토론을 벌이곤 했다. 어쩌다 단둘이 식사할 때면 동생의 얼굴을 뚫어져라 응시하며 말했다. '우리가 어떤 옷을 입고 어떤 음식을 먹는지는 중요하지 않아. 우리가 어떻게 행동하는가가 중요해.'

러시아 땅에서 유일한 피붙이인 형을 아버지처럼 따르고 살던 인설은 열일곱 살 되던 해, 형에게 말도 없이 집을 떠났다.

그날 그는 혼자 집에서 생선국을 먹고 있었다. 나무숟가락으로 생선국을 떠 입으로 가져가다 말고 그는 창틀 위 등유가 한 방울도 남지 않은 램프를 바라보았다. 백내장 낀 눈동자처럼 흐릿한 창에는 금이 두 줄 가 있었다. 생선국이 담긴 접시 앞에는 감자 껍질을 깎거나 버섯을 다듬을 때 쓰는 투박한 칼과 구리 주전자, 아마포

수건으로 감싼 흑빵이 놓여 있었다. 그는 칼로 손을 뻗었다. 아마포 수건을 거두고 흑빵을 자르기 시작했다. 빵이 잘리며 부스러기가 식탁에 떨어졌다. 그는 칼날에 묻은 빵 부스러기를 아마포 수건으로 훔치고, 칼을 잠바 왼쪽 주머니에 챙겨 넣었다. 빵 조각을 집어 오른쪽 주머니에 집어넣었다. 그리고 식어버린 생선국을 마저 먹었다. 생선 비린내가 묻어난 나무숟가락을 식탁에 내려놓고 몸을 일으켰다.

햇수로 9년이 흘러 그가 다시 형을 찾아왔을 때 그는 권옥희와 결혼해 아들 둘을 두고 있었다. 그는 몇 년 만에 해후한 동생을 권옥희에게 소개시켜주다 말고 그녀에게 말했다. '당에 대한 충성이 가장 먼저야. 당이 하늘에 뜬 해가 달이라고 하면 달이라고 믿을 준비가 돼 있어야 해.'

'최종 목적지가 카자흐스탄이라면, 그리고 아직 살아 있다면 형님을 만날 수 있을 것이다.' 그리하여 그에게는 중도에 열차에서 뛰어내려서는 안 되는 명분이 생겼다.

# 11

등유 램프 불빛이 그리는 둥근 원 속에 소년이 서 있다. 까무룩 잠들었다 깨어난 금실은 꿈속인 듯 소년을 바라본다. 소년의 큼직한 눈동자가 램프 불빛을 받아 유리구슬처럼 반짝인다. 소년은 발목까지 내려오는 모직 외투를 입고 머리에는 귀덮개가 달린 털모자를 쓰고 있다. 검정 펠트 장화를 신어 발이 거대해 보인다.

"배가 고프니?"

"자, 먹으렴." 들숙이 손에 들린 소시지를 떼어 소년에게 내민다.

소년은 속눈썹이 유난히 길고 짙은 눈꺼풀을 깜박이기만 한다.

"먹을 걸 마다하다니 배가 덜 고픈 모양이구나."

"난 말이 너무 하고 싶어서 이빨이 간지러워요."

소년이 입을 벌리고 이를 보여준다.

"어디 보자, 앞니가 두 개나 빠졌구나."

"메밀수프를 먹는데 이빨이 빠졌어요. 엄마가 숟가락으로 메밀수프 국물을 휘저어 이빨을 찾아내더니 창밖으로 휙 던졌어요. 화가 난 얼굴로 날 쳐다보더니 말했어요. '입을 다물렴!' 그리고 금방 또 말했어요. '제발 그 입을 다물고 한 방울도 남기지 말고 먹으렴.' 메밀수프에서 썩은 종이 냄새가 났어요."

"토끼처럼 겁 많은 엄마를 두었구나. 토끼 같아도 엄마가 네게 있었다는 걸 고마워 할 날이 오겠지. 세상 모든 엄마가 호랑이 같을 수는 없으니까."

"호랑이요?"

"그래, 호랑이 같은 엄마는 자식들에게 모질 때가 있단다. 난 호랑이 같은 엄마였단다. 이름이 뭐니?"

"미치카요."

"네가 미치카구나!" 들숙의 얼굴에 미소가 번진다.

"날 아세요?"

"물론이지, 우린 다 널 안단다."

"난 그냥 참새로 태어날 걸 그랬어요."

"얘야, 참새로 태어나는 건 인간으로 태어나는 것보다 어려운 일이란다…… 난 사슴으로 태어나고 싶었단다. 또다시 인간으로 태어난 걸 알고 슬퍼하는 내게 아버지가 그러시더구나. '얘야, 사슴으로 태어나려면 착한 일을 아주 많이 해야 한단다.'"

들숙이 두 팔을 벌린다. "이리 오렴." 소년이 머뭇머뭇 다가가자 자신의 허벅지에게 앉히고 두 팔로 감싸 끌어안는다.

"아줌마는 수다스런 아이를 무척 좋아한단다."

"정말요? 엄마는 내가 말만 하려고 하면 입을 다물라고 해요. 나처럼 말이 많은 아이는 늑대보다 위험하대요."

"얘야, 무슨 말이 그렇게 하고 싶니?"

"난 왜 태어났어요?"

"그러게, 왜 태어났을까……." 들숙은 혼잣말인 듯 중얼거리고 씁쓸히 웃는다.

"엄마가 배급소에서 타온 빵을 자르다 말고 날 빤히 바라보며 그랬어요. '넌 왜 태어난 거니?' 빵이 벽돌처럼 딱딱해서 잘 안 베졌어요. 그래서 엄마는 빵을 배에 끌어안고 잘랐어요. 스윽스윽 칼이 엄마 배를 찌를까봐 겁이 났어요."

"얘야, 참새들은 자신이 왜 세상에 태어났는지 궁금해하지 않는단다. 그래서 참새들은 늘 그렇게 신이 나 있는 거란다."

"왜요? 왜 묻지 않는데요?"

"참새들은 이 나뭇가지에서 저 나뭇가지로 날아다니느라 바쁘거든. 햇볕을 쬐고, 비바람을 피하고, 꽃잎 속 꿀을 따 먹고, 알곡을 쪼아먹고, 부리를 적실 웅덩이를 찾아다니고, 사랑을 하느라 자신이 세상에 왜 태어났는지 고심할 짬이 없단다."

"사랑이요?"

"사랑이 뭔지 아니?"

"엄마가 그랬어요. '미치카, 너만 바라보고 살기에는 내가 너무 젊단다. 엄마는 사랑할 남자가 필요해. 그렇다고 그레고리를 사랑할 순 없지. 아무리 외로워도 술주정뱅이에 말똥 냄새를 풍기는 러시아 놈과 놀아날 순 없으니까.' 엄마는 울기 시작했어요. '미치카, 엄마는 널 세상 누구보다 사랑하지만 정말이지 사랑할 남자가 필요하단다.'"

"쯧쯧, 네 엄마는 몹시 외로운가보구나."

"아줌마, 근데 나는 러시아인이에요, 조선인이에요?"

"음…… 그건 눈동자를 보면 알 수 있단다."

"엄만 내가 러시아인이래요. 아빠가 러시아인이니까요. 그런데 마리안나 선생님은 내가 조선인이래요. 엄마가 조선인이니까요."

"가만 보자, 네 눈동자 빛깔은……."

"참새도 러시아 참새가 있고, 조선 참새가 있어요?"

"참새는 그냥 참새란다. 사람은 사람이고."

"있잖아요, 새끼 염소가 길을 잃고 산속을 헤매고 있었대요. 배고픈 농부가 새끼 염소를 계곡으로 데려가 잡아먹었대요. 새끼 염소가 죽어가며 흘린 피가 계곡물에 흘러들었대요. 마침 염소들이 계곡 밑에서 물을 먹고 있었는데요, 어미 염소도 있었대요……."

소년의 목소리는 점점 작아진다.

"여보, 초침이 잘 가고 있어요?"

성냥 긋는 소리.

"응, 가고 있어……."

"초침 소리가 느려지는 것 같아요."

성냥 긋는 소리.

"제대로 가고 있어."

"여보, 태엽을 감아요. 우리 시계가 멈추어서는 안 되니까요."

태엽 감는 소리.

"끝까지, 끝까지 감아요, 태엽이 더는 안 돌아갈 때까지요."

"감고 있어."

"여보, 몇 시예요?"

성냥 긋는 소리.

"5시……."

"저녁 5시요, 새벽 5시요?"

"새벽 5시겠지."

"저녁 5시가 아니라요?"

"난들 알아? 시계는 시간만 알려주니까. 낮인지 밤인지는 알려주지 않으니까."

"미치카?"

겁에 질린 여자 목소리가 잠들어 있던 사람들을 깨운다.

"미치카, 어디 있니?"

"미치카?"

"미치카?"

2층에서 검은 숄로 머리와 얼굴을 친친 감고 두 눈만 겨우 내놓은 여자가 내려온다. 그녀의 치맛자락에는 건초 부스러기가 잔뜩 묻어 있다. 들숙의 품에 안겨 잠이 든 미치카를 발견하고는 괴로워하며 머리를 두 손으로 감싼다. 복받치는 감정을 억누르지 못하고 흐느끼던 여자는 들숙 앞에 풀썩 주저앉더니 오열한다. 경련하는 손가락을 그러쥐며, 눈물에 젖어 기묘한 광채를 발하는 눈동자로 미치카를 쏘아본다.

"아, 저 애 때문에 난 미치고 말 거예요."

"아들을 너무 나무라지 마. 아이들은 금방 자라지. 내 자식은 더 그렇고. 품 안의 자식이라고, 자식이 떠나고 나면 품에서 참새처럼 재잘거리던 때가 그리울 거야."

여자가 어깨를 떨며 고개를 가로젓는다. "아주머니, 난 매일 저 애가 날 떠날 날을 상상하지요. 그때마다 팔이나 다리 하나가 떨어져나가는 것 같지요……."

여자는 주먹으로 자신의 가슴을 친다.

"애 아빠는?"

"아, 그는 모스크바에 있어요."

"저런, 먼 곳에도 있네."

"네, 러시아의 모든 곳은 멀지요. 하지만 이 열차가 미친 망아지처럼 멈추지 않고 계속 달린다면 모스크바도 지나가겠지요. 아, 가슴에서 불이 나는 것 같아요…… 난 모스크바에서 자랐어요…… 블라디보스토크에서 태어났지만 열두 살 때 모스크바로 갔어요. 아버지가 돌아가시자 엄마가 언니와 날 모스크바에 살고 있던 큰아버지 댁으로 보내고 재혼했지요. 모스크바는 엄청나게 크고 시끄러운 도시지요. 난 빵 공장 학교를 나와 볼셰비키 케이크 공장에 취직했어요. 그곳에서 사귄 친구 집에 놀러갔다 그녀의 오빠 안톤을 만났고요. 시골에서 올라온 남매는 공동 아파트에 살고 있었어요. 아파트 3층 복도 끝에 그들 남매가 사는 방이 있었어요. 얼마 전까지 3층 전체를 귀족 출신 지질학자가 썼는데 정부에서 몰수해 프롤레타리아 노동자들에게 임대하고 있다고 했어요. 창문도 없는 방에 가구라곤 나무로 짠 찬장과 침대, 탁자, 의자 두 개가 전부였어요. 한 사람이 눕기에도 좁아 보이는 침대 둘레에는 귀리색 커튼이 쳐져 있었지요. 친구가 그러더군요. 자신은 침대에서 자고 오빠는 깃털로 속을 채운 매트리스를 마룻바닥에 깔고 그 위에서 잔다고요. 탁자에서 신문 같은 걸 읽고 있던 그녀의 오빠가 일어섰어요. 친구가 그에게 날 소개시켜주었지요. '오빠, 안나는 조선인이에요.' 그는 냉기가 감도는 회색 눈으로 날 훑어보고는 여동생에게 속삭이는 소리로 말했어요. '이다, 오늘은 우리가 공동 화장실을 청소하는 날이야.' 그러고는 벽에 걸려 있던 가죽 외투를 내려 몸에 걸치곤 방을 나갔어요. 나는 그에게서 쇠 냄새가 난다고 생각했어요. 나중에야 그가 강철 공장의 노동자라는 걸 알았지요. 양철 주전자를 들고 방을 나간 이다는 한참이 지나서야 돌아왔어요. 침대 밑으로 손을 집어넣더니 사모바르*를 꺼냈어요. 은으로 도금한 멋진 주전자였어요. 뚜껑에 왕관 장식이 있고요. 양철 주전자 속 뜨거운 물을 주전자에 붓다 말고 그녀가 내게 그러더군요. '안나, 우리 방에 사모바르가 있다는 걸 아무에게도 말하면 안 돼, 공장 사람들이 우리를 오해할 거야.' 앞뒤 없는 말이었지만 난 이해했어요. 아니, 이해한다고 생각했지요. 내가 고개를 끄덕이자 안

* **사모바르** 물을 끓여 쓰는 러시아 전통 주전자.

나가 안심하며 사모바르 속 김이 오르는 물에 홍찻잎을 띄웠어요. 우린 홍차를 마시고, 시장에서 사 온 만두를 먹었어요. 이튿날, 나는 이다의 오빠를 전철에서 우연히 만났어요. 우린 눈이 마주치는 순간 서로를 알아봤지요. 그가 마름모 모양의 입술을 꿈틀거리며 내게 걸어오더군요. 석 달 뒤 난 그의 아기를 임신했어요. 1929년 12월 19일에 우린 등록 사무소에서 혼인신고를 하고 재생 종이로 만든 혼인 증서를 받았어요. 난 기쁘면서도 혼란스러웠어요. 러시아에서 태어나고 자랐지만 러시아 남자와 결혼할 거라곤 상상도 못했으니까요. 우린 그런 걸 주고받지 않았어요. 결혼식을 치르지도 않았지만 결혼반지를 주고받는 게 금지돼 있었어요. 그것은 성당의 낡은 관습이었으니까요. 그가 여동생과 세 든 방에서 신혼살림을 시작했어요. 그에겐 새로 신혼방을 얻을 돈이 없었어요. 시누이가 된 이다는 자신이 버는 돈의 대부분을 고향의 부모에게 보냈어요. 난 벼룩시장에서 도자기 접시 세 개와 찻잔 세 개, 삼두마차 문양이 그려져 있는 식탁보를 샀어요. 쓰던 거였지만 새 것이나 다름없었어요. 게다가 흰 말 세 마리가 끄는 마차 문양은 솜씨 좋은 화공이 그린 진짜 그림이었어요. 나는 그걸 사려고 50루블이나 썼지요. 결혼해 아름다운 식탁보를 갖는 건 내 꿈 중 하나였어요. 배급제가 도입됐지만 넉넉하게 주지 않아서 살아가는 데 꼭 필요한 생활용품조차도 구하기 힘든 시기였어요. 안톤과 나는 커튼 너머 시누이가 잠든 뒤에야 깃털 매트리스 위에서 서로의 몸을 끌어안을 수 있었어요. 미치카가 태어나고 우연히 그가 쿨라크의 아들이라는 걸 알았어요. 그들 남매는 출신을 숨기고 강철 공장의 프롤레타리아 노동자로, 케이크 공장의 프롤레타리아 노동자로 살고 있었던 거예요. 난 아는 척하지 않았어요. 그와 이혼하고 싶지 않았으니까요……. 공동 아파트에서 사는 건 정말이지 내가 상상했던 것보다 더 끔찍했어요. 벽이 얼마나 얇고 허술한지 옆방 사람이 옷을 갈아입는 소리가 들릴 정도였지요. 욕실 수도꼭지에서 물이 나오지 않아서 나는 공동 부엌 수도에서 미치카를 씻겨야 했어요. 안톤은 미치카가 태어나기도 전에 나와 결혼한 걸 후회했어요. 하루는 그가 익힌 달걀을 깨뜨리다 말고 금속 같은 눈으로 날 뚫어져라 바라보며 그러더군요. '내가 너와 이혼하지 않는 건 이혼 수수료가 너무 비싸졌기 때문이야.' 이혼이 유행처럼 번지자 소비에트 정부에서는 이혼 수수료를 올렸지요. 남편이 날 사랑하지 않는다는 걸 알았지만 난 견딜 수 있었어요. 나는 자신이 불행하다고 생각하진 않았어요. 내 곁에는 막 말을 배우기 시작한 미치카가 있었으니까요. 내 인생에서 진짜 불행은 옆방에 알료나라는 여자가 이사를 온 뒤부터 시작되었어요. 붉은 머리 알료냐…… 그녀는 이혼하고 혼자 사는 여자였는데, 남동생이 정보원이었어요. 그는 누나를 보러 아파트에 들를 때마다 초인종을 짧게 세 번 눌렀어요. 띡, 띡, 띡. 이웃들은 초인종 소리만 듣고도 그가 온 걸 알았고요. 공동 아파트에선 누가 공동 화장실을 가장 빈번하게 오가는지, 누가 공동 부엌 수돗물을 가장 헤프게 쓰는지, 누구 집에 손님이 왔는지 다 알 수 있지요. 그곳에는 비밀이란 게 존재할 수 없지요. 알료냐는 맘에 안 드는 이웃이 있으면 남동생에게 얘기해 당국에 고발하겠다고 겁을 주곤 했어요. ……그날 난 부엌에서 채 썬 감자를 냄비에 볶고 있었어요. 나 말고도 다섯 명의 여자가 각자의 스토브에서 음식을 만들고 있었어요. 알료냐가 부엌에 들어왔어요. 소곤거리던 여자들이 약속이나 한 듯 입을 다물었어요. 그녀가 갑자기 날 쏘아보더니 그러더군요. '허락도 없이 내 접시를 썼군!' '내가요?' '어제저녁에 깨끗이 닦아두었는데 누런 기름이 묻어 있네.' '난 당신 접시를 쓰지 않았어요.' 난 감자를 마저 볶아 접시에 담아 방으로 왔어요. 그런데 그것이 시작이었어요. 며칠 뒤, 그녀는 미치카에게 먹일 오믈렛을 만들고 있는 내게 자신의 달걀을 훔쳐갔다고 화를 냈어요. 달걀, 설탕, 밀가루…… 알료냐는 날 도둑 취급했어요. 여자들은 내가 그녀의 물건에 손대지 않았다는 걸 알면서 내 편을 들어주지 않았어요. 내 피부색이 자신들과 같은 백색이 아닌 황색인데다, 정보원을 남동생으로 둔 알료냐는 누구에게나 두려운 존재였으니까요. 부엌에 가는 게 내게는 공포가 되었지요. 새해 첫날이었어요. 알료냐가 노크도 없이 방문을 불쑥 열고 들어오더니 미치카의 손에 사탕을 들려주지 뭐예요. 난 그녀가 방에서 나가자마자 사탕을 빼앗았지요. 창문을 열고 전차가 다니는 거리로 사탕을 던졌어요. 창문을 닫고 미치카에게 정말이지 아주 작은 소리로 속삭였지요. '미치카, 알료냐는 스탈린이 보낸 염탐꾼이란다. 그러니까 그녀가 주는 사탕을 먹어선 안 돼!' 난 그러고는 부엌에 갔어요. 양배추와 감자를 넣고 끓인 야채수프 접시를 들고 복도를 걸어가던 나는 너무 놀라서 하마터면 접시를 떨어뜨릴 뻔했어요. 알료냐의 품에 안겨 있는 미치카를 보았거든요. 미치카가 알료냐에게 절대로 해서는 안 되는 얘기를 했다는 걸 난 직감적으로 알았지요. 그 순간 돌멩이로 내 입을 찧고 싶은 심정이었어요. 알료냐는 공동 아파트 화단에서 내 남편이 퇴근해 돌아오기를 기다렸다 경고했어요. 그녀의 목소리는 3층 창가에 서 있던 내 귀에 또렷이 들렸지요. '안톤, 사상이 불순하고 입이 싼 여자와 살다가 노동수용소에 끌려간 남자를 난 여럿 봤어. 너도 그들처럼 되고 싶어?' 두 달 뒤 남편은 내게 이혼을 요구했어요…… 이혼한 지 1년도 안 지나 당 관리로 일하는 여자와 재혼했고요. 미치카가 일곱 살 되던 해, 난 미치카를 데리고 그를 찾아갔어요. 미치카를 이혼한 남편에게 보내는 건 사지를 찢는 것처럼 고통스런 일이었지만 그 애의 미래를 위해서 그러기로 결심했지요. 그는 우리가 함께 살았던 공동 아파트보다 조금 더 나은 공동 아파트에서 재혼한 아내와 딸을 낳고 살고 있었어요. '안톤, 아빠인 당신이 미치카를 키우는 게 좋겠어요.' 그가 잠시 생각을 하더니 그러더군요. '미치카는 네 아들이야.' 나는 미치카를 데리고 블라디보스토크로 왔어요. 시누이였던 이다가 내게 기차표를 구해줬어요. 블라디보스토크는 내가 태어난 곳인데다 친정엄마가 살고 있었지요. 안톤이 거둬줬다면…… 그랬다면 저 애는 열차에 실리지 않았을 거예요."

"이 아이가 열차에 태워진 건 이 아이의 운명이니 너무 자신을 질책하지 마. 자신의 운명도 어쩌지 못하면서 자식의 운명을 좌지우지하려 드는 게 부모지…… 자, 아들을 데려가. 세상에 엄마 품만 한 데가 없으니까. 참새 둥지처럼 작고 빈약해도 엄마 품이 세상에서 가장 깊고 따뜻하지."

여자는 미치카를 안아든다.

"미치카는 아빠를 빼닮았지만 버림받았어요."

여자는 아들의 이마와 볼에 입을 맞추고 몸을 일으킨다.

"이 애 아빠는 과묵한 사람이었어요. 얼마나 과묵한지 말을 해야 할 때도 하지 않았어요. 알료냐가 날 도둑으로 몰며 당국에 고발하겠다고 겁을 줄 때도 그는 쇳덩이 같은 입을 다물고 있었어요."

여자는 미치카를 안고 사다리를 올라간다. 그녀가 발을 내딛을 때마다 사다리가 삐걱 비명을 지르며 무너져내릴 듯 흔들린다. 품으로 날아든 새를 날려보낸 것 같은 허탈감에 잠겨 있던 들숙은 고개를 들고 아나똘리를 바라본다.

"아나똘리, 나쁜 생각들은 떨쳐버려라. 인생은 다람쥐 쳇바퀴 같은 거란다. 다람쥐가 죽어야 쳇바퀴가 멈추지…… 그러니 절망할 것도, 기뻐할 것도 없단다."

## 12

“열차가 섰어요!”

“여보, 일어나요! 열차가 섰어요!”

“얘들아, 일어나라!”

“오, 미치카, 장화를 신으렴.”

오순과 허우재가 서로의 몸을 끌어안은 팔을 푼다. 풍도가 몸에 둘둘 말고 있던 담요를 끌어내린다. 담요에서 날리는 먼지를 얼떨결에 들이마신 들숙이 기침을 한다.

호루라기 소리, 분주히 뛰어다니는 발소리, 굵고 높은 고함소리, 주먹 같은 것으로 문짝을 때리는 소리, 호위대원들이 러시아 말로 시끄럽게 떠드는 소리가 열차 밖에 어지럽게 떠돈다.

요셉과 인설이 서로 눈빛을 주고받고 문을 열려는데 러시아 말로 “들어가!” 하고 쏘아붙이는 소리가 들려온다.

“여보, 시계를 챙겨요.”

“미치카, 어서 장화를 신으렴.”

“발이 안 들어가요.”

“세상에나, 그새 발가락이 자랐구나!”

사다리에서 사람들이 줄을 지어 내려온다. 이불 보따리를 끌어안은 여자, 상투를 틀고 궤짝 같은 가방을 등에 짊어진 사내, 괘종시계를 등에 혹처럼 붙이고 있는 중늙은이, 단발머리 여자애를 두 팔로 꼭 껴안은 사내…….

무리 지어 착착 발을 맞추며 다가오는 발소리에 사람들은 약속이나 한 듯 입을 다물고 숨을 죽인다. 그 바람에 시계 초침 소리가 유난히 크게, 얼마 남지 않은 시간을 재촉하듯 긴장감 있게 울린다.

발소리가 지나가자, 얼굴이 까무잡잡하고 미간에 옥수수알만 한 사마귀가 난 여자가 흥분해 소리 지른다.

“문을 열어요!”

“열지 마요!”

“호위대원들이 열어줄 때까지 기다려요!”

그때 총소리가 들린다. 놀란 새들이 푸드덕 날아가는 소리가 귀 밝은 사람들에게 들린다.

“무슨 일일까요?”

“다른 열차를 보내느라 섰을까요?”

“도착한 게 아닐까요?”

“어디에요?”

“목적지에요.”

“치타요?”

"치타가 아니라 카자흐스탄이라고 하지 않았어요?"

"이게 무슨 냄새예요?"

"석탄 냄새 같은데요."

사람들은 겁에 질려 밖에서 들려오는 소리에 귀를 기울인다. 수레바퀴 굴러가는 소리, 말발굽 소리, 삽질 소리, 호루라기 소리, 욕설 섞인 고함소리…….

"우린 깨끗한 물이 필요해요."

"따뜻한 물도요. 문을 열고 물을 달라고 해요."

"열지 말아요! 밖에서 무슨 해괴한 일이 벌어지고 있는지 모르잖소."

"열차가 무슨 일로 섰을까요?"

"아, 끔찍한 일이 벌어지고 있는 게 틀림없어요."

"이 열차 안도 충분히 끔찍해요!"

"숨 쉬는 게 고문일 만큼 충분히 더럽고요."

"그래도 아직 살아 있잖아요."

"누가요?"

"우리요. 이 열차에 타고 있는 우리 다 아직 살아 있잖아요."

"하긴, 도살장에 끌려가는 소도 숨통이 끊어지기 전까지는 살아 있는 거니까요. 도살장에 도착해서도 살려고 뒷걸음질을 치니까요."

"살아 있다는 게 원망스러워요."

괴로워하는 소리 사이로, 절박한 여자 목소리가 들려온다.

"시모노프? 시모노프?"

그것은 문 너머에서 들려오는 소리다. 문을 향해 개구리처럼 납작 엎드려 있던 풍도가 눈을 끔벅인다.

"시모노프? 그 안에 있어요? 그 안에 있으면 그렇다고 짧게 대답이라도 해줘요…… 나예요, 당신의 영원한 아내 율리아나예요. 그새 내 목소리를 잊어버린 건 아니지요?"

"시모노프요?" 문에 한쪽 어깨를 기대고 서 있던 인설이 목소리를 낮게 하고 묻는다.

"아, 혹시 시모노프가 그 안에 있나요?"

"시모노프가 누굽니까?"

"내 남편이요!"

"러시아인인가요?"

"시모노프는…… 소비에트 인민이에요. 그는 모범적인 공산당원이지요."

"이 안에는 조선인들만 타고 있습니다."

"조선인들만요?

"이 안에 러시아인은 한 명도 없습니다."

"아……!" 여자는 문에 대고 탄식을 토한다. "난 새벽부터 하루 종일 철로를 따라 걸어왔어요…… 이슬 맺힌 풀들에 신발과 양말이 축축이 젖었답니다."

미간에 사마귀가 난 여자가 인설을 올려다보고 묻는다. "뭐라는 거예요? 러시아 말이라 통 알아들을 수가 없네."

"하루 종일 철로를 따라 걸어왔대요." 오순이 대신 대답한다.

"죄수들을 태운 호송열차가 이 작은 기차역을 지나간다는 소문을 들었지요. 시모노프가 탄 호송열차도 이 역을 지나갈 거라고 소냐가 알려줬어요. 난 종일 열차를 기다렸어요. 남편은 열흘 전에 체포됐어요. 경찰들이 수색영장을 들고 우리 집에 들이닥쳤지요. 새벽 2시가 넘은 늦은 시간이었지만 남편은 깨어 있었어요. 그는 외투만 챙겨 입고 경찰들을 따라나섰어요. 아, 내 남편 시모노프는 죄가 없어요. 억울하게 누명을 쓰고 반역자가 되었어요. 그의 가장 친한 친구가 누구보다 열렬하고 양심적인 공산당원인 그를 하루아침에 반역자로 만들어버렸지요…… 남편이 갈아입을 속옷을 가져왔어요…… 안경도요…… 남편은 눈이 나빠서 안경이 없으면 책을 읽지 못해요…… 그는 책을 손에서 놓지 못하는 사람이지요……."

문 너머 여자가 말을 잇지 못하고 흐느껴 운다.

"소냐는 아이들의 장래를 생각한다면 내가 시모노프와 이혼해야 한다고 충고하더군요. 죄수와 이혼하는 데는 3루블밖에 들지 않는다면서요. 3루블로 남편과 이혼하느니 식당에서 붉은 야채수프를 한 접시 사 먹겠다고 말했지요. 난 남편을 사랑해요. 한순간도 그를 사랑하지 않은 적이 없어요……."

여자는 말을 잇지 못하고 울먹인다.

"뭐라는 거예요?"

"한순간도 사랑하지 않은 적이 없대요."

"누굴요?"

"남편을요."

"설마요."

"그럼 거짓말이겠어요?"

"믿기지가 않아서요."

"쫓겨나는 조선인들에게 거짓말할 이유가 없잖아요."

"하긴, 그렇네요."

문 너머 여자가 코를 풀고 목소리를 가다듬은 뒤 물어온다.

"정말 그 안에 조선인들만 타고 있나요?"

"이 열차에는 조선인들만 타고 있습니다." 인설이 말한다.

"그렇군요…… 내 남편은 도대체 어느 열차에 타고 있는 걸까요…… 시모노프…… 시모노프…… 그 안에 있나요? 시모노프…… 시모노프……."

여자의 애틋한 목소리는 기약 없이 멀어진다.

"엄마, 못 박는 소리가 들려요."

"탕! 탕!"

"미치카, 조용히 하렴!"

"탕! 탕!"

"미치카, 제발!"

"공동묘지에서 저 소리를 들었어요."

"문에 못을 박나봐요!"

"못을요? 왜요?"

"문을 열지 못하게요."

"설마 우릴 전부 열차에 가두고 굶겨 죽이려는 건 아니겠지요?"

"문을 열어요!"

"총을 쏘면 어쩌려고요?"

열차가 들썩들썩하더니 움직이기 시작한다. 엉거주춤히 앉아 있던 오순이 엉덩방아를 찧으며 발라당 넘어진다.

"열차가 다시 달리고 있어요."

"새 물도 안 넣어주고요?"

머리와 어깨를 맞대고 모여 있던 사람들이 흩어지고 문 앞에는 인설, 풍도, 금실, 소덕만 남는다.

"아저씨 옆으로 조금만 가요."

"아줌마가 가면 되겠는데요."

"내 옆을 좀 보고 나서 그렇게 말하세요. 난 아까부터 작두 위에 앉아 있는 것 같단 말이에요."

"아줌마, 이불 보따리 좀 저리 치워요. 여긴 내 자리란 말이에요."

"아저씨 자리요? 여기에 말뚝이라도 박아놓았대요?"

"열차에 타자마자 내가 찜한 자리란 말이에요."

"아저씨, 모르시나본데 우리가 탄 열차는 가축을 실어나르는 열차랍니다. 자리마다 번호가 있는, 사람이 타는 열차가 아니란 말이에요."

"우리가 사람이었어요?"

"다투지 말아요. 우리 다 조금씩 옆으로 밀려났어요."

"조금씩, 조금씩 옆으로 밀려나서 나는 절벽 끝에 앉아 있지요. 절벽 아래로 엉덩이 반쪽을 내밀고요. 열차가 달리는 동안 계속 조금씩, 조금씩 밀려나 결국에는 절벽 아래로 떨어지겠지요."

"난 내 자리에 앉아야겠어요."

"내가 키우던 돼지들 중에 성질이 고약한 놈이 있었어요. 온종일 햇빛이 드는 자리를 차지하고 드러누워서는 다른 돼지들이 가까이 다가오면 대가리를 쳐들고 들이받는 시늉을 했지요. 하는 짓이 밉상스러워서 내가 그 돼지에게 그랬답니다. '돼지야, 맘 좀 곱게 써라.' 그 돼지가 생각나네요."

"그래서 돼지가 맘을 곱게 쓰던가요?"

"심보가 쉽게 고쳐지는 건가요?"

"잡아먹지 그랬어요."

"그 돼지가 새끼를 잘 낳는 암돼지였거든요."

"잉어를 잡으려면 강으로 가야 해요."

"그건 또 무슨 엉뚱한 소리예요?"

"여보, 빵이 얼마나 남았어?"

"닭 모이만큼요."

"그럼 닭처럼 쪼아먹어야겠군."

"열차가 서면 먹을 걸 구할 수 있겠지요."

"이게 누구 발이에요?"

"내 발이에요."

"어머나, 내 발인 줄 알았지 뭐예요. 머리가 멍하고 몸이 굳은 가래떡 같아서 발이 아무 감각이 없네요. 내 발이 처음 보는 신발을 신고 있어서 놀랐지 뭐예요. 도둑질이라곤 모르는 내가 남 신발을 훔쳐 신은 줄 알고요."

"도둑질이 다 나쁜 건 아니에요."

"도둑질은 도둑질이에요."

"나는 일곱 살이었어요. 어머니와 철도 건설 현장에서 모래 나르는 아버지를 찾아가던 길이었어요. 어머니는 반나절을 꼬박 걸어가야 하는 그곳까지 날 데리고 가서는 아버지와 하룻밤을 자고 집에 돌아오곤 했어요. 해가 나긴 했지만 바람이 찼어요. 마을을 지나가는데 다들 들일을 나갔는지 개, 돼지, 닭 우는 소리만 들리고 사람 소리는 안 들렸어요. 수레가 서 있는 집 앞에서 어머니가 걸음을 멈추더니 주위를 유심히 살폈어요. 그 집 울타리에 옷과 이불보가 널려 있었어요. 어머니가 털실로 짠 옷을 거두더니 둘둘 말아 치마 속에 감췄어요. 마을을 벗어나자마자 어머니는 치마 속에서 옷을 꺼내 내게 입혔어요."

"엄마, 2교시 공책을 교실에 두고 왔어요!"

"미치카, 긴 인생에서 2교시 공책 같은 건 중요하지 않단다."

"엄마, 난 선반공이 될 거지요?"

"그래, 넌 열다섯 살이 되면 프롤레타리아로 등록하고 공장 학교에 입학할 거야."

"그럼 날 고아원에 보낼 거예요?"

"고아원이라니?"

"공장 학교는 고아들이 가는 데니까요."

"미치카, 엄만 네가 열여덟 살이 되기 전엔 아무 데도 보내지 않을 거야. 내겐 네가 전부란다. 하지만 선반공이 되면 넌 날 떠나겠지. 돈을 벌고, 네 또래 아가씨를 만나 사랑을 하고, 가정을 꾸리려 하겠지……."

"편지를 쓸게요."

"미치카, 내 아들…… 엄마를 영원히 떠나지 않겠다는 말은 하지 않는구나."

"영원히요?"

"그래, 영원히."

"영원히가 뭔데요?"

"미치카, 빨간 머리 아가씨와는 절대 사랑에 빠지지 말렴. 알겠니?"

"여보, 태엽을 감아요."

"감았어."

"끝까지 감으라고 했잖아요. 당신은 늘 태엽을 감다 말지요."

태엽 감는 소리.

"더 감아요."

태엽 감는 소리.

"여보, 몇 시예요?"

성냥 긋는 소리.

"7시……."

"열차가 다시 달리고 있네."

"열차가 다시 달리고 시침이 네 바퀴 돌았어요."

"쇠바퀴가 다 닳아 없어질 때까지 달리려나보군."

"미치카, 엄마에게 편지하지 말렴. 떠나간 아들의 편지나 기다리면서 늙고 싶진 않아……."

"여보, 기도했어요?"

"응, 따냐……."

"뭐라고 기도했어요?"

"선한 땅으로 우릴 인도해달라고."

"우리 아기를 위해서 기도하지 않고요?"

"따냐……."

"당신은 정말이지 엉뚱한 기도만 하네요. 하기야, 당신은 우리에게 당장 필요한 건 비누인데 선한 마음을 달라고 기도하는 사람이니까요."

"따냐, 우리 아기를 위해서도 기도했어." 한숨을 내쉬는 요셉은 지친 표정이다.

"열차에 실리지 않았으면 당신은 이웃들 모르게 우리 아기가 세례를 받게 했겠지요. 당신에게 말하지 않은 게 있어요. 내가 아기를 가졌다는 소식을 듣고 둘째 언니가 우리 집에 다녀갔어요. 아기가 태어나려면 아직 멀었는데 언니가 내게 물었어요. '따냐, 아기가 세례를 받게 할 거니?' 그래서 내가 대답했지요. '그야 당연하지. 그이는 우리 아기가 세례받길 원할 거야. 나도 그이와 결혼하고 세례를 받았는걸.' 언니가 어깨를 으쓱해 보이더니 그러더군요. '따냐, 인쇄 공장에서 그 사실을 알면 네 남편을 해고할 거야.' 나는 놀라서 물었어요. '그이를? 그이는 숙련공인걸. 게다가 얼마나 착실한데.' 언니가 내 볼을 쓰다듬으며 그랬어요. '순진한 따냐, 학교에서는 아이들에게 신이 없다고 가르치고 있단다.'"

"빨간 스카프를 목에 두른 소년들*이 성당에서 쫓겨나는 늙은 신부의 얼굴에 대고 거짓말쟁이라고 욕하는 걸 봤어." 들숙이 말한다.

"난 성당이 불타는 걸 봤지요." 풍도가 말한다.

"우리가 결혼식을 올린 교회도 불탔어요." 따냐가 말한다.

"나는 무서운 게 별로 없는 사람이지만, 그렇게 말하는 사람들을 보면 괜히 무서워." 들숙은 양반다리를 하고 앉으며 눈 초점을 흐린다.

"뭐라고요?" 오순이 묻는다.

"신은 없어!"

"볼셰비키 열혈 당원인 둘째 형부가 내 남편에게 말했어요. '러시아 땅에 신은 없네.' 그이가 그랬지요. '신은 어디에나 계시지요.' 둘째 형부가 그러데요. '자네 자식들에게는 신이 없다고 가르쳐야 할 거야. 안 그랬다는 그 애들에게 재앙이 닥칠 테니까.' 둘째 언니 부부가 우리 집에 다녀가기로 한 날, 난 그이가 인쇄 공장에 출근하자마자 벽에 걸린 십자가를 내려 찬장에 숨겼어요.

"아아, 미치카…… 엄마에게 편지하렴. 사랑하는 엄마…… 편지는 그렇게 시작되겠지."

"미치카, 공동묘지에 또 갔었니?"

"산딸기를 따 먹으려요."

"엄마가 공동묘지에는 절대 가지 말라고 몇 번을 말했니?"

"굴뚝새요!"

---

* 옛 소비에트와 공산권 국가에서 운영되던 보이스카우트 조직인 피오네르는 붉은 스카프를 목에 두르고 다녔다.

"미치카, 엄마가 말할 때만이라도 입을 다물렴!"

"굴뚝새가 날아갔어요!"

"'벌을 받아도 내가 받을 거야.' 훔친 옷을 입히고 나서 어머니가 말했지요."

"여보, 당신은 달리는 열차에서도 성경을 읽는군요." 따냐가 어깨를 늘어뜨리고 숨을 크게 내쉰다. "소리 내서 읽어줘요. 당신은 밤마다 성경을 읽어줬어요. 뱃속 우리 아기가 들으라고요."

요셉이 소리 내 성경을 읽기 시작한다.

"그분께서는 눈에게 '땅에 내려라' 명령하시고 큰 비에게는 '세차게 내려라' 명령하십니다. 모든 사람의 일손을 막으시니 모든 사람이 그분의 일을 깨닫게 하시려는 것입니다…… 그분께서는 지혜롭다 여기는 이들을 거들떠보지 않으십니다.*"

"네가 누구냐.**"

"내가 땅을 세울 때 너는 어디 있었느냐.***"

황 노인이 번쩍 눈을 뜬다.

"땅……."

---

* 〈욥기〉.

** 〈욥기〉.

*** 〈욥기〉.

"지혜로 땅을 세웠다.*"

"흘러가는 건 구름이 아니라 땅…… 그때 내 나이가 아홉 살, 아버지하고 밭을 갈고 있는데 땅이 흔들렸어. 아버지도, 나도 맨발이었어. '아버지, 땅이 흔들려요.' 아버지가 손가락으로 한쪽 콧구멍을 막더니 다른 쪽 콧구멍으로 콧물을 뱉었어. 콧물이 멀찍이 날아가 소나무 줄기에 달라붙었어. 아버지가 말했지. '두더지가 땅 밑으로 지나가서 그렇다.' 땅이 계속 흔들렸어……."

"더는 못 참겠어…… 제발 열차 좀 세우라고 해요!"
"누구보고요?"

"엄마, 난 어디서 왔어요?"

"참아야 해!"

"엄마, 어지러워."
"참아야 해!"
"엄마, 간지러워."
"참아야 해!"
"엄마, 목말라."

---

* 〈욥기〉.

"참아야 해!"

"아가, 씨앗들이 발버둥을 치는구나."
"씨앗들이요?"
"얌전히 있지 못하고 삐져나오려고 아주 야단이구나."
"어머니, 씨앗들은 벌레가 아니에요."

"참아야 해!"

"어찌해볼 도리가 없는 삶이야!"

"처자식을 이끌고 신발도 없이 천 리를 걸어서 러시아 땅에 왔지!"
"두 돌 때 아버지가 돌아가셔서 열 살 먹어서부터 아침부터 저녁까지 태를 쳤지!"
"해가 떠서 질 때까지 소금 자루를 나르고!"
"손을 곡괭이 삼아 돌밭을 맸어."
"소가 없어 어머니가 아버지 어깨에 쟁기를 지우고 밭고랑을 팠지."

"우리를 다시 데려다놓을 거다……." 황 노인의 뒤틀린 입에서 흘러나오는 소리를 쇠바퀴 굴러가는 소리가 뭉개버린다.

황 노인은 눈을 뜬 채 꿈을 꾼다. 꿈에 그는 땅 위에 홀로 누워 있다.

임자 없는 땅이야…….

그는 자신의 손가락이라도 부러뜨려 그것으로 땅에 울타리를 치고 싶다. 평생 임자 없는 땅을 찾아 떠돌다 마침내 땅을 찾았는데 손가락 하나 자신의 의지대로 까닥일 수 없다.

'내 땅이야, 내 땅!'

소리 지르고 싶지만 목이 잠겨 목소리조차 나오지 않는다.

사람들이 웅성거리는 소리가 들려온다.

저기 땅이 있소!

주인 없는 땅이 틀림없으니 이곳에서 농사짓고 삽시다.

주인 있는 땅이면 어쩌오?

옥수수 한 톨 심은 흔적이 없는 걸 보면 주인 없는 땅이 틀림없소.

우리 사이좋게 땅을 나눠 가집시다.

땅이 넓어 나눠 가져도 만 평은 돌아가겠군!

100보씩 떨어져 집을 지읍시다.

100보는 너무 가깝소, 500보씩 떨어져 집을 지읍시다.

500보는 너무 멀지 않겠소, 300보씩 떨어져 집을 지읍시다.

'내 땅이야, 내 땅……' 황 노인은 천길만길 낭떠러지로 떨어지듯 미끄러진다.

# 2부

## 13

'흙이 재처럼 검고 뜨거웠어……'

꿈속에서 만졌던 흙의 감촉과 온기가 남아 있는 듯해 금실은 두 손을 맞비빈다. 아버지의 발을 흙으로 덮어주는 꿈이었다. 토란처럼 뭉뚝한 발가락들마다 가늘고 희미한 뿌리가 서너 가닥씩 자라 있었다.

토담 밑에 쭈그리고 있던 아버지의 모습이 떠올라 금실은 손으로 가슴을 쓸어내린다. 그녀가 신한촌에서 마지막으로 본 모습으로, 아버지는 누비저고리 위에 양가죽 조끼를 걸치고 털 장화를 신고 있었다. 상투를 자른 머리에는 갈색 털모자를 쓰고 있었다. 짓무른 땅콩 껍질 같은 눈으로 희멀건 낮달을 응시하던 아버지는 혼이 나간 표정이었다.

금실의 아버지 길동수는 1887년생으로 땅을 찾아 러시아로 왔다. 조선에서 그가 농사짓던 땅은 지주의 것이었다. 조선이 일본에 합병되자 지주는 땅을 일본 기업에 팔았다. 하루아침에 일본 기업의 소작농이 된 그는 러시아 연해주에 가면 땅을 분배받을 수 있다는 소문을 들었다. 땅을 찾아 러시아로 가는 유랑민들이 그의 고향 마을을 지나며 퍼트린 소문이었다. "러시아엔 임자 없이 놀고 있는 땅이 널렸대요." "땅을 개간할 사람이 없어 러시아 정부에서 조선인들에게 땅을 공짜로 나눠준대요." 유랑민들이 안개처럼 휩쓸고 지나간 뒤면 마을에는 캐 먹을 나무뿌리조차 남아나지 않았다. 죽은 아기나 아이들이 밭이나 돌탑 아래에 버려져 있기도 했다. 아버지의 고향 마을 사람들도 러시아로 떠났다. 그 어느 해인가는 여섯 가구가 한꺼번에 고향을 등지고 떠나기도 했다. 첩과 첩에게서 난 자식들까지 열여섯 명이나 되는 식솔과 소 세 마리를 이끌고 러시아로 떠난 이도 있었다. 큰딸 금실이 다섯 살 되던 해 길동수도 러시아로 떠나기 위해 짐을 꾸렸다. 석 달이 지나 러시아 파르티잔스크에 도착하고 나서야 그는 자신이 늦게 왔다는 걸 알았다. 1915년 봄 그가 러시아 땅에 발을 내디뎠을 때, 러시아 정부는 조선인들에게 더는 땅을 베풀지 않았다. 그는 자신보다 일찍 러시아 땅에 온 조선인들이 하는 소리를 들었다. "우리 조선인들이 이미 너무 많은 땅을 차지했다며 러시아로 귀화하지 않은 조선인들이 개척한 땅을 빼앗고 있대요." "러시아 정부가 조선인들을 위험한 종자로 여긴다지요. 중국인들은 농사짓고 살다 늙으면 고향으로 돌아가는데 조선인들은 안 돌아가니까요." 막일거리를 찾아 블라디보스토크로 흘러든 길동수는 이듬해 봄 중국인들이 파와 무를 심어 먹던 비탈진 땅을 평평하게 다져 판잣집을 지었다. 그는 블라디보스토크 역과 세묘노프스키* 어시장을 돌아다니며 지게로 짐 나르는 일을 했다. 한여름에는 어시장 얼음 공장에서 날품을 팔았다. 세월이 눈 깜짝할 새 흘러 쉰여섯 살 생일날 아침이었다. 그의 집 마당에서는 닭 네 마리가 돌아다니고 고향 떠나올 때 다섯 살이던 큰 딸 금실은 스물여섯 살 처녀로 자라 있었다. 기름이 둥둥 떠다니는 소고깃국에 흰 쌀밥을 말아 먹다 말고 흐느껴 우는 그에게 금실이 물었다.

"아버지, 좋은 날 왜 우세요?"

"네 할머니 생각이 나서 그런다."

"할머니가 보고 싶으세요?"

그녀의 말에 고개를 가로젓던 그는 탄식했다.

"네 할머니는 벌써 굶어 죽었을 거다."

널빤지 새새로 또다시 빛이 비쳐들고 잠들었던 사람들이 깨어난다. "추워……." 오순이 어깨에 걸친 숄을 정수리 위까지 끌어당겨 덮는다. 풍도가 자신이 뀐 방귀 소리에 놀라 깨어난다. 빳빳하게 세운 외투 깃에 얼굴을 파묻고 잠들었던 인설도 깨어난다. 구리철사로 매어 만든 수첩이 그의 외투 주머니 밖으로 비죽 나와 있다.

요셉은 물 적신 광목수건으로 비몽사몽인 따냐의 얼굴을 닦고 있다. 그가 따냐의 눈곱 낀 눈가를 세심하게 훔치는 걸 물끄러미 바라보던 금실은 근석이 함께 오지 못한 것이 새삼 서운하고 원망스럽다.

---

* **세묘노프스키 어시장** 블라디보스토크의 거상 세묘노프스키의 이름을 따서 지은 세묘노프스키 항만에 있던 큰 어시장. 한인 선착장이 있었다.

"여보, 난 뒤돌아보지 않았어요…… 깜둥이는 우릴 기다리고 있겠지요. 우리가 집에 돌아올 줄 알고요."

"똥 냄새……."

"설사가 멎지 않네요…… 물을 갈아 먹어서 그런가봐요……."

"돼지하고 다를 게 없네요."

"돼지요? 난 김나지야의 수학교사예요."

"아, 인간요? 돼지와 다를 거 없는 인간요?"

"사람들이 정말 못됐어요…… 아줌마가 창피를 주지 않아도 난 부끄러워서 죽고 싶단 말이에요."

"사람이니까 착하기도 하고, 못되기도 한 거예요."

백순이 머리를 참빗으로 빗어 쪽을 지고, 황 노인을 향해 돌아앉는다. 황 노인의 아랫도리에 댄 기저귀를 가는 그녀의 낯빛은 간장에 절인 깻잎처럼 어둡다.

"우리 평해(平海) 황씨의 본은 경상북도 울진군 평해읍이다…… 우리 조상 중 태종 임금과 세종 임금 대에 임금의 명령을 받드는 도승지까지 지낸 분이 계시다. 대대로 벼슬하던 우리 가문은 임진왜란 때 망하는 바람에 천민과 노예로 흩어져 뿌리를 모르게 되었다. 고조부 때 동해를 따라 올라와……"

"족보를 외시는 거예요. 글자를 읽고 쓸 줄 모르셔서 저렇게 달달 외워서는 시간 날 때마다 들려주신답니다."

"여기가 조선 땅도 아니고 가문이 다 뭔 소용이래요." 오순이 말한다.

"러시아 땅에서 만난 조선 사람마다 가장 먼저 묻는 게 고향이더군요. 그다음으로 묻는 게 출신 가문이고요. 러시아 땅에 와서도 양반, 천민을 따지고 끼리끼리 어울리더군요." 풍도가 말한다.

"아무래도 고향 사람을 만나면 친동기간을 만난 것처럼 반가워요." 소덕이 한마디 한다.

"내 고향은 어딜까?" 혼잣말을 중얼거리던 들숙이 금실을 쳐다보더니 묻는다. "내가 러시아인처럼 보여?"

"아니요." 금실은 고개를 흔든다.

"내 아버지하고 어머니가 조선인인데 내가 러시아인일 리가 없지. 콩 심은 데 콩 나고 팥 심은 데 팥 나는 것하고 똑같아. 러시아인들 눈에도 영락없는 조선인으로 보이니까 열차에 태웠겠지. 하지만 내 고향은 조선이 아니라 러시아 라즈돌나야 강가 숲이야. 그곳에서 태어나 열일곱 살 먹도록 살았으니까. 아버지하고 단둘이 사시사철 계곡물이 흐르는 기슭 옆 오두막에서 살았어. 아버지는 담비 사냥꾼이었어. 담비를 잡으려고 놓은 덫에 닭보다 날렵하고 사납게 생긴 새가 잡히곤 했는데 아버지는 그 새를 뇌조라고 불렀지. 아버지는 뇌조를 러시아인들에게 팔기도 하고 먹기도 했어. 라즈돌나야 강가에서 아버지하고 살던 시절이 전생만 같아. 아버지는 중국인처럼 보이려고 변발을 했어. 내 아버지 고향이 어딘지 몰라. 무슨 사연으로 고향을 떠나왔는지도. 열아홉 살 되던 해, 금광을 찾아다니는 금점꾼을 만났지. 아버지에게 말도 않고 그 사내를 따라 블라디보스토크로 왔어."

"내 고향은 강원도 정선이랍니다."

풍도가 큰 눈을 끔벅이며 중얼거린다.

"아저씨는 어쩌다 처자식도 없이 홀몸이래요?"

오순이 풍도에게 넌지시 묻는다.

"나이 드는 줄도 모르고 꼴 베는 새치기꾼으로, 널 켜는 톱질꾼으로 떠돌다 보니 외기러기 신세를 못 면했어요."

"정선 사람이 러시아까지 왔군……" 황 노인이 중얼거린다.

"네, 돈 벌러 왔지요. 입동 지나자마자 아버지께 큰절을 올리고 집을 나섰어요. 갑산 천남면으로 가는 고갯길 어귀 객줏집에서 하룻밤, 단천 산면에서 하룻밤, 라남—회령을 잇는 경편 철도 노동자들이 묵는 객줏집에서 나흘 밤을 묵었지요. 산 몇 개를 넘어 겨우 두만강이 지척인 마을에 닿았지 뭡니까. 누에고치만 한 눈을 맞으며 마을 초입에 있는 초가집에 들어가 하룻밤 묵게 해달라고 사정했어요. 주인 늙은이가 그러더군요. '두만강 폭이 1리쯤 되는데, 얼음이 돼지비계처럼 두툼하게 얼었으니 아무 데로나 건너도 중국 길림성 훈춘에 닿을 것이오.' 새벽에 길을 나섰지요. 눈이 그때까지도 그치지 않고 퍼붓더군요. 앞으로 엎어지고 뒤로 나자빠지며 언 두만강을 건넜어요. 훈춘 개성에 들어갔더니 거리에 마차들이 차고 넘치더군요. 객줏집은 중국인들 천지고요…… 고향 떠난 지 넉 달 만에 추카노보*에 닿았지요. 조선인들이 사는 마을에 러시아 예배당이 있고 벽돌로 지은 학교가 있더군요. 원호 집에서 머슴살이하다 여차여차 블라디보스토크에 오게 되었어요. 생전 처음 보는 전차가 눈앞에서 지나가는데 꿈인지 생시인지 분간이 안 가더

---

* **추카노보** 러시아 연해주의 대표적인 한인 마을. 연추라는 지명으로 불렸다.

군요. 궁궐처럼 으리으리한 집들, 공장들, 쌍말이 끄는 마차…….”

풍도의 얘기를 귀담아 듣던 금실의 머릿속에 블라디보스토크 곳곳의 낯익은 광경이 펼쳐진다.

우편물 자루가 실린 수레를 끌며 하바롭스크 거리를 오가던 땅딸막하고 우직한 말들, 야트막하게 비탈진 길들을 따라 경비병처럼 늘어선 전봇대들, 소의 분뇨 냄새와 피 냄새가 진동하던 도축장 뒷마당, 제분소의 밀가루를 뒤집어쓴 공원들, 바람에 섞여 날리던 석탄가루, 목이버섯 같은 연기를 토하던 공장 굴뚝들, 거리에 날리던 니콜라이 2세의 초상화, 아무르 거리 국숫집 마당에서 건조 중인 국숫발들, 길 여기저기 떨어져 있던 말똥, 하바롭스크 거리의 중국인 잡화점, 금각만에 고깃배를 대놓고 물고기들을 고르거나 그물을 손질하던 조선 어부들…… 신한촌에는 다양한 직업을 가진 조선인들이 모여들었다. 신문기자, 시인, 항일애국지사, 조선인 러시아 군인, 망명자, 볼셰비키 당원, 공산주의자, 금광을 찾아 떠돌아다니는 금점꾼, 고리대금업자, 부드럽고 고운 모래를 고르는 모새꾼, 석탄 공장에서 일하는 석탄꾼, 톱질꾼, 새치기꾼, 어부, 청부업자, 빨치산 출신, 보따리장사꾼, 아편쟁이, 투전꾼, 장로교 선교사…….

금실 가족이 신한촌에 정착해 살았던 지난 20년 동안 러시아는 황제인 니콜라이 2세에서 레닌으로, 스탈린으로 바뀌었다. 차르 군대가 말을 타고 행진하던 거리를, 붉은 깃발을 든 볼셰비키들이 행진하더니 소비에트 군대가 점령했다. 그녀 가족이 신한촌으로 흘러든 이듬해에 거리 곳곳에서 붉은 깃발이 나부끼고, 레닌의 초상화와 사진이 벽에 나붙었다. 볼셰비키와 노동자들이 북을 울리며 거리를 행진했다. 어린 여자아이이던 그녀는 한인신보* 앞에서 조선 청년들이 자기들끼리 나누는 얘기를 들었다. 그들 중에는 머리를 단발로 자르고 발목까지 내려오는 갈색 모피 코트를 걸친 여자도 있었다.

"레닌이 얼마나 엄격하고 검소한지 양복이 한 벌뿐이라더군."

"난 레닌이 연설하는 모습을 내 두 눈으로 봤지. 초상화하고 똑같더군. 시원하게 벗겨진 이마가 튀어나오고 눈이 날카로운 게 독수리 같았어."

그해 가을 어느 날이었다. 러시아인 공장 노동자처럼 누런 노동복에 검은 장화를 신고 바삐 걸어가던 조선 사내에게 금실의 아버지가 물었다.

"무슨 사변이라도 났소?"

"붉은 파가 흰 파를 이겼소."

수척한 사내의 얼굴은 감격과 흥분에 휩싸여 있었다.

"붉은 파는 뭐고, 흰 파는 뭐요?"

아버지가 수염을 손으로 쓰다듬으면서 물었다. 마흔 살도 안 된 아버지의 머리와 수염은 일찌감치 세어 반백이었다.

"붉은 파는 우리 같은 가난한 노동자들이 주인 되는 세상을 만들려는 파고, 흰 파는 화려한 옷에 삼시 세끼 기름진 음식을 먹으며 노동자들을 멸시하는 귀족과 지주들 파요."

---

* **한인신보** 1917년 7월, 블라디보스토크 거주 한인들에게 민족정신을 고취하기 위해 창간한 신문.

사내가 벅찬 감정을 절제하지 못하고 엉엉 소리 내 울었다.

"왜 우오?"

"붉은 파가 이겼다고 하지 않았소."

"그게 그리 기쁘오?"

"우리 조선인들이 러시아에서 괄시 안 받고 살게 되었으니 어찌 기쁘지 않겠소? 레닌이 혁명이 성공하면 우리 조선 민족같이 약소한 민족들이 괄시 안 받고 사는 세상을 만들겠다고 약속하지 않았소. 러시아인들이 조선인들을 오죽 무시했소? 망국 민족이라고 우리를 집에서 쫓겨난 똥개 취급하지 않았소."

들숙이 보따리를 살피다 말고 혼잣말로 중엉거린다.

"아버지가 아직 살아계시려나? 아마 돌아가셨을 거야. 내가 태어났을 때 아버지는 눈썹이 이미 백분처럼 센 늙은이였어. 천지가 눈으로 덮인 겨울날이었어. 소복을 입은 것처럼 흰 뇌조가 덫에 걸려 있었어. 겁에 질려 끽— 끽— 소리를 내며 우는 뇌조를 아버지가 물끄러미 바라보더니 그냥 놔주지 뭐야. 나중에 아버지가 그러더군. 흰 뇌조는 날 낳다 죽은 어머니라고."

금실은 새삼 자신과 함께 실려가는 사람들 얼굴을 하나하나 새기듯 바라본다. 철컥— 철컥— 소리에 장단을 맞추듯 흔들리는 얼굴들은 씻지 못한데다 그늘이 져 얼룩진 놋그릇 같다. 다들 팔려가는 짐승처럼 막막하고 서러운 신세지만 선한 사람도 있고, 악한 사람도 있을 것이라고 그녀는 생각한다. 그녀가 알고 있는 가장 선한 사람은 조선인이었다. 가장 악한 사람 역시. 어릴 때 그녀는 조선 사내가 자신보다 덩치 큰 러시아 사내에게 얻어맞는 걸 보았다. 그 조선 사내는 집으로 돌아가 자신의 아내를 때렸다. 사내의 아내는 아이들을 때렸다. 그리고 아이들은 개를 때렸다.

금실은 널빤지 새로 눈을 가져간다. 눈동자가 칼로 도려내지는 것 같을 만큼 바람이 차고 매섭다.

"뭐가 보이니?"

소덕이 그녀의 등에 대고 넌지시 묻는다.

"하늘이 보여요……."

"또 뭐가 보이니?"

"집이 보여요……."

그러나 그녀의 눈에 들어오는 것은 나무 한 그루 없이 황량한 들판이다.

누런 흙먼지가 드문드문 자란 잡풀을 삼켰다 토하며 스산히 날린다.

"집이?" 소덕이 반색한다.

"말뚝을 박아 울타리를 치고, 빨랫줄에 기저귀 같은 걸 잔뜩 널어뒀어요."

"그리고 또 뭐가 보이니?"

"염소들이요…… 풀을 뜯고 있어요."

"사람은 안 보이니?"

"……."

"사람 말이다……."

"보여요……."

"상투를 튼 사내가 어린 여자애를 등에 업고 들판을 걸어가네요. 가마솥만 한 보따리를 머리에 인 여자가 사내 뒤를 따르고요…… 아기를 가졌는지 여자 배가 불러 있어요."

"땅을 찾아가는 조선인들인가보구나."

# 14

성당 종탑 높이만큼 치솟는 불기둥과 흩날리는 잿속에서 들숙은 아들을 낳았다. 만삭의 몸으로 블라디보스토크로 흘러들어 금각만이 내려다보이는 움막집에서 살았는데, 만에 매져 있던 목선에서 불이 난 것이었다. 불길은 나란히 매져 있던 다른 목선으로 옮겨붙으며 세차게 타올랐다. 양수가 터졌는데도 세상에 나오지 않으려고 버티는 아들을 간신히 밀어내고는 혼절했다 깨어난 그녀가 탯줄도 안 자른 아들을 품에 안고 눈물을 흘릴 때쯤에야 불길은 겨우 잦아들었다.

금점꾼이던 남편은 아들이 태어난 지 두 달쯤 지나, 해진 감자 자루보다 나을 것 없는 움막집에 처자식을 팽개쳐두고 금광을 찾아 떠났다. 그녀는 남편이 그저 금광에 미친 사내인 줄 알았다. 그래서 그의 눈동자가 초점을 잃고 흔들리는 거라고, 초초해 입술이 타들어가는 거라고, 가시방석에 앉아 있는 듯 안절부절못하고 다리를 떨어대는 거라고. 그래서 그녀는 남편을 기다렸다.

세월이 흘러 아들이 열 살 되던 해였다. 그때까지도 그녀는 움막집을 떠나지 않고 혼자 아들을 키우며 살고 있었다. 목재소에서 종일 목재를 나르고 움막집으로 돌아가던 그녀는, 해안 절벽에 앉아 있던 갈매기가 훌쩍 날아오르더니 불길하게 일렁이는 바다로 날아가는 광경을 보았다. 그녀가 머리에 이고 있던 양철 동이에는 어부에게서 산 대구가 들어 있었다. 알을 배 배가 볼록한 대구는 바구니 밖으로 어수룩한 얼굴을 내밀고 아가미를 뻐끔거렸다. 사슴을 쫓아 숲속을 맨발로 뛰어다니던 소녀의 모습은 그녀의 어디에도 남아 있지 않았다. 적막한 숲속에 울려퍼지던 새의 신령한 울음소리를, 젖은 떡갈나무 잎에 비친 세상을, 그녀는 까맣게 잊었다. 점점 높아지며 밀려오는 파도들 너머로 갈매기가 사라지는 순간 그녀는 남편이 결코 돌아오지 않으리라는 걸 깨달았다.

거친 막노동꾼들을 따라다니며 돈을 버느라 그녀는 아들을 제대로 돌보지 못했다. 그녀가 신한촌 아무르 거리에 허름한 집을 사들여 하숙집을 냈을 때, 아들은 심하게 수줍음을 타고 화를 잘 내는 소년으로 자라 있었다. 변성기가 오고 콧수염이 나기 시작하면서부터 자신이 조선인인 걸 못 견뎌했다. 그것은 조선인에 대한 혐오와 증오심으로 자리 잡았다. 공부에 관심이 없던 아들은 러시아의 불량한 청년들과 어울려 다니며 일찌감치 담배와 술을 배웠다. 그녀는 아들 때문에 속상할 때마다 그 애가 문명과 단절된 야생의 숲속에서 자랐으면 어땠을까 생각하곤 했다. 그리고 그때마다 그녀는 남편이 떠나자마자 아들을 데리고 숲속으로 돌아가지 않은 걸 후회했다. 그러나 그때로 다시 되돌아간다 해도 쥐가 들끓던 움막집을 떠나지 못하리라는 것을 그녀는 잘 알고 있었다.

"아나똘리, 눈이 내렸단다. 네가 태어나고 흰 눈송이들이 검은 재를 덮었단다."

# 15

풍도는 굼벵이처럼 담요를 둘둘 말고 누워 눈을 말똥말똥 뜨고 있다. 그 옆 부드럽게 눈웃음치는 허우재의 눈가에 햇빛이 사금파리처럼 박혀 반짝인다. 일천은 조끼 자락에 안경알을 닦고 있다. 풀 죽은 얼굴로 머리카락을 빗던 아리나가 고개를 세차게 흔든다.

요셉이 건초더미 위에 무릎을 꿇고 앉더니 두 손을 모아 잡는다. 지그시 눈을 감은 그의 입에서 나직이 책을 읽는 것 같은 소리가 흘러나온다. 무기력하게 흔들리던 사람들의 시선이 요셉에게 쏠리자 따냐가 귀띔하듯 말한다.

"하나님께 기도하는 거예요."

"저이는 기도도 러시아 말로 하는군."

풍도는 못마땅해하는 눈빛으로 요셉을 흘겨본다.

"러시아 땅이니 러시아 말로 해야 하나님이 알아들을 것 아니오!" 일천이 빈정거린다.

"그래서 하나님이 내 기도는 안 들어주셨군! 난 하나님이 조선말도 당연히 알아듣는 줄 알고 밤낮 조선말로 빌었지 뭡니까."

"밤낮으로 뭘 그렇게 빌었대요?" 오순이 묻는다.

"빌 게 한두 가지인가요? 하숙집 방 천장에서 비가 안 새게 해달라고 빌어야지, 새 털신 한 켤레만 달라고 빌어야지, 참한 각시 하나만 보내달라고 빌어야지……."

"난 그저 한 가지만 빌었어……." 황 노인이 말한다.

"뭘요?"

"굶지 않게 해달라고……."

"내가 이래 봬도 러시아 중놈에게 세례까지 받았어요. 신민증을 얻으려고 울며 겨자 먹기로 받은 거지만요." 풍도는 불쑥 화가 나 발끈한다.

"러시아 중놈이요?"

"러시아 신부 말이에요. 듣자니 눈물 콧물을 쥐어짜고 주먹으로 가슴패기를 치며 서럽게 울어야 러시아 중놈이 세례를 준다더군요. 어찌하면 눈물이 날까 궁리했지요. 고향 떠나오며 부모형제와 생이별하던 때를 떠올리면 눈물이 날까 싶어 그때를 아무리 되새김질해도 좁쌀만 한 눈물 한 방울 안 나더군요. 배곯다 돌아가신 어머니 얼굴을 그려봐도 안 나더니…… 내가 어쩌다 러시아 중놈 앞에서 억지 눈물을 흘려야 하는 신세가 되었나 생각하니 원통 방통해 닭똥 같은 눈물이 뚝뚝 떨어지더군요. 주먹 쥔 두 손을 부르르 떨며 서럽게 흐느껴 우니까 러시아 중놈이 냉수로 내 이마를 치더군요!"

풍도가 손바닥으로 자신의 이마를 찰싹 때려 보인다.

"나도 러시아 신민증을 받으려고 러시아 신부를 찾아갔지요. 차르 시절에 상투를 자르고 세례받은 조선인들에게만 신민증을 주었으니까요."

"나는 일본 국적자이지요. 조선이 일본에 합병되어 조선 국적이 없어져서요."

"우린 조선인이지만 소비에트 인민이거나 일본 국적자이지요."

"내 아버지는 러시아로 귀화하지 않으셨어요. 돌아가시며 아들들에게 신신당부하셨어요. 절대 귀화하지 말고 러시아에서 조선인으로 살라고요."

기도를 마치고 모아잡은 손을 푸는 요셉을 풍도가 손짓까지 해가며 부른다.

"애기 아빠, 뭐 하나 물어봅시다."

"예, 뭘요?"

"하나님이 크오? 부모가 크오?"

"성경에 '네 부모를 공경하라'고 쓰여 있습니다."

"그럼 나라가 크오, 부모가 크오?"

"아무렴, 부모가 크지요." 소덕이 주름진 이마를 찡그린다.

"나라가 있어야 부모도 있는 것 아니겠소?" 일천이 말한다.

"모닥불에 언 발을 녹이고 있는데, 소비에트 경찰이 다가오더니 조선말로 묻더군요. '국가가 크냐, 부모가 크냐?' 러시아인이 조선말을 하는 게 신통방통해서 내가 웃음을 쪼개며 대꾸했지요. '국가가 참으로 크지만 부모가 더 크지 않겠소.' 그랬더니 경찰이 '반역자로군!' 하면서 수박만 한 주먹으로 내 머리를 때리데요. 그래서 내가 얼른 '국가가 큰 것 같소' 했더니 '조선인들은 효자라고 들었는데 불효자로군!' 하면서 내 머리를 계속 주먹으로 때리더군요."

"스탈린은 도대체 우리 조선인들에게 왜 이렇게 모질게 군대요?"

"우리가 러시아인이 아니니까 그런 거 아니겠어요?"

"폴란드인을 조선인보다 더 싫어한다던데요."

"스탈린도 우리도 조선인들처럼 이민족 출신이라던데요."

"누가 그래요?"

"제분소의 사팔뜨기 여편네 파울라요. 그녀는 폴란드인이에요."

"오케얀 거리에 사는 시계수리공 유대인이 그랬어요. 스탈린하고 자기하고 고향이 같다고요." 백순이 말한다.

"스탈린 고향이 어딘데?" 들숙이 묻는다.

"그루지아요." 인설이 말한다.

"그루지아요? 나도 그루지아에서 왔다는 유대인을 하나 알아요. 혹시 그 시계수리공 유대인도 머리가 크지 않나요?" 풍도가 백순에게 묻는다.

"작다고는 할 수 없지요."

"사독이 그러더군요. 그루지아 출신 유대인들은 주먹으로 하도 쳐대서 머리가 커졌다고요. 루마니아 출신 유대인은 거짓말을 잘하고, 폴란드 출신 유대인은 똘똘하다고요."

"사독이 누구야?" 들숙이 묻는다.

"유대인 도축업자 사독이요."

"유대인들은 수천 년 전부터 떠돌며 살았다면서요?"

"수천 년이나요?"

"우리도 이것이 시작인지 모르지요." 인설이 중얼거린다.

"그게 무슨 말이오?" 일천이 대뜸 묻는다.

"우리도 이것을 시작으로 떠돌며 살게 될지도 모르지요."

"우리 조선인이 떠돌며 살아? 우리 조선인들은 한곳에 뿌리내리고 땅을 일구며 살아야 해……." 황 노인이 항변한다.

"어르신, 고향 떠나온 뒤로 내내 떠돌며 살지 않으셨어요?"

"그야 그랬지…… 땅이 떠도는 것인지, 내가 떠도는 것인지 분간이 안 갈 정도로 떠돌았지…… 첩첩산중 두멧골에서 태어난 내가 러시아 땅을 떠돌며 살 줄이야……." 황 노인은 목이 매 말을 잇지 못한다.

"엄마, 스탈린 대원수의 아빠는 구두수선공이었대요. 엄마는 재단사였고요."

"미치카, 제발 입을 다물렴!"

"혀가 도끼래요."

"누구 말이니?"

"이빨 하나하나는 톱날이고요"

"누가?"

"눈은 구더기로 들끓는 버터고요."

"누가?"

"눈으로는 어머니를 올려다보고, 혀로는 아버지를 저주한대요."

"미치카, 누구 얘기를 하는 거니?"

“경찰들이 검은 차를 타고 나타나 박 페트로 선생님을 오랏줄로 묶고는 개처럼 끌고 갔어요. 아이들이 그러는데, 그가 칠판에 ‘스탈린 대원수’라고 쓰지 않고 ‘스탈린’이라고 써서 잡아간 거래요.”

“스탈린 대원수!”

“스탈린 대원수가 신은 신인가보네.” 풍도의 둥글납작한 코가 일그러진다.

“조심하시오!” 일천이 쏘아붙인다.

“조심하시오! 그 말은 니콜라이도 했어요.” 풍도가 눈을 동그랗게 뜨고 말한다.

“니콜라이는 또 누구예요?”

“콜호스 감독이요.”

“반역자로 끌려가고 싶지 않으면 말조심해요!” 일천이 쏘아붙인다.

“말조심이요? 이 열차 칸에 소비에트 정보원이 타고 있기라도 한가요?” 풍도가 비아냥거린다.

“다른 열차에서는 인민재판이 벌어지고 있다고 하더이다.” 일천의 얄팍한 입술이 떨린다.

“다른 열차에 갔다 와보기라도 했습니까? 사방이 갱도처럼 막혀 해가 뜨고 지는 것도 모르는 판에 다른 칸에서 뭔 일이 벌어지는지 어찌 알겠어요.”

“하바롭스크 역에서 호위대원들이 조선인 반역자들을 굴비 엮듯 묶어 끌고 가는 거 못 봤소?”

일천의 말에 겁을 집어먹은 풍도의 코가 움찔한다.

굳은 얼굴로 일천을 바라보던 인설이 말한다.

"'소비에트가 자본주의 적에게 포위되어 있는 한 외국 간첩, 해충, 변절주의자, 암살자들로 가득하다…….' 소비에트 정부가 조선인들을 감시하고 숙청하며 떠들어대던 말을 하고 싶은 겁니까?"

"뭐요?"

일천이 손으로 안경을 추어올리며 발끈한다.

"호위대원들이 열차가 설 때마다 반동분자를 가려내 체포한다고 들었어." 들숙이 말한다.

올가의 남편을 비롯해 조선인 지식인과 혁명가들이 증발하듯 사라지기 시작할 즈음 신한촌에 전염병처럼 떠돌던 말들이 떠올라 금실은 어깨를 떤다. 민족주의자, 추악한 일본인 앞잡이, 트로츠키주의자, 부하린주의자, 부르주아적인 변질로부터의 해방, 숙청…… 소비에트와 일본의 전쟁을 가상한 소설이 유행하고, 학교에서는 아이들에게 조선인 간첩이 등장하는 소설을 읽혔다.

"따지고 보면 반역자들 때문에 우리가 이 꼴을 당하는 거 아니겠소." 안경알 너머 일천의 눈이 단춧구멍처럼 가늘어진다.

"반역자요?"

"한 줌도 안 되는 반역자 놈들 때문에 러시아 땅에 살고 있는 온 조선인이 문둥병자 취급을 받으며 쫓겨나는 거 같아서 하는 말이오."

"누가 반역자이지요? 볼셰비키 혁명을 지지하며 빨치산이 되어 백군과 대항한 조선인들이 반역자인가요? 소비에트를 환영하고 프롤레타리아 해방에 협조한 조선인이 반역자인가요?" 그렇게 묻는 인설의 목소리는 차분하면서도 날이 서 있다.

"난 휘말리고 싶지 않으니 그만두시오!"

일천은 자신이 어릴 때 모셨던 조선인 갑부가 일본군에 연행돼 총살당하는 걸 보았다. 아내가 티푸스로 세상을 떠나자 황 노인은 겨우 열 살이던 아들 일천의 손을 붙들고 무작정 조선인 갑부를 찾아갔다. 그에게 아들을 맡아달라는 부탁을 간곡히 하고 자신은 돈을 벌러 캄차카로 떠났다. 백군과 적군이 팽팽히 대립하던 1918년 4월에 일본군은 미국, 영국, 프랑스, 이탈리아 군대와 함께 연해주를 점령했다. 일본군은 연해주에 거주하는 항일운동가들을 닥치는 대로 체포해 살해했는데, 그 갑부도 그때 비명횡사했다. 흠모하며 아버지처럼 따랐던 갑부의 죽음은 그에게 큰 충격을 주었다. 여섯 살 때, 노비 출신인 아버지를 따라 러시아로 와 큰 부를 이룩한 그는, 러시아에서 활동하는 항일운동가들과 교류하며 그들의 독립운동을 지원했다. 그가 우수리스크 라즈돌나야 강변에서 일본 군인들이 쏘는 총알을 맞고 강물 속으로 추락하던 날, 그의 딸들은 검은 옷으로 갈아입었다. 그리고 십수 년이 흘러 일천은 우연히 길거리에서 그녀들 중 하나를 보았다. 네 딸 중 맏이로 폴란드 남자와 결혼한 그녀는 상중(喪中)인 듯 검은 옷차림에 검은 머릿수건을 쓰고 검은 구두를 신고 있었다. 그녀는 기다리는 자식이 하나도 없는 집으로 돌아가는 여자처럼 풀이 죽어서는 오케안 거리를 걸어가고 있었다. 아버지가 살아 있을 때 웃음이 떠나지 않던 그녀의 얼굴은 폭삭 늙어 있었고, 거뭇거뭇한 눈가에는 깊이를 헤아릴 수 없는 슬픔과 원한이 짙게 드리워져 있었다. 갑부의 죽음을 경험한 뒤로 일천은 러시아 땅에서 살려면 조선은 잊어버리고 러시아 법에 순응하며 살아야 한다는 걸 깨우쳤다. 그는 조선의 독립 같은 건 러시아 땅에 살고 있는 자신과 무관한 일이라고 생각했다. 일본의 밀정 노릇을 하는 조선인들과 반역자들 때문에 자신이 고통받고 있다는 억울함은 그의 머리에 뱀처럼 똬리를 틀고 있었다. 그는 혹시라도 자신과 같은 칸에 반역자가 타고 있어서 그 화가 자신에게까지 미칠까 조마조마했다. 항일운동가들을 떠올리게 하는 인설은, 그런 그에게 눈엣가시처럼 거슬릴 수밖에 없었다.

"우리가 두려운 거예요."

"우리요?"

"우리 조선인들이요."

"우리가 왜요? 우린 총도 없는 걸요."

"어쨌든 국경 너머에서 온 낯선 사람들이니까요."

"나는 3대째 러시아에 살고 있어요. 몇 대까지 뿌리를 내리고 살아야 낯선 사람이 아닐까요?"

"황색인 우리의 피부색이 우유처럼 희어지지 않는 한 영원히 낯선 사람들일걸요."

"다들 내 말 좀 들어보세요. 산길을 가다 당나귀를 끌고 가는 러시아 여자를 만났답니다. 내가 아무 짓도 안 했는데 여자가 날 보자마자 잔뜩 겁을 집어먹고는 내 눈치를 살피더군요. 그래서 여자를 안심시킬 생각으로 웃으며 말했답니다. '당나귀가 참 착하게 생겼네요.' 그런데 글쎄 여자가 알 낳는 닭처럼 비명을 지르지 뭐예요. 날 당나귀를 빼앗아가려는 날강도로 오해하고는요. 그래서 내가 또 그랬지요. '나는 나쁜 사람이 아니랍니다. 내 입으로 말하려니 민망하지만 나는 착한 사람이랍니다.' 여자가 믿지 않는 것 같아서 내가 다시 그랬답니다. '내 어머니는 아들 다섯 중 가장 착한 아들이 셋째라고 말씀하시곤 했는데, 그 셋째가 나랍니다.'"

"착하다는 말로는 부족해요."

"그럼 내가 뭐라고 말했어야 했나요?"

"난 도둑이 아니에요!"

"난 날강도가 아니에요!"

"눈빛이요."

"눈빛이요?"

"세묘노프스키 어시장에서 심부름하던 어린 날 자신과 같은 사람이 아니라 더러운 짐승인 듯 바라보던 러시아 귀부인의 눈빛을 잊을 수가 없어요. 그때 난 소심하고 부끄러움을 잘 타던 어린 여자아이였어요. 호수처럼 아름답던 그녀의 눈동자에 어려 있던 빛이 독 오른 손톱처럼 내 얼굴을 할퀴었어요."

"나도 여덟 살부터 열다섯 살 먹도록 어시장에서 심부름을 했어요."

"어머, 그래요? 생선이 든 바구니를 들고 러시아 귀부인의 뒤를 졸랑졸랑 따라가다 서로 마주쳤을 수도 있겠네요."

"세상이 좁긴 좁아요."

"러시아 땅은 넓고요."

"러시아 농부 집에서 오리 한 마리가 없어진 날 밤, 농부들이 우리 집으로 몰려왔어요. 술 냄새에 찌든 늙은 농부가 내 남편의 얼굴에 침을 튀기며 윽박질렀어요. '좋은 말로 할 때 오리를 내놔.' '오리요?' '시치미 뗄 생각은 하지 마.' 그들은 진흙이 묻은 신발을 털지도 않고 집 안으로 들어왔어요. 집 어디서도 깃털 한 가닥 안 나오자 허탈해하며 가버리더군요. 며칠 뒤 오리가 스스로 돌아왔다는 소식을 들은 남편은 그 농부를 기다렸어요. 남편이 그러더군요. '대문을 활짝 열어둬. 그가 올 거야. 부끄러워하며 미안하다고 하겠지. 그럼 난 그를 용서해줄 생각이야.' 하지만 날이 어두워지고 산에서 들짐승들이 내려오도록 러시아 농부는 오지 않았어요. 나는 속으로만 생각했지요. 그들은 오리가 없어지면 내 남편을 또다시 도둑으로 의심하겠구나."

"어미야, 설탕을 다오……."

"아버지, 설탕을 100그램밖에 못 구했어요."

"러시아 땅에 와 설탕을 처음 맛봤어…… '아, 참으로 사악한 맛이구나!' 감탄했지."

"바람, 비, 번개, 천둥, 진눈깨비, 죽은 새…… 하늘에서 내리는 모든 걸 맞으며 걸었어. 큰형이 물었어. '아버지, 우리는 어디로 가는 거예요?' '땅을 찾아가는 거란다.' '땅이요?' '우리가 가진 씨앗을 받아줄 땅을 찾아가는 거란다.'"

"늘그막에 눈이 먼 할머니는 아버지가 밭에서 돌아오면 손을 부여잡고 묻어온 흙냄새를 맡으셨어요. 비, 바람, 눈, 서리, 벼락, 멧

돼지 오줌, 산토끼 똥, 새똥, 노루 오줌, 지렁이, 달팽이, 개미, 거미, 풍뎅이, 노루 털, 도토리, 버섯, 나무뿌리, 돌멩이, 썩은 낙엽……."

문짝에 등을 기대고 앉아 좌우로 흔들리던 인설이 외투 주머니 밖으로 비죽 나와 있는 수첩을 꺼내 손에 쥔다. 주머니 깊숙이 넣었다 빼내는 그의 손에는 뭉뚝한 연필이 들려 있다. 그는 수첩을 펼치고 글자를 적어나가기 시작한다.

"뭘 적는 거요?"

풍도가 호기심 어린 눈빛으로 수첩을 넌지시 들여다본다.

인설이 적는 걸 멈추고 고개를 든다. 허공을 빤히 응시하던 눈길이 금실을 향한다. 그녀와 눈이 마주치는 순간 아주 중요한 뭔가를 깨달은 듯 그의 눈썹 아래 근육들이 꿈틀거린다.

"처음부터 끝까지요."

## 16

"어미야, 어미야……."

황 노인이 부르는 소리에 백순은 흰 솜저고리 소매에 파묻고 있던 얼굴을 든다.

"내가 올해 몇 살이냐?"

"1878년에 태어나셨으니까……."

"흰 싸리꽃이 소복소복 필 때 어머니가 날 낳았다고 했다……." 황 노인의 눈에 싯누런 눈물이 차오른다.

"네, 마늘쫑이 쭉쭉 올라올 때요."

"어르신은 고향이 어디세요?" 말린 생선 쪼가리 같은 걸 뜯어 먹던 풍도가 묻는다.

"내 고향은 함경북도 경원군 안농리…… 아버지 이름은 황응수. 어머니는 경주 김씨……."

"어르신은 언제 러시아까지 오셨대요?"

"내 나이 열다섯 살 때 꼴 베던 낫을 내팽개치고 고향을 떠나왔어…… 북간도 일대를 방랑객으로 떠도는 신세가 돼서야 눈앞에 산이 보이면 한탄했지. 아, 저 산이 부모처자 이별 산이로구나! 산도 설고, 물도 설고, 말도 설어 걸인 신세가 따로 없었어…… 백두산 아래 내두산, 연길, 안도현, 용정, 왕청현, 도문, 훈춘을 돌아 흘러든 데가 러시아 그레데코보*였어…… 강 옆 양지바른 땅에 조선인 마을이 있었어. 초가집, 기와집을 합쳐 50여 채는 됐어. 일찌감치 러시아에 귀화해 땅을 분배받은 조선인 원호**들이 모여 사는 원호촌 마을이었지. 다들 일꾼들을 부리고, 소작을 주는 지주들이었어. 러시아 땅인데 러시아인은 안 보이고 조선인들 천지더군…… 시절이 초가을로, 햇빛도 홍시 빛깔인 게 영락없는 내 고향 햇빛이었어. 가게 간판들도 조선말로 쓰여 있어서 두만강 너머 조선 마을을 통째로 들어 강 옆에 옮겨놓은 것 같았지…… 원호촌에서 가장 으리으리한 집을 찾아가 일꾼으로 써달라고 사정했어. 러시아 비자도, 신민증도 없어서 일자리를 구하는 게 쉽지 않았어. 일꾼이 차고 넘치다 보니 원호가 좁쌀밥만 먹이고 일한 값은 제대로 쳐주지 않더군…… 원호촌에서 15리쯤 떨어진 곳에 여호***촌 마을이 있었어…… 그런데 가만 보니 원호들이 아주 양반 행세를 하며 여호들을 상놈 취급하더군. 여호들과 마주앉는 걸 수치로 여기며 사돈

---

* **그레데코보** 우수리스크에서 100킬로미터 떨어진 곳으로, 한인들이 벼농사를 지으며 모여 살았다.

** **원호(元戶)** 19세기 말 러시아 극동 지역에서 러시아 신민증을 취득하고 살았던 한인.

*** **여호(餘戶)** 19세기 말 러시아 극동 지역에서 신민증을 취득하지 못하고 살았던 한인.

도 맺지 않지 뭐야…….”

“그러게요, 러시아에서도 땅을 가진 조선인들이 땅을 못 가진 조선인들을 노비로 부리고 살더군요!” 흥분한 풍도의 코가 벌름거린다.

“원호들에게 맺힌 게 한두 가지가 아니어서 여호들 사이에 떠도는 우스갯소리가 있더군…….”

“우스갯소리요?” 풍도가 묻는다.

“고갯마루 콩밭에서 여호 아녀자가 김을 매고 있었다네. 비단 저고리치마를 빼입고 고갯마루를 넘어가던 원호 아녀자가 여호 아녀자를 보고 물었다지. ‘이보게, 일꾼 둘하고 사람 하나 지나가는 것 보았나?’ 그러자 여호 아녀자가 호미를 거칠게 내두르며 대꾸했다지. ‘좀 전에 사람 둘하고 개 하나 지나가는 건 보았소.’*”

“하하, 개요?”

“노비살이 하던 원호 집을 나와, 우수리스크 중동철도** 주변에서 모래를 퍼 나르는 일을 하다 청부업자 최 알렉산드르를 만났지. 그 작자 소개로 러시아 동쪽 끝 캄차카 연어어장까지 흘러들었어. 캄차카도 러시아 땅이어서 그곳 어장에서 일하려면 러시아 거주권이 있어야 하는데 그걸 구하는 게 하늘의 별 따기였어. 관청에서 1년짜리 거주권을 받으려면 15루블을 지불해야 했어. 돈이 있어 발급받으려 해도 관청 공무원들이 어찌나 게으른지 아주 세월아 네월아였으니까.”

---

* 이인섭의 《망명자의 수기》에서 인용한 내용.

** **중동철도**(中東鐵道) 서북쪽으로 북만주를 가로질러 통하는 철도.

"내가 어째서 러시아에서 떠돌이 신세를 못 면하고 살았는데요, 그놈의 신민증도, 거주권도 없어서였지요." 풍도가 말한다.

"내 집에서 하숙한 조선인 떠돌이 노동자 열 명 중 거주권을 가진 사람은 두셋뿐이었으니까." 들숙이 말한다.

"캄차카 어장 주인이 러시아인이 아니라, 이태리인이라고 했어. 이태리라니…… 별 희한한 이름을 가진 나라도 다 있다 싶었지. 최 알렉산드르가 어떤 인간인가 하면, 열 살 때 러시아 가정에 입양돼 러시아 양부모 밑에서 자라 러시아 말을 청산유수로 잘했어. 생김새만 놓고 보면 조선인이지만, 하는 행동은 하나부터 열까지 러시아인이었어. 해군 중령이었다는 양아버지가 제대로 가르치지 않아서 일자무식에 삼강오륜을 몰라 예의범절이라곤 없었어…… 그때만 해도 내가 러시아 말을 거의 알아듣지 못해 그 작자가 음흉한 사기꾼인 걸 나중에야 알았지."

"러시아 땅에서 살려면 러시아 말을 알아야 해. 내가 하숙 치면서 청부업자에게 속아 빈털터리가 된 조선 사내를 한둘 본 줄 알아?" 들숙이 말한다.

풍덕이 코를 풀다 말고 발끈한다. "나도 아는 청부업자가 하나 있는데, 러시아 말을 모르는 조선인만 보면 속여먹으려 들더군요! 상대 수중에 1루블이라도 있으면 그걸 무슨 수단을 써서든 빼먹는 게 아주 습관이 들어 있었어요."

"청부업자 따라 돈 벌러 가는 건, 호박을 머리에 뒤집어쓰고 돼지우리로 들어가는 격이라잖아요." 일천이 말한다.

"어르신, 그래서 청부업자를 따라 캄차카 어장으로 가셨어요?"

"최 알렉산드르가 러시아 거주권을 구해줬어. 연어어장 월급이 33루블인데, 무슨 계산이 매달 월급에서 소개비 3루블, 거주권 빌리는 값 7루블을 제하고 줄 거라고 하더군. 캄차카로 떠나기 전 경비 하라며 월급의 절반인 16루블을 선불로 나눠줬어. 그때가 1912년 4월 중순…… 블라디보스토크 항구로 가서 거주권을 빌린 조선 사내들과 증기선을 탔어. 증기선이 블라디보스토크 항구를 떠나자마자 구레나룻이 덥수룩한 사내하고 곰보 사내 둘이 갑판 구석에서 투전판을 벌이지 뭐야. 구경 삼아 모여든 사내들이 하나둘 투전판에 끼어들었어. 투전판이 무르익자 최 알렉산드르가 무쇠 난로하고 솥을 들고 나타나더니 국수를 끓여 팔았어. 투전판에서 돈을 딴 자나 잃은 자나 배가 고프니까 국수를 사 먹었어. 출항한 지 나흘째 되던 날 증기선이 일본 북해도 하코다테 항구에 닿았어. 캄차카 어장에서 연어하고 송어에 소금 치는 일을 할 일본인들을 모집해 태우느라 일주일이나 정박해 있었어. 증기선이 하코다테 항구를 떠나 캄차카 어장으로 가던 도중에 페트로파블롭스크 항구에 들러 사흘을 머물렀지. 그 항구에 조선 늙은이가 하는 국숫집이 있었어. 부인이 조금 모자란 러시아인이었는데, 머리 색깔 노란 것만 빼면 생긴 게 영락없이 조선 여인네였어. 돼지비계 국물에 버무린 국수를 먹다 말고 내가 '어르신, 오늘이 며칠인가요?' 물었지. 근데 글쎄 그 늙은이가 그러더군. '오늘이 조선 날짜로 음력 5월 2일이오.' 늙은이가 러시아 날짜가 아니라 조선 날짜를 말해서 깜짝 놀랐어…… 다시 증기선을 타고 캄차카 어장으로 향하는데 바다에 얼음산이 둥둥 떠다니지 뭐야…… 증기선을 타고 오는 내

내 투전에 빠져 살던 사내들은 캄차카 어장에서도 짬만 나면 투전판을 벌였어. 잣나무 뒤에서 투전을 하다 이태리 주인에게 들켜 개처럼 얻어맞고 벌금을 물곤 했어. 1년치 월급을 며칠 만에 날리고 빈털터리 신세가 된 자들이 수두룩했어. 나는 그나마 정신을 똑바로 차리고 투전판을 멀리했지. 소개비에 거주권 빌린 값을 제하고, 밥값, 술값까지 제하고 나면 내 수중에 떨어지는 건 쥐꼬리만큼도 안 됐어…….”

“어르신, 캄차카 어장에서 뭘 잡으셨어요?”

황 노인의 얘기를 흥미롭게 듣던 요셉이 묻는다.

“연어…… 제가 태어난 강물로 올라와 알을 낳고 죽는 게 연어야…… 연어가 바다에서는 이빨이 없지만, 강물로 물갈이를 하고 나면 살이 내리고 이빨이 나오기 시작하지…… 푸르스름하던 가죽이 벌그죽죽해지고 등이 꼬부라지다 나중에는 꼴이 아주 못쓰게 돼버려…… 모기가 얼마나 극성인지 소금 담았던 자루를 얼굴에 뒤집어쓰고 연어를 잡았어. 잠을 쫓으며 하루 열여섯 시간 꼬박 일하고 나면 빵 씹을 기운도 없었어…… 연어가 한참 올라올 적에는 스무 시간씩 일했어. 두 손에는 쇠 수갑을 차고…….”

“쇠 수갑을요?” 풍도가 묻는다.

“계약 기간을 안 채우고 도망갈까봐 수갑을 채우더군…….”

“고생을 아주 형형색색으로 하셨네요.”

“그나저나 내가 묻는 말에 누가 대답 좀 해주게…… 도둑질이 죄인가?”

“죄지요.” 풍도가 냉큼 대답한다.

"어떤 애비가 있었네…… 자식이 굶어 죽어가고 있어서 이웃집 부엌에서 감자를 훔쳐다 자식에게 먹였네. 그것도 죄인가?"

"자식이 죽어가는 걸 보고만 있으면 부모가 아니지." 들숙이 고개를 흔든다.

"야속하게도 그 이웃집도 양식이 떨어져 먹을 게 감자뿐이어서 그 집 아이가 굶어 죽게 생겼네……."

"그거 참! 내 자식 살리자고 이웃집 자식을 굶겨 죽일 수도 없고……."

"그럼 처자식이 있는 사내가 남의 아녀자를 품는 건 죄인가?"

"그거야말로 죄지요!" 오순이 핏대를 세운다.

"사내가 외진 산길을 가는데 머리를 쪽진 아녀자가 바위 밑에 쓰러져 얼어 죽어가고 있었다네. 사내는 아녀자를 밤새 품에 끌어안고 온기를 나누어주었다네. 그 덕분에 아녀자가 살아났다네……."

"아녀자가 뭔 일로 혼자 바위 밑에 쓰러져 있었을까?" 풍도가 능청스럽게 웃는다.

"죄인가, 죄가 아닌가……?"

"죄가 아니지요." 풍도가 말한다.

"어째서 죄가 아니래요?" 오순이 풍도를 흘겨본다.

"보시(布施) 중에 육(肉)보시도 있잖아요!"

"다들 내 말 좀 들어보게……."

"어르신 또 뭐요?"

풍도가 마지못해 장단을 맞추듯 묻는다.

"갑이라는 조선인이, 을이라는 조선인의 가슴패기를 손으로 밀쳤네…… 재수가 없으면 접시 물에 코를 박고 죽는다고, 을이 나자빠지다 땅에 튀어나온 돌에 머리를 박고 죽으면 죄인가?"

"살인이네요!"

"밀친 사연이 있다네…… 갑이 바삐 길을 걸어가고 있었다네. 마을 술집 앞에 러시아 사내들이 모여 있어서 다가가봤더니 두 사내가 피범벅이 돼 싸우고 있었네. 두 사내의 생김을 보니 중국인도, 일본인도 아닌 조선인들이었다네. 러시아 땅에서 같은 조선인들끼리 어느 하나가 죽기 전에는 끝내지 않을 기세로 싸우고 있었네. 하나는 덩치가 크고, 하나는 작았다네. 덩치가 작은 사내의 얼굴이 찢겨 피가 계곡물처럼 흐르는데도 러시아 사내들은 말릴 생각은커녕 웃고 떠들며 싸움을 부추겼네…… 러시아 사내들 틈에서 싸움을 구경하던 조선인은 속이 상하고 분했다네. 조선인은 같은 조선인으로서 구경만 하고 있을 수가 없었네. 싸움을 말리려 뛰어든 조선인은 두 사내를 어떻게든 떼어놓으려고 애를 쓰다 손으로 한 사내의 가슴패기를 밀쳤다네…… 얼굴에서 피가 흐르는 사내의 가슴패기를 말일세…… 한 발짝 두 발짝 끌려가듯 뒷걸음질치던 사내가 중심을 잃고 비틀거리더니 언 땅에 머리를 박고 쓰러졌네…… 죽기 살기로 달려들던 상대가 어이없게 나가떨어지자 상대 사내는 그제야 땅에 무릎을 꿇고 두 손으로 머리를 감싸쥐며 통곡했다네. 싸움이 싱겁게 끝난 것이 불만인 러시아 사내들이 투덜거리며 하나둘 흩어졌다네…… 쓰러져 나무토막처럼 꿈쩍도 않는 사내의 얼굴에선 피가 계속 흘렀네……."

"죽었나보네!"

오순은 두 손으로 얼른 자신의 입을 감싼다.

"조선인은 쓰러진 사내를 등에 들쳐업고 뛰기 시작했네. 사내의 얼굴에서 흐르는 피가 조선인의 옷에 스며들어 등골을 타고 흘렀지…… 그런데 말일세…… 피가 흐르는 것은 느껴지는데 심장이 뛰는 것은 느껴지지 않았다네……."

"아버지, 그만하세요!"

일천이 싸늘한 표정으로 황 노인을 노려본다.

"러시아 땅에서 같은 조선인들끼리 싸우는 걸 손놓고 구경만 하고 있을 수가 없어서 싸움을 말리려고 떠민 것이 그만 ……."

"아버지!"

"죄인가, 죄가 아닌가?"

"그만하시라니까요!"

"조선인은 죽은 사내를 등에 업은 채로 도망쳤다네…… 그 뒤로 어딜 가든 업고 다닌다네…… 같은 조선인이라는 것 말고는 이름도, 나이도, 고향도 모르는 사내를 말일세……."

"어르신, 그 조선 사내가 혹시……?" 풍도는 차마 끝까지 묻지 못하고 말끝을 흐린다.

"누가 말 좀 해보게. 죄인가, 죄가 아닌가?"

## 17

고개를 외로 떨어뜨리고 잠들었던 따냐가 소스라치며 깨어나더니 휘둥그레 열차 안을 둘러본다.

"여보, 여보!"

곤한 잠에 취해 있던 요셉이 억지로 눈을 뜨고 따냐를 바라본다.

"여보, 우리 아기를 훔쳐갔어요……."

"쯧쯧, 등잔 밑이 어둡다더니, 품에 아기를 안고 엉뚱한 소리를 하고 있네."

들숙이 하는 소리를 듣고서야 따냐는 자신의 두 팔에 안겨 있는 아기를 내려다본다. 아기가 자신의 품에 안겨 있는 게 믿기지 않는 표정이다.

"내가 좀 안아줄까?" 들숙이 따냐 옆으로 다가간다.

"젖을 먹여야 해서요."

따냐는 들숙에게 등을 보이고 돌아앉으며 아기를 꼭 끌어안는다. 곱은 손가락으로 아기의 얼굴을 어루만지다 말고 울먹울먹하더니 요셉을 원망 어린 눈길로 흘겨본다.

"그 여자가 우리 아기를 훔쳐갔어요, 그 여자가요……."

"따냐, 꿈이야."

"방 안에서 아기에게 젖을 먹이고 있었어요. 바라바쉐프카 강*가 내 고향집 방이요. 언니들과 내가 태어난 방이요. 다들 어디로 가버리고 방 안에 아기와 나만 있었어요. 어떤 여자가 슬그머니 문을 열고 들어왔어요. 젖을 빨고 있는 아기를 빼앗아 품에 끌어안더니 방을 나갔어요." 따냐의 눈에 맺힌 눈물이 볼을 타고 흘러 아기의 이마로 떨어진다.

"강가 숲에 살 때 변발한 중국 사내가 원주민 아이를 훔쳐가는 걸 봤어. 산토끼를 사냥하듯, 너댓 살 아이의 목덜미를 덥석 잡더니 자루 속에 넣어 데려갔어. 내가 살던 오두막에서 멀지 않은 곳에 원주민 가족이 살았지. 눈썹 없는 노인하고 난쟁이 아들 부부, 손자 셋, 손녀 하나. 그렇게 일곱 식구였어. 그들은 러시아인도, 중국인도, 조선인도 아니었어. 러시아 말도, 중국말도, 조선말도 아닌 짐승들이 주고받는 것 같은 괴상한 말을 했어. 아버지는 그들이 러시아인보다 더 오래전에 그곳에 들어와 사냥을 하고 밭농사를 지으며 살았다고 했어. 러시아인도, 중국인도, 조선인도 아니면 그들은 누굴까? 그들이 먼저 들어와 정착해 살았으면 그들 땅이어야 하는데 러시아인 땅이었어."

---

* **바라바쉐프강** 러시아와 중국 국경지대로부터 아무르만으로 흐르는 강 중 하나로, 일대에 한인들이 마을을 이루고 살았다.

"사내아이를 훔쳐다 어떻게 했을까요?" 오순이 묻는다.

"노예로 부려먹거나 팔아먹었겠지?" 들숙이 말한다.

"나는 러시아 농부가 자기 딸을 보드카 한 병과 맞바꾸는 걸 봤어요. 러시아에서는 말이 딸보다 귀한지, 말은 마구간에 숨겨두고 딸과 바꾸더군요."

"설마 우리를 노예로 부려먹으려고 데려가는 건 아니겠지요?"

"녹색 머릿수건을 쓰고, 검은 앞치마를 두르고 있었어요…… 그 여자요…… 그리고 눈동자가 비둘기 똥처럼 회색이었어요." 따냐는 손등으로 축축이 젖은 눈을 훔친다.

"러시아 여편네네." 들숙이 말한다.

"아니, 아니에요…… 그 여자는 조선 여자였어요……." 따냐가 고개를 가로저으며 중얼거리는 말은 그러나 너무 작아 요셉에게도 들리지 않았다.

"미국인 선교사 마누라 눈동자도 회색이었어요." 백순이 말한다.

"조선 늙은이의 눈동자도 회색이었지……." 황 노인이 중얼거린다.

"어르신도 참, 조선인 눈동자가 아무렴 회색이겠어요? 우리 조선인 눈동자는 검거나 갈색이거나 둘 중 하나지요." 풍도가 타이르는 투로 말한다.

"페트로파블롭스크 항구에서 국숫집을 하던 조선 늙은이 눈동자가 회색이었어…… 그렇게 슬프고 차가운 눈은 처음이었어…… 비정하게 춥고 혹독한 곳에서 살다 보니 눈동자 빛깔이 회색으로 변한 걸까…… 캄차카가 얼마나 추운 곳인가 하면 7월에도 산이 눈으로 덮여 있지…… 조선 늙은이가 얼음이 둥둥 떠다니는 바다를 회색 눈동자로 응시하며 그러더군. '남쪽에 너무도 가고 싶소이다.' 조선 늙은이는 자신의 고향을 에둘러 남쪽이라고 했어. '남쪽은 엄마 품처럼 따뜻하겠지요?' 바다를 바라보고 서서 남쪽을 그리워하다 손으로 가슴팍을 움켜잡으며 쓰러지곤 한다고 했어. 그때마다 그의 아내가 수의사를 불러온다고 했어. 러시아 내전 때 백군 장교의 말 사육사로 복무하다 전역 후 캄차카로 이주한 수의사는 종일 술에 취해 살았어. 아내와 자식들은 고향인 울리야놉스크로 되돌아가고 혼자 캄차카에 남아 종일 보드카에 찌들어 살고 있다고 했어…… 조선 늙은이는 증기선이 도착하던 날 새벽에도 심장이 납덩이처럼 굳는 고통을 느끼며 쓰러졌다고 했어…… 그의 아내는 곧장 수의사의 집으로 달려가 빈 보드카병을 끌어안고 마룻바닥에 엎어져 있는 수의사를 깨워 데려왔다고 했어. 수의사가 그랬다더군. '또다시 쓰러지면 못 일어날 거야.' 다시 증기선을 타고 페트로파블롭스크 항구를 떠나올 때, 러시아인 아내가 닭벼슬 같은 머릿수건을 날리며 해안길을 미친 듯이 달려가는 모습을 보았어…… 수의사를 부르러 달려가는 거였을까……."

"그렇게나 그리우면 고향에 돌아가 살지……." 들숙이 혀를 찬다.

"돌아갔었다고 했어…… 죽을 고비를 여섯 번이나 넘기며 고향 집에 갔는데 어머니는 돌아가시고 아버지는 치매가 와 자신을 못 알아보더라고 했어…… 고향 집에서 며칠을 보내고 나니 피붙이 하나 없는 캄차카가 그리워지더래…… 어느 날 퍼뜩 정신을 차려 보니 자신이 페트로파블롭스크 항구에서 소금 자루를 나르고 있더라고 했어……."

"난 어쩌다 고향에 못 돌아갔을까!"

"난 고향에 돌아가려고 했어." 2층에서 울분 섞인 사내의 목소리가 들려온다. "1926년에 돌아가려고 했는데 국경이 생겼어. 소비에트 군인들이 총을 차고 밤낮으로 국경을 지켰어. 저 산만 넘으면 조선인데, 저 산만 넘으면 고향인데, 저 산만 넘으면 부모형제를 만날 수 있는데, 저 산만 넘으면……."

"아, 저 산이 원수로구나!"

"니콜라이는 우리가 쫓겨날 걸 미리 알고 있었어요!" 풍도가 부르르 떤다.

"니콜라이가 누구야?" 들숙이 묻는다.

"콜호스 작업반장 니콜라이요. 닭들이 콜호스 배추를 뜯어 먹고 있어서 니콜라이를 찾아가 말했더니 심드렁히 대꾸하데요. '뜯어 먹게 둬, 어차피 우리가 거두지 못할 거야.' 닭들을 쫓으려고 다시 농장에 갔더니 염소하고 말들까지 합세해 배추를 뜯어 먹고 있더군요. 그날 후로 니콜라이가 통 보이지 않아 이상하다 했더니, 그가 재산을 정리해 간도로 떠났다는 소문이 들려오더군요."

"내가 소작료 내고 부쳐 먹던 밭은 주인이 네 번 바뀌었답니다. 조마천이라는 원호에서 그 아들 조 예브게니로, 천하의 망나니 조 예브게니가 노름빚을 갚느라 밭을 팔아먹는 바람에 강 안드레이로. 소비에트로 바뀌고 나서는 콜호스로……."

"일본군이 연해주에 침략해 전쟁을 벌일 때도, 백군과 전쟁할 때도, 승리하면 조선인들에게 토지를 분배해주겠다던 볼셰비키의 약속을 나는 곧이곧대로 믿었어요."

"땅을 잠깐 나눠주긴 했지요."

"네, 금방 뺏어갔지만요!"

"주었다 뺏어가는 게 더 나빠요!"

"레닌은 처음부터 땅을 분배할 생각이 없었습니다."

"그럼, 레닌이 거짓말을 했단 말이오?"

풍도가 인설에게 묻는다. 심드렁히 담배 파이프를 빨던 일천이 미간 주름을 세우고 인설을 노려본다.

"레닌은 처음부터 토지 분배를 반대했습니다. 농민들의 지지를 사려고 약속한 것이지요. 러시아인 네 명 중 한 명인 농민의 지지 없이는 볼셰비키 혁명이 불가능하니까요."

"나는 볼셰비키인 내 조카가 하는 소리를 똑똑히 들었어. '작은아버지, 볼셰비키가 전쟁에서 승리하면 레닌이 조선인들에게도 땅을 주기로 약속했어요.' 그래서 '레닌 만세'를 외치고 다녔어. 레닌 만세! 볼셰비키 만세!"

"혁명 후 들어선 소비에트 정부는 약속대로 지주들에게서 몰수한 땅을 소작농들과 빈농들에게 분배했지요. 러시아인들에게는 가구당 35데샤티나를, 조선인들에게는 15데샤티나를요. 레닌이 죽고 집권한 스탈린은 농민들에게서 땅을 도로 거둬들여 집단농장화 정책을 폈습니다."

러시아 부농들이 대대로 농사짓던 땅과 집과 가축을 몰수당하고 시베리아 노동수용소로 유배를 가거나 총살을 당했다는 소문은 신한촌에도 떠돌았다. 금실은 하바롭스크 거리에서 러시아 여자들이 배급받은 흑빵을 품에 안고 수군거리는 소리를 들었다. "우크라이나에 기근이 들어 수백 명이 굶어 죽었대요. 스탈린이 식량을 몰수해서요." "왜요?" "그들이 콜호스에 반대해서요." "종자로 쓸 씨앗까지 가져갔대요." "양철 지붕 집에 살아도 쿨라크, 소가 한 마리만 있어도 쿨라크, 신을 믿어도 쿨라크라더군요." "성당 종이 벼룩시장에 고물로 나와 있는 걸 봤어요." "성당 종소리는 듣기 좋았어요. 그 소리에 난 위로를 받곤 했어요."

"소문대로 우리 조선인들이 키우는 소가 탐나서 내쫓는 걸까요?"

"그럼 소만 뺏으면 되잖아요."

"조선인들이 죽은 땅을 살려놓으니까 러시아인들이 연해주로 몰려들기 시작하더군요."

"스탈린이 설사 우리에게 새 땅을 준다고 해도, 그 땅도 결국 우리 것이 아니겠지?"

"이해가 안 되는 건 아니야. 땅을 이웃과 나눠 갖고 싶어 하는 바보가 어디 있겠어? 새털처럼 많이 가졌어도 더 갖고 싶은 게 땅이니까. 더구나 우린 러시아인도 아니잖아."

"레닌이 살아 있었으면 우리가 이런 꼴은 안 당했을까? 그는 평등한 세상을 만들고 싶어 했으니까."

"레닌주의자군요!"

"나요? 난 공산주의자랍니다."

"공산주의자요? 올가마을 잉어 양식장에서 날품 팔 때 공산주의자들에 대한 해괴한 소문을 들었어요. 작업반장 최 이반이 소문을 전해주었는데 공산주의자들이 좋은 종자만 남겨두려고 좋지 못한 종자로 판명된 사내들을 한곳에 모아 놓고 불알을 친다던 걸요." 풍도가 말한다.

"레닌주의자는 뭐고, 공산주의자는 뭘까." 들숙이 중얼거린다.

"볼셰비키, 레닌주의자, 공산주의자, 혁명가, 소비에트 인민, 트로츠키주의자, 프롤레타리아 노동자…… 난 농사꾼 박 표도르."

"레닌주의자들이 혁명, 자유, 해방, 평등을 부르짖을 때 난 속으로 조소했어. 그들은 평등한 세상 만드는 걸 누워서 떡 먹기로 알더군요."

"혁명이 닭털을 집어 드는 것보다 쉬웠다고 레닌이 말했다지요."

"내가 러시아 땅에 와 크게 깨달은 게 한 가지 있는데 그게 뭔가 하면, 하늘 아래 평등한 세상은 어디에도 없다는 겁니다." 풍도가 말한다.

"퍽이나 큰 깨달음이군!" 일천이 조소한다.

"감옥에 가보니 죄수들 사이에도 상하(上下)가 있더이다."

"아저씨는 뭔 죄를 지어서 감옥까지 갔어요?" 오순이 풍도에게 묻는다.

"죄 지은 게 없어도 감옥에 처넣더군요. 러시아에 와 처음 흘러든 마을이 바라노프카*였어요. 잎담배 농사를 크게 짓는 원호 집에서 1년 꼬박 머슴을 살았는데, 주인 부부가 품삯을 한 푼도 안 주고

---

* **바라노프카** 1869년 러시아 연해주에 형성된 한인 마을. 한인들이 정착해 사는 데 큰 도움을 준 연해주 주지사 바라노프의 이름을 따 마을 명칭을 정했다.

내쫓으려 하더군요. 그 집 장성한 아들들은 일은 않고 까만 양복에 굽에 징 박힌 구두를 신고 투전판이나 돌아다녔어요. 내가 품삯을 달라고 하니까, 주인 여자가 그길로 관청에 달려가 거주권 없는 불법체류자가 자기 집에 있다고 신고했어요. 팔자에도 없는 감옥에 갔더니 약비한 죄수들이 돌아가며 감옥 청소를 하고 있더군요. 주먹깨나 쓰는 죄수들은 왕처럼 빈둥거리고요."

인설이 몸을 일으키더니 두 발을 십자로 벌리고 버티고 선다.

"소비에트 정부는 전 인민이 결정한 헌법을 어기고 있습니다."

"헌법? 그게 뭐요?" 풍도가 묻는다.

"한 국가의 근본법이요. 소비에트 정부는 헌법을 통해 우리 같은 소수민족들을 차별하지 않겠다고 약속했습니다. '우리는 무병합, 무배상, 민족의 자치권이라는 소비에트 측 조건의 바탕 위에서 모든 교전국 인민들에게 평화를 제의할 것이다.'* 소비에트 정부는 혁명에 성공하면 소수민족에게도 자결권을 주고 전통을 존중해주겠다던 약속을 어기고 외려 소수민족을 말살하려 하고 있습니다."

"호위대원들 듣는 데서 그렇게 말해보시오. 당장 총살일 테니."

일천이 낯빛을 싸늘히 하고 인설을 쏘아본다.

"난 러시아가 일본하고 전쟁할 때는 일본군과 싸우고 내전 때는 백군과 싸웠어!" 2층에서 격앙된 사내 목소리가 들려온다.

"볼셰비키들이 붉은 깃발을 흔들며 거리를 행진할 때, 나도 거

---

* 제2차 소비에트 대회 때 레닌이 연단에서 연설한 내용 중.

리로 뛰쳐나가 '평화, 빵, 레닌 만세'를 외쳤어요. 그때 버선 앞뒤가 뒤집히듯 세상이 뒤집어지는 줄 알았는데 아니더군요."

"조선인 프롤레타리아 혁명가가 백군에게 총살당하는 걸 봤지요. 고문을 받아 얼굴이 대패로 민 듯 헐고, 흰 천으로 두 눈을 가린 그 혁명가는 내 아버지의 친구였습니다. 어느 날 밤 그가 내 아버지를 찾아와 했던 말을 나는 똑똑히 기억하고 있습니다. '…… 우리 조선인 프롤레타리아 혁명가들은 러시아혁명 사업에 힘을 모아야 하네. 우리 조선인들이 러시아 볼셰비키를 도와 사회주의 혁명을 승리로 이끌면, 러시아 볼셰비키도 조선 민족의 독립과 해방을 적극 도울 것이네. 그러니 우리 러시아혁명 사업에 힘쓰세.' ……총성이 울렸고 조선인 혁명가는 절벽 아래 아무르강으로 떨어졌습니다."

인설의 얼굴 양 미간을 지나는 핏줄이 꿈틀거린다.

"그만하시오!" 일천의 뾰족한 턱이 떨린다.

"소비에트는 조선인 혁명가들을 일본인 첩자, 반역자, 반동분자, 변절자라는 올가미를 씌워 유배 보내고 총살했지요." 입을 다물고 침묵에 잠긴 인설의 눈길이 요셉을 향한다.

"그쪽은 어째서 분노하지 않지요? 설마 집도, 가축도, 농기계도 다 갖춰져 있다는 소비에트 정부의 말을 믿는 건 아니겠지요?"

"내 남편을 괴롭히지 말아요!" 따냐가 발끈한다.

"아, 그쪽에겐 아내가 있지요."

"당신은 아내가 없나요?" 요셉이 묻는다.

"내게 아내가 없다는 걸 깜박했습니다!" 인설이 자조하듯 씁쓸한 웃음을 흘린다.

"내 아버지는 누누이 말씀하셨지요. '아내가 없는 남자는 절벽 위의 병든 염소보다 아슬아슬하다. 땅끝에 가 살더라도 혀가 자라처럼 굼뜨고 두 손이 다람쥐처럼 날랜 여자를 찾아 아내로 삼거라.'"

"내가 바로 그 절벽 위의 병든 염소로군!"

요셉이 기울어져 있던 자세를 바로하고 앉더니 인설의 얼굴을 물끄러미 응시한다.

"내게 외삼촌이 한 분 계시지요. 혼자 한글을 깨우친 그는 조선말로 시와 소설을 쓰셨지요. 그는 시를 결코 러시아 말로 쓰지 않았습니다. 어려서부터 나는 아버지보다 외삼촌을 더 따랐습니다. 외삼촌은 내가 자신과 대화할 때 러시아 말을 쓰지 못하게 했지요. 하루는 외삼촌이 내게 묻더군요. '요셉, 지금 어느 말로 생각하고 있지?' '어느 말로요?' 나는 외삼촌의 질문이 이해가 안 돼 되물었지요. 외삼촌이 내 머리를 쓰다듬으면서 다시 묻더군요. '러시아 말과 조선말 중 어느 말로 생각하고 있지?' 나는 그제야 내가 러시아 말로 생각하고 있다는 걸 깨달았습니다. 대답을 못하는 내게 외삼촌이 그러더군요. '넌 요셉이란 이름을 가졌지만 조선인이다. 그러니 조선말로 사고하고, 조선말로 글을 써야 한다. 러시아인들과 말할 때는 러시아 말을 써야겠지만, 조선인들과 말할 때는 조선말을 쓰려고 노력해야 한다.' 외삼촌은 누이인 내 어머니에게도 엄하게 주의를 주셨지요. '넌 아이들을 러시아인으로 키울 작정이냐?' 나는 조선말로 생각하려고 애썼습니다. 내가 조선말이 아닌 러시아 말로 생각하고 있다는 걸 깨달을 때마다 죄책감에 시달렸지요."

"러시아 땅에 살다 보니 조선말을 까먹게 돼요. 내 머릿속에 있는 조선말을 누가 곶감인 듯 하나씩 빼먹는 것 같다니까요."

"조선말이 막히면 러시아 말로 하고, 러시아 말이 막히면 조선말로 하다 보니까 러시아 말도, 조선말도 아닌 괴상한 말이 되더군요."

"그래서 외삼촌은 어떻게 되셨지요?"

"외삼촌은 한글 잡지에 〈송아지〉라는 시를 발표하고 나서 사상이 불순한 조선인 부르주아이자 반역자라는 죄목으로 체포됐습니다. 흰 저고리를 입은 조선 소년이 잃어버린 송아지를 찾아 숲을 헤매는 내용의 시였어요."

"그 시가 뭐가 문제였지요?"

"흰 저고리는 조선 민족주의를, 소년은 소비에트 정부에 원한을 품은 부르주아 자식들을 상징한다더군요. 내 외삼촌이 조선인 부르주아라니…… 그는 노비의 아들이지요."

목을 빼고 사다리에 걸터앉아 있는 사내가 중얼거린다. "내 아버지도 노비였어."

"내 아버지도요."

"70여년 전 조선 양반이 처첩 세 명과 열일곱 명의 노비를 데리고 러시아 국경을 넘어왔지요. 러시아 정부는 양반에게 몸값을 지불하고 열일곱 명의 노비들을 노비 신분에서 해방시켜줬습니다. 그 대가로 노비들은 노역을 했고요. 그 열일곱 명의 노비 중 하나가 내 외할아버지라고 들었습니다."

"그래서 외삼촌은 어떻게 되셨나요?" 인설이 되묻는다.

"1935년 가을에 체포된 외삼촌은 이듬해 봄 사형을 언도받았습니다. 사형 집행이 있기 전 나는 혼자 외삼촌을 찾아뵀지요. '우린 러시아 땅에서 마른 모래처럼 흩어져 사라져버릴 것이다……' 그 것이 외삼촌이 내게 마지막으로 들려준 말이었습니다. 그는 러시아 말로 그 말을 했습니다."

인설은 무슨 말인가를 하려다 말고 입을 굳게 다문다.

물을 뜨러 가기 위해 몸을 일으키던 금실은 무너지듯 주저앉는다. 넋 나간 얼굴로 사방에서 들려오는 목소리에 귀를 기울인다.

"고향을 떠나오는 게 아니었어요……."

"고향에 눌러 살았으면 굶어 죽었거나 일본 놈들의 개가 되었겠지요."

"열차가 떠난 지 20일 지났어요."

"22일이 아니라요?"

"길어야 열흘이겠지 했어요."

"난 사나흘이겠지 했어요."

"팔려가는 가축도 우리만큼 서럽진 않을 거예요."

"우릴 가축보다 못하게 여기는 거지요."

"살 사람은 살고 죽을 사람은 죽으라는 거겠지요."

"아줌마, 그 소시지 조금만요. 경찰 말을 곧이곧대로 듣고 사흘치 식량밖에 챙겨오지 못했답니다."

"아까 소시지 반 덩이 주었잖아요."

"그러게요…… 내가 염치도 없네요. 태어나 동냥질은 처음이에요. 원호 딸로 태어나 굶주림을 모르고 살았어요. 내 어머니는 자식들 입으로 눈처럼 흰 쌀밥이 들어가는 걸 가장 큰 기쁨으로 여기

셨으니까요. 나는 내가 어머니 뱃속에서부터 먹을 복을 타고 난 줄 알았어요. 반찬투정이나 하던 딸이 동냥질하는 걸 돌아가신 어머니가 알면 얼마나 슬퍼하실까요."

"그래서 인생은 수수께끼예요."

"까마귀 언덕에서 내 할아버지가 했던 말이 생각나네요. '살아온 세월을 곰곰이 생각하니 망망대해의 일엽편주였구나!'"

"여보, 남은 소시지가 없다고 했지?"

"태엽을 감을 손가락은 있지요."

"손가락을 뜯어 먹을 순 없어."

"하지만 태엽을 감으려면 손가락이 있어야 하지요."

"괘종시계를 벼룩시장에 팔자고 했잖아."

"여보, 난 벼룩시장에 갔었어요. 당신이 염소를 몰고 집 뒤 야산으로 올라가던 날, 난 괘종시계를 수레에 싣고 벼룩시장에 갔어요."

"절대 팔지 않을 거라더니."

"벼룩시장은 집에 있는 물건을 팔려고 가지고 나온 조선인들로 북새통이었어요. 재봉틀, 놋그릇, 무쇠 주전자, 개다리소반, 목화솜 이불, 거울, 램프, 촛대, 모피 담요, 돋보기, 옷…… 족보를 팔려고 가지고 나온 사내도 있었어요."

"괘종시계를 사겠다는 사람이 없었군."

"다리통이 내 허리통만 한 러시아 여편네가 다가오더니 4루블에 팔라더군요."

"그렇군, 4루블로 빵을 샀으면 지금 굶고 있진 않겠지."

"하지만 몇 시나 됐는지 모르겠지요."

"낮인지 밤인지 그것만 알면 돼. 낮엔 일하고, 밤엔 자고."

여자가 서럽게 흐느껴 우는 소리가 열차에 떠돈다. "내가 똥오줌 넘치는 요강 옆에서 소시지를 뜯고 있네…… 내가 키우던 돼지도 나처럼 더럽진 않았어……."

"먹을 소시지가 남아 있는 게 어디예요?"

"하늘 아래 인간이 가장 추해요."

"가장 욕심쟁이고요."

"가장 간사스러우면서 여우 보고 꾀가 많네, 하지요."

"가장 사악해요. 새는 꿀을 먹고 노래를 부르는데, 인간은 꿀을 먹고 저주를 퍼부으니까요."

"인간의 입으로 들어가는 건 깨끗한데 입에서 나오는 건 더럽구나!"

"변덕스럽긴 오죽 변덕스러워요?"

"게다가 아둔하지요. 씨앗을 심으면 열 배, 스무 배로 되돌려주는 땅 위에서 형제끼리 쌈박질이나 하고 있으니 말이에요."

"엄마, 나도 인간이에요?"

"오 미치카, 그래도 엄만 널 사랑한단다."

"일천아……." 황 노인이 아들을 부른다.

"네." 일천이 마지못해 대답한다.

"내가 죽거든 몸뚱이를 멍석으로 둘둘 싸 열차 밖으로 던져버려라……."

“아이고 아버지, 쓸데없는 말씀을 하고 그러세요.” 백순이 손을 내젓는다.

“새로 정착할 땅에 조상 대대로 뿌리내리고 살아온 이들이 있으면 그들과 친구가 되어라…… 그들 앞에서 낯을 찌푸리지 말며…… 혼잣말을 중얼거리지도 말아라…… 대낮에 그들 밭에 발을 들여놓지 말며…… 그들의 가축에 절대 손을 대지 말아라…… 그들이 가진 게 많아도 그들 앞에서 개처럼 굽실거리지 말아라…… 그들이 너희보다 못해도 그들 앞에서 목을 뻣뻣이 들어서는 안 된다…… 그들의 주인이 되려 하지 말고…… 그들의 종이 되어서도 안 된다…… 그들의 아내와 딸들에게 곁눈질도 주지 말아라…… 그들에게 빚을 지지 말아라…… 그 빚이 올가미가 돼 너희를 그들이 우리에 가두어 키우는 가축과 같은 신세로 만들 것이다…… 술에 취해 돌아다니지 말며…… 그 땅에서 나이가 가장 지긋한 이에게 예의를 다해라…… 너희가 그들의 밭일을 해주고 품삯을 얻을 일이 있거든 성실하게 해주어라…… 그들에게 볍씨만 한 은혜라도 베풀 일이 있으면 그렇게 해라…… 너희가 굶주릴 때 그들이 먹을 걸 베풀 것이다……”

## 18

열차 안에 메마른 광야의 황폐하고 쓸쓸한 냄새가 떠돈다. 열차는 다른 열차를 보내느라 반나절 넘게 광야 한복판에 머물렀다. 사람들은 분뇨가 든 양철통을 비우고, 썩어 지독한 냄새를 풍기던 건초를 버리고, 이불과 옷가지에 묻은 먼지와 벼룩, 이를 털었다. 고리대금업자의 눈빛처럼 인색하지만 시린 콧잔등을 데우기에는 충분한 햇볕을 쬤다.

"여보, 당신보다 작고 늙은 남자가 울면서 땅을 팠어요. 열차에서 죽은 딸을 묻으려고요. 남자는 선로 옆 땅을 곡괭이로 내리쳤어요. 땅이 얼고 메말라서 곡괭이가 안 들어갔어요. '더 파요, 그 구덩이에는 참새밖에 못 묻겠어요.' 남자의 아내가 울면서 말했어요." 남자는 어금니를 악물고 곡괭이로 땅을 내리쳤어요. '더 파요, 더 파요…….' 남자가 손에서 곡괭이를 떨어뜨리더니 쓰러졌어요. '더는 못 파겠어…….' 여자가 곡괭이를 집어들더니 마저 구덩이를 팠어요. 그들이 딸에게 해줄 수 있는 건 구덩이를 파고 묻어주는 것뿐이었어요."

"더 파요, 더요, 더요, 그 구덩이에는 참새밖에 못 묻겠어요!"
"미치카, 입을 다물렴."

"길을 따라 무덤이 하나, 둘, 셋, 넷, 다섯……."

"여보, 나는 러시아 여편네가 다시 올 줄 알았어요. 그럼 흥정을 하려고 했지요. 50루블 아래로는 절대 팔지 않으려던 시계를 20루블에 팔 작정이었지요."

"미치카, 편지하지 말렴……."

"부끄러움도 모르고 내 손이 구걸을 하고 있네……."
"모이를 주던 손으로 모가지를 비틀고."
"갈기를 쓰다듬던 손으로 심장을 꺼내고."
"손이 원수예요."

"여보, 당신도 늙었네요. 어머니가 아버지를 보고 그랬지요. '여보, 당신도 늙었네요. 세상 모든 사내가 늙어도 당신은 천년만년 그대로일 줄 알았어요.' 자식들은 아버지가 늙은 걸 알고 있었는데 어머니는 모르셨지요."

"난 아직 한창이야. 집을 세 채는 지을 수 있다구."

"장가를 세 번은 더 갈 수 있다는 소리로 들리네요."

"내 아버지는 쉰아홉 살에 스무 살이나 어린 과부에게 새장가를 가셨으니까."

"새장가 들고 아홉 달 만에 황천으로 가셨지요."

"사랑하는 엄마…… 편지는 그렇게 시작되겠지."

"내 이름은 나타샤예요. 조선 이름이 있었는데 큰오빠가 조선 이름은 못 쓴다고, 러시아 이름이 있어야 한다고 하도 우기니까 아버지가 '그럼 러시아 글자를 읽고 쓸 줄 아는 네가 하나 지어주어라' 하셨어요. 큰오빠가 고민도 안 하고 당장 나타샤라는 이름을 지어주었어요. 나중에 알고 보니 큰오빠가 좋아하던 러시아 여자애 이름이 나타샤였어요. 날 보고 '나타샤' 하고 부를 때 큰오빠는 날 부른 걸까요, 자신이 좋아하던 여자애를 부른 걸까요?"

허우재가 오순의 귀에 대고 속삭인다.

"둘째 누님이 또 울고 계신다고요?"

허우재가 고개를 끄덕인다.

"당신 둘째 누님은 정말이지 못 말리는 울보예요. 하루가 멀다 하고 우니 말이에요. 그녀는 어릴 때도 그렇게 잘 울었나요? 세상에는 잘 우는 여자가 있고 잘 울지 않는 여자가 있지요. 둘 중 어느 여자를 마누라로 두는 게 낫겠어요?"

오순의 입 모양이 변하는 걸 유심히 바라보던 허우재가 또 그녀에게 귓속말을 한다.

"잘 우는 여자요? ……잘 우는 여자가 착하다고요? ……누가 그래요? ……당신 둘째 누님이 착하시다고요? ……여덟 살 때 헤어졌다면서요 ……둘째 누님은 여덟 살, 당신은 여섯 살…… 여덟 살 누님을 30리 너머 마을에 민며느리로 시집보내서요…… 입 하나 덜려고요…… 먹으면 얼마나 먹는다고 그 어린 걸 시집보냈을까요. 사내 둘이 메는 가마를 타고 시집갔다고요…… 애기 얼굴에 연지곤지 찍고요…… 큰누님 얼굴은 한 번도 못 봤다고요…… 당신이 어머니 뱃속에 있을 때 시집을 가서요. 시집간 지 두 해 만에 병이 들어 죽어서요."

풀이 죽어 있던 허우재가 다시 오순의 귀 가까이 입을 가져간다.

"……시집간 지 보름 만에 둘째 누님이 도망 왔다고요? 맨발로 30리 길을 걸어서요? 시댁 식구들이 무서워서요? 그런데요? ……아버지가 이틀 밤만 재우고 둘째 누님을 시댁에 도로 데려다줬다고요? 그리고요? ……아버지가 어머니와 남은 자식들을 이끌고 러시아로 왔다고요?"

허우재가 훌쩍훌쩍 울기 시작한다.

"둘째 누님이 불쌍해서 우는 거예요?"

"내 할머니 무덤은 바라바시*에 있지요. 내 아버지 무덤은 아디

---

* **바라바시** 블라디보스토크에서 서남쪽으로 162킬로미터 정도 거리에 형성되었던 한인 마을. 당시 한인들은 멍구가이라고 했다.

미*에 있고요."

눈물이 마른 허우재의 눈 언저리에 청보랏빛 그늘이 드리워져 있다.

"내 어머니 무덤은 재피거우에 있답니다. 쉰 살 되던 해 30년 만에 내 어머니 무덤을 찾아갔지요. 재피거우가 무릉도원이더군요. 산도 있고, 물도 있고, 진달래가 지천으로 피어 있었어요. 종일 헤매다 찾은 어머니 무덤에서 박새를 만났지요. 박새가 날아가지 않고 내 두 손에 폭 담기데요. 둥근 양철통에 넣어 집으로 데려와, 붉은 실로 다리를 묶어 문고리에 매달아뒀지요. 자고 일어나니 박새는 날아가버리고 부러진 다리하고 붉은 실만 남아 있더군요……."

* **아디미** 1872년에 러시아 포시예트 지역으로 이주한 한인들이 세운, 아디미강에 위치한 한인 마을.

# 19

"열두어 살 여자애처럼 자그마한 어머니와 누런 들판을 걸어가고 있었어요. 먹은 거라곤 쥐꼬리 같은 고구마 한 덩이뿐이어서 배에서 천둥이 쳤어요. 들꿩이 들판으로 날아들었어요. '어머니, 여기 가만히 계세요. 내가 저 들꿩을 잡아다 드릴게요.' 난 들꿩을 쫓아갔어요. 붉은 깃털에 싸인 모가지가 횃불 같던 들꿩은 잡힐 듯 잡히지 않았어요. 들판 끝에 잣나무 숲이 있었어요. 들꿩이 푸드덕푸드덕 날갯짓을 하더니 잣나무 숲 너머로 날아갔어요. 속상해하며 돌아왔더니 어머니는 어디로 가버리고 고봉밥 같은 무덤만 있더군요."

"여보, 우리가 결혼하는 꿈을 꾸었어요."
"우린 30년 전에 결혼했어."
"꿈에서 우린 다시 결혼식을 올렸지요. 처음 하는 것처럼요."
"결혼은 경사스러운 일이니 좋은 일이 생기겠군."

"흉몽이에요. 둘 중 누구 하나가 병이 나거나 죽게 될 꿈이에요."

"누구 하나가요?"

"신랑과 신부 둘 중 하나가요."

"꿈속에서 둘 다 얼마나 행복했는데요."

"행복은 불행의 징조이기도 하지요."

"여보, 아기가 잠들었어요…… 아기도 꿈을 꿀까요? 울고, 웃고, 찡그리고…… 이 작은 얼굴이 울고, 웃고, 찡그리고……."

"열차가 또 달리고 있네. 아나똘리, 내 아들…… 젖은 떡갈나무 잎에 비친 세상을 네게 보여주고 싶구나……."

추워…… 악마도 처음엔 천사였대요…… 인간을 시기하다 그것 때문에 악마가 되었대요…… 성냥 긋는 소리…… 가위로 똑똑 손톱 같은 걸 깎는 소리…… 처음엔 다 그렇지요…… 먹은 게 없는데 설사가 멈추지 않네…… 몸 가는 데 마음이 가기도 해요…… 늙고, 병들고, 죽고…… 미워하고, 원망하고, 거짓말하고…… 인간을 시기할 게 뭐가 있을까요…… 인간을 너무 사랑하니까요…….

요셉이 주기도문을 외우는 소리가 열차 안에 떠돈다. 숫돌에 칼을 가는 것 같은 바람 소리가 열차를 휘감는다.

"엄마, 나도 인간이에요?"

"미치카, 그래도 엄만 널 사랑한단다."

"열차가 섰어요!"

그 소리에 풍도가 얼굴을 쥐어뜯듯 긁으며 깨어난다.

무청 시래기를 엮어 짠 것 같은 숄을 머리끝까지 덮고 졸던 백순이 놀라 외마디 비명을 지른다.

"일어나요, 열차가 섰어요."

오순이 손으로 허우재의 어깨를 흔든다.

"열차가 떠난 지 얼마나 됐다고 또 섰을까요?"

"그러게요."

"무슨 일인지 문을 열어봐요!"

"열지 말아요! 호위대가 우릴 총으로 쏴 죽이면 어쩌려고 그래요!"

"총으로 쏴 죽일 작정이었으면 벌써 그렇게 했겠지요."

요셉이 몸을 일으키더니 문짝에 다가선다. 문짝에 등을 기대고 앉아 있던 인설이 몸을 일으킨다.

"열지 말아요!"

"열어요!"

"조용히 해요!"

"쉿!"

"쉿!"

사람들은 긴장한 눈빛을 서로 주고받으며 열차 밖에서 들려오는 소리에 귀를 기울인다. 호루라기 소리, 호위대원들이 자기들끼리 큰 소리를 주고받는 소리…… 그러나 총성은 들려오지 않는다.

다른 열차의 미닫이문이 성급히, 거칠게 열리는 소리가 연달아 들린다.

인설과 요셉이 서로 눈빛을 주고받으며 고개를 끄덕이더니 문을 밀어 열어젖힌다. 폭포수처럼 쏟아져들어오는 빛에 사람들은 손바닥으로 눈을 가리거나 비명을 토한다. 얼굴 때가 말끔히 씻겨나가는 것 같은 기분이 들 만큼 차갑고 맑은 공기에 금실은 자신도 모르게 탄식을 토한다. 백순이 눈이 너무 부셔서 눈물이 차오르는 눈을 손등으로 문지른다.

풍도가 엉덩이를 일으키다 말고 철퍼덕 주저앉는다.

"세상에나! 바다야, 호수야?"

"무슨 물이 하늘보다 파랗대?"

사다리에서 사람들이 줄지어 내려온다. 문 앞에는 어느새 사람들이 소복이 모여 있다. 사람들의 벌어진 입마다 입김이 피어오른다.

"미치카, 어서 올라와!"

미치카는 그러나 들숙과 금실 사이에 끼어 앉는다. 그 애의 머리에 어정쩡하게 걸쳐져 있던 방한모가 벗겨진다. 금실은 얼떨결에 그걸 잡으려고 몸을 앞으로 숙이며 손을 뻗는다. 하지만 방한모는 쏜살같이 착지하는 새처럼 곧장 물 위로 떨어진다.

"바이칼 호수예요."

인설은 어릴 때 형에게 바이칼 호수에 대해 들었다.

"저게 호수란 말이오?"

풍도가 호수에서 눈을 떼지 못하고 묻는다. 허우재의 눈길은 호수 너머 눈과 얼음으로 덮인 산봉우리를 더듬고 있다. 은가루를 뿌린 듯 밝은 광채에 휩싸인 호수는 끝이 보이지 않는다. 바위 위에 앉아 있던 갈매기가 공중부양하듯 떠오르더니 호수 저편을 향해 무심히 날아간다. 잔잔한 물결이 이는 수면에 비친 구름이 살얼음과 함께 덤덤히 떠간다.

"에그그, 저게 뭐야?"

오순이 손으로 자신의 입을 감싼다. 들숙이 손으로 미치카의 얼굴을 가린다.

"따냐, 눈을 감아!"

"아아, 감았어요!"

따냐는 그러나 눈을 뜨고 있다.

"따냐, 내가 뜨라고 할 때까지 절대 뜨지 마!"

"그럴게요…… 당신이 뜨라고 할 때까지 꼭 감고 있을게요…… 영원히 눈을 뜨지 말라고 하면…… 아아 그럼…… 영원히 뜨지 않을게요……."

말굽처럼 휘어진 선로 아래, 얼어붙기 시작한 호수 물에 부서진 열차가 곤두박질친 듯 처박혀 있다. 또 다른 열차는 허공을 향해 쇠바퀴 두 개를 쳐들고 호수 물에 기우듬히 잠겨 있다. 열차들이 선로를 이탈해 절벽 아래 호수로 굴러떨어질 때 사방으로 튕겨나간 보따리들과 사람들, 널빤지, 이불, 옷가지들, 건초 뭉치가 호수 여기저기 어수선히 널려 있다.

들숙이 손으로 미치카의 얼굴을 가린 채 떨리는 몸을 일으킨다.

호수에 몸이 잠긴 채로 굳어버린 사람들을 내려다본다. 호수에서 불어오는 바람에 그녀의 은빛 머리카락이 날린다.

"우리 조선인들이야……." 풍도의 검보랏빛 입은 말을 잇지 못한다.

사람들이 저마다 지르는 비명과 한탄, 울부짖음이 뒤섞여 호수 위에 떠돈다.

오순이 주먹 쥔 손으로 입을 누르고 흐느낀다. 백순 뒤에 꼭 붙어 있는 아리나는 벌어진 입을 다물지 못한다.

"무슨 일이냐……?"

황 노인이 묻지만 백순은 우느라 대답을 못한다.

열차가 덜컥 흔들린다.

"미치카, 어서 올라와!"

만세를 부르듯 양팔을 활짝 펼치고 하늘을 향해 얼굴을 쳐들고 있는 여자가 금실의 눈길을 잡아끈다. 막 피어난 박꽃처럼 젊디젊은 여자의 가슴 아래는 호수에 잠겨 있다. 두 눈을 부릅뜨고 있는 데다 피 한 방울 흘린 자국이 없어 살아 있는 것 같다.

"살아 있어요……."

인설이 고개를 완강히 가로젓는다.

"여보…… 눈을 떠도 돼요?"

따냐가 애타게 묻지만 요셉은 대답을 못하고 탄식만 연신 토한다. 볼을 타고 흐르는 눈물이 따냐의 턱에 고였다 아기의 얼굴로 떨어진다. 이마로, 볼로, 입으로, 눈동자로…….

"무슨 일이냐……?"

황 노인은 고개를 들려 안간힘을 쓰지만 목이 시멘트처럼 굳어 꿈쩍도 않는다.

"여보⋯⋯ 눈을 떠도 돼요?"

날아갔던 갈매기가 되돌아와 호수에 거꾸로 처박힌 열차 쇠바퀴에 내려앉는다.

총성이 차가운 공기를 가른다. 열차가 덜컹 흔들리자 문 앞에 모여 있던 사람들이 곳간의 놀란 쥐들처럼 흩어진다.

"미치카, 어서 올라오렴!"

열차가 속도를 내면서 갈고리 같은 바람이 열차 안으로 휘몰아쳐 들어온다. 황 노인의 성긴 머리카락이 뽑힐 듯 휘날린다. 허공에서 양철 주전자가 뚝 떨어진다. 놀란 아리나가 방귀를 뀐다.

아나똘리가 주먹으로 열차 벽을 친다.

"아나똘리, 이 열차는 회전목마란다. 앞으로 달리고 있는 것 같지만 알고 보면 제자리를 돌고, 돌고, 도는⋯⋯."

"우린 봤어요."

"그럼요, 우린 봤지요."

"엄마, 난 하늘을 봤어요."

"여보, 그런데 우리가 뭘 봤지요?"

"엄마, 난 구름을 봤어요."

"구름은 구름이었어요."

"그래도 우리 열차에서는 아직 아무도 안 죽었어요."

"여보, 눈을 떠도 돼요?"

눈물이 멎은 따냐의 눈동자가 요셉을 향한다. 그녀의 젖은 눈썹에 눈물방울이 맺혀 있다.

"응, 따냐……."

"여보, 난 아무것도 못 봤어요…… 눈을 감고 있었으니까요…… 정말이에요…… 난 아무것도 못 봤어요…… 아무것도요……."

"그래, 따냐."

요셉은 손을 뻗어 따냐의 손등을 어루만진다. 그는 그녀의 손을 자신의 까끌까끌한 입으로 끌어당겨 입을 맞추고 나서야 놓아준다.

"여보, 우리 아기가 눈물을 흘려요…… 어른처럼 소리도 내지 않고 눈물을 흘려요."

따냐는 그것이 자신이 흘린 눈물이라는 걸 깨닫지 못한다.

들숙이 아기를 들여다보더니 말한다.

"오래 살다 보니 소리도 안 내고 우는 아기를 다 보네…… 내 아버지가 그렇게 울었는데…… 해가 넘어가는 산을 바라보고 서서 김이 오르는 가마솥처럼 눈물을 주룩주룩 흘리셨어……."

"아가야, 응애— 응애— 소리 내 울어라. 응애— 응애—."

"세상에 나오며 서럽게 우는 건 인간뿐이에요."

오순은 한숨을 섞어 말하고 몸을 일으킨다. 치마 위에 겹쳐 입은 치마가 벗다 만 듯 엉덩이에 걸쳐져 있다.

"병아리도 알을 깨고 나오며 우는 걸요." 백순이 말한다.

"병아리는 삐약삐약 노래하듯 귀엽게 울지만 인간은 기차 화통을 삶아 먹은 것 같은 목소리로 울부짖지요. 양수가 채 마르지도 않은 몸뚱이를 쥐어짜면서요." 오순은 자신이 왜 일어났는지 까맣게 잊고는 도로 주저앉는다.

"아가야, 소리 내 울어라. 응애— 응애—."

# 20

"아주머니, 1년에 한두 번 처자식이 없는 게 천만다행이다 싶은 날이 있는데 오늘이 그런 날이네요. 굶어도 나 혼자 굶고, 죽어도 나 혼자 죽으면 되니까요."

풍도가 들숙을 쳐다보고 히죽 웃는다.

"홀아비는 이가 서 말, 과부는 은이 서 말이라는 조선 속담이 있다며?" 들숙이 묻는다.

"서 말이요? 지금 당장 누가 날 허공으로 번쩍 들어올리고 탈탈 털면 이가 다섯 말은 족히 떨어질걸요."

괜히 실없이 웃는 풍도의 눈 밑이 축축이 젖는다.

기가 죽어 목을 빼고 있던 풍도가 장화를 벗는다. 장화 속으로 손을 집어넣고 구멍 둘레를 만지작거린다. 엄지, 중지, 약지 그렇게 손가락 세 개를 구멍 밖으로 삐죽 내밀고 장난치듯 꼼지락거린다.

풍도는 한숨을 내쉬고 나서야 장화를 내려놓는다. 넋두리를 늘어놓다 태평스레 코를 골며 곯아떨어진다.

들숙이 손을 뻗어 풍도의 장화를 집어 들더니 살뜰히 구멍을 살핀 뒤 내려놓는다. 보따리에서 바늘꽂이, 살찐 생쥐만 한 무명실타래, 무쇠 가위를 꺼내 치마 위에 늘어놓는다. 꽤나 크고 묵직한 무쇠 가위를 집어 들고 자신의 치맛자락을 오리기 시작한다. 둥글게 오려진 광목 조각을 장화 구멍에 대본다.

호박 모양의 바늘꽂이에 꽂힌 바늘은 모두 다섯 개인데, 세 개는 크기와 굵기가 같고 나머지 두 개는 다르다. 바늘은 약간씩 녹이 슬어 있다. 들숙은 바늘들을 눈으로 훑다 가장 굵고 긴 바늘을 빼든다. 무명실타래에서 실 끝을 찾아내 길게 잡아 뽑는다.

들숙은 무명실 끝을 입술에 물고 침을 바른다. 눈꺼풀을 내리뜨고, 침이 발려 빳빳해진 무명실 끝을 바늘귀로 가져간다. 열 번 넘게 시도하고서야 마침내 바늘귀에 무명실을 정확히 꽂아넣는다. 광목 조각을 반으로 접어 장화 속으로 집어넣고 구멍을 덮는다. 바늘 끝을 구멍 둘레에 찔러넣는다. 바늘이 보이지 않을 때까지 꽂아넣었다가 도로 빼낸다. 그녀의 한 손은 장화 속에 들어가 있다.

구멍 둘레를 따라 좁쌀만 한 바늘땀이 한 땀 두 땀 세 땀 더해지는가 싶더니 바늘이 들숙의 손가락을 찔러온다. 금세 앵두 같은 피가 맺힌다. 그녀는 손가락을 입에 넣고 피가 멎을 때까지 빤다. 다시 바늘을 잡고 바늘땀을 떠나가다 말고 눈꺼풀을 떤다.

“열차를 타고 가는 동안에는 우리 다 같은 운명이지만 열차에서 내려서는 뿔뿔이 흩어져 다른 운명으로 살아가겠지…….”

그녀가 지나치게 세게 잡아당기는 바람에 바늘이 두 동강 난다.

그녀는 속상해하지만 그것도 잠시, 바늘꽂이에서 바늘을 뽑아든다.

그녀의 눈길이 잠든 아나똘리를 향한다.

"아나똘리, 내 아들…… 이 열차가 멈추면 날 떠나도 된다. 그래, 열차가 완전히 멈추면……."

# 21

쇠난로 위에서 초 한 자루가 타오르고 있다. 금실이 켜놓은 초다. 촛불은 꺼질 듯 꺼지지 않고 집요하게 타오른다.

“피붙이라곤 아버지가 다른 누이만 하나 있어요. 러시아에 와 아버지가 얼마 못 살고 죽자 어머니가 날 할머니에게 맡기고 재가해 딸을 하나 낳았어요. 어머니가 누이를 데리고 날 두 번 찾아왔어요. 어머니는 돌아가셨어요. 러시아 어디에 살고 있겠지요. 내 누이 말이에요. 어머니가 같으니 누이는 누이지요.”

널빤지 새새로 벼려진 칼처럼 날선 바람이 들이친다. 만면에 미소를 머금고 목각인형처럼 끄덕끄덕 고개를 흔드는 허우재의 얼굴은 얼어 보랏빛이다. 외투 위에 담요를 두르고 잠들었던 인설이 깨어난다. 핏발 선 두 눈을 부릅뜨고 사방을 둘러보던 그는 열차 안이라는 걸 깨닫곤 외마디 탄식을 토한다. 외투 주머니에서 수첩을 꺼내 펼쳐든다. 그의 오른손에는 연필이 들려 있다. 촛불을 응시하던 그는 수첩에 글자를 적기 시작한다.

"여보 토끼언덕 바람은 참 시원했어요."

"어머니가 추석에 쓸 닭 모가지를 비틀며 웃었어요. 커다란 입속에 이빨이 하나도 없었어요. 갓난아기처럼요."

촛불에서 검은 그을음이 피어오른다.

양철통에서 물을 푸던 사내가 풀썩 주저앉는다. 빈 자루 같은 몸을 애써 일으켜 세우고 다시 물을 푼다. 사내는 앞뒤로 몸을 흔들며 양철 그릇 속 물을 마신다.

숨을 거칠게 몰아쉬는 금실에게 소덕이 묻는다.

"아가, 왜 그러냐?"

"배가 뭉쳐서요……."

"열차에서 애가 잘못되기라도 하면 큰일인데……."

요셉이 고개를 푹 떨어뜨리더니 옅게 코 고는 소리를 내며 곯아떨어진다. 아나똘리가 두 손으로 머리카락을 쥐어뜯는다. 열차가 출발할 때만 해도 날렵하고 앳되던 그의 얼굴은 급속히 늙어 중늙이 같다.

"아나똘리, 나쁜 생각은 하지 말렴. 좋은 생각만 하고 살기에도 인생은 짧단다."

들숙의 손이 어깨를 어루만지자 아나똘리가 얼굴을 빈 깡통처럼 구기고 고개를 야멸치게 흔든다.

"아, 따냐……." 요셉이 먼 곳에 있는 사람을 부르듯 아내를 부르다 더 깊은 잠 속으로 빠져든다.

따냐가 어깨에 두른 숄을 풀더니 두 겹으로 접어 건초 위에 깐다. 아기를 그 위에 눕히듯 내려놓는다. 강보에 싸인 아기는 잠들었는지 아무 소리도 내지 않는다. 따냐가 몸을 일으키더니 물속을 걷듯 굼뜨게 제자리에서 몇 걸음 내딛는다. 아기집이 꺼지지 않고 그대로 불러 있다.

머리를 긁던 오순이 아기를 향해 돌아앉는다. 손으로 강보를 헤치고 아기를 들여다본다.

"눈동자에 빛이 하나도 없네."

따냐가 사색이 돼서는 얼른 아기를 안아든다.

"젖을 먹이지 그래. 짐승이든 사람이든 어미젖이 보약이야." 들숙이 말한다.

"배가 안 고픈지 젖을 빨려고 하지 않아서요."

"입이 있는데 배가 안 고플 리가 있나. 억지로라도 먹여봐요." 소덕이 말한다.

따냐가 아기를 들어 품에 안는다. 왼팔로 아기를 떠받치고, 오른손으로 솜을 넣고 누빈 저고리 고름을 풀어헤친다.

젖을 먹이려 아기와 실랑이하던 따냐의 얼굴이 울상으로 일그러진다.

"아기가 젖을 빨지 않아요."

여자들이 따냐와 아기를 둘러싸고 모여든다. 들숙이 아기의 이마에 손등을 댔다 뗀다.

"불덩이네."

백순이 손으로 아기의 머리를 짚어본다.

"열차에 의사가 타고 있을까요?" 따냐가 울상이 되어 여자들에게 묻는다.

"타고 있으면 뭐해, 열차가 서든 해야 아기를 의사에게 데려가지."

"다른 열차에서 열이 심하게 나는 애가 있어서 호위대원에게 말했더니 데려가서는 죽었는지 살았는지 감감무소식이라지 뭐예요."

"호위대원이 그 애를 어떻게 했을까요?"

"의사에게 보여주려고 데려갔겠지요?"

"열차에서 사람이 죽었다고 해도 눈도 꿈쩍 않는 호위대원들이요?"

"격리시키려고 데려갔을까요? 열차에 티푸스라도 돌면 큰일이니까요."

"열차가 멈춰 서 있을 때마다 총성이 들렸어요. 들판에서, 소나무 숲에서, 자작나무 숲에서…… 탕! 탕! 탕! 새들이 놀라 날아올랐어요."

"어디 보자."

아기의 얼굴을 살피던 들숙의 얼굴이 굳는다.

"볼에 반점이 올라오네……."

"그러게요."

"혹시 성홍열 아니에요?"

"성홍열이면 큰일인데……."

겁을 먹은 따냐의 눈동자가 흔들린다. "젖을 못 먹어서 그래요."

"내 사촌이 타고 있는 칸에 성홍열이 돌고 있다고 들었어요."

따냐는 여자들이 자신의 아기를 만지지 못하게 꼭 끌어안는다.

여자들이 고개를 젓거나, 한숨을 토하거나, 신음하며 서로 눈빛을 주고받는다.

거의 다 타든데다 흘러내린 촛농이 덕지덕지 달라붙어 초는 말똥 같다.

“새끼 돼지를 안고 집까지 걸어오던 날이 자꾸만 떠오르네요. 러시아인의 농장에서 키우는 돼지가 새끼를 아홉 마리나 낳았다는 소문을 들었어요. 새끼 돼지를 얻으려고 40리나 되는 길을 걸어갔지요. 솜에 새끼 돼지를 둘둘 싸 품에 꼭 끌어안고 집까지 걸어왔어요. 눈이 녹아 길이 질척했거든요. 살구꽃빛 새끼 돼지 몸에 진흙을 묻히고 싶지 않았어요. 그 새끼 돼지가 자라서 새끼를 일곱 마리나 낳았어요.”

“가축을 키우는 게 자식을 키우는 것보다 보람될 때가 있어요. 가축은 굶겨도 원망을 않지만, 자식은 입속에 든 것까지 빼 넣어줘도 원망을 하니까요.”

“우리를 데려가려는 곳이 치타가 맞대요?”

“치타는 벌써 지나왔잖아요.”

“여보, 몇 시예요?”

성냥 긋는 소리.

“11시.”

성냥 긋는 소리.

“25분.”

“초침이 잘도 가네요. 똑딱똑딱 똑딱똑딱…… 정말 훌륭한 시계예요. 우린 폴란드 여자에게서 이 시계를 샀어요. 그 여자는 유대인 시계 상점에서 이 시계를 샀다고 했지요. 당신은 벽에 못을 박고 시계를 걸었어요. 똑딱 똑딱 똑딱, 우린 시계 밑에서 저녁을 먹었지요."

"내가 그랬지, 시간이 가고 있네."

"그래서 내가 그랬지요. 여보, 어서 먹어요. 시간이 가고 있잖아요. 어서 먹고, 어서 자고, 어서 일어나고, 어서 일하고……."

"초침이 그새 한 바퀴를 돌았어요."

"1분이 가버렸군."

"돌고, 돌고, 돌고…… 어쩜 이렇게 꾸준하고 한결같을까요?"

"누가?"

"초침 말이에요. 이 가늘고 뾰족한 쇠바늘을 사람들이 본받아야 해요."

"녹이 슬었어."

"쇠니까요."

"여보, 초침이 또 한 바퀴 돌았어요."

"평생 초침 돌아가는 것만 보고 살아도 심심하지 않겠군."

"여보, 초침이 녹 덩어리가 되면 어쩌지요?"

"그 전에 당신도, 나도 죽겠지. 쇠가 인간 몸보다 오래 가니까."

"게다가 우린 늙었고요. 아직 한참 더 늙어야 하지만요."

"열차가 설 때마다 나는 쇠바퀴가 얼마나 닳았는지 열차 밑으로 기어들어가 살펴봤어요. 조금도 닳지 않았더군요."

"아주머니, 아저씨, 우리도 실은 그 초침처럼 성실하게 돌고 있답니다. 그럼요, 우리도 쉬지 않고 돌고 있지요."

"수학 선생이라고 했나요? 우리가 돌고 있다니, 그게 무슨 말이에요?"

"지구가 돌고 있으니까요. 우리는 그 지구 안에서 살고 있고요. 우리 모두 다 어머니 뱃속에서부터 돌고 있었어요. 걸으면서도, 잠을 자면서도 쉼 없이 돌고 있지요. 나무들도 제자리에서 돌고 있지요. 들에서 풀을 뜯고 있는 염소들도요. 집들도, 바위들도, 산들도…… 날아가는 새들도요."

"바다도요?"

"강도, 바다도, 나뭇잎에 맺힌 이슬방울도요……."

"지구가 돌고 있다는 소리는 나도 들었어요. 내 아들이 알려주더군요. 태양을 중심으로 1년에 한 바퀴를 돈다면서요."

"겨우 한 바퀴요?"

"온갖 걸 품고 돌려니 힘이 드는가보지요."

"그럼 이 열차도 돌고 있겠네요?"

"내가 뭐랬어, 회전목마라고 했잖아. 돌고, 돌고, 돌고……."

"실컷 돌라고 해요. 천 바퀴든, 만 바퀴든 돌고 싶은 만큼 돌다가 제자리에다만 내려놓으라고 해요."

"아나똘리, 내 아들…… 어미 머리카락 좀 빗겨주렴."

머리카락을 풀어헤친 들숙의 손에는 청설모처럼 생긴 빗이 들려 있다.

"어머니, 제발요." 아나똘리가 원망 어린 눈길로 들숙을 바라본다.

"어릴 때 너는 밤마다 어미 머리카락을 빗겨주곤 했지."

"어머니, 난 계집애가 아니에요."

"아나똘리, 열차가 마침내 종착지에 서면 어미 머리카락은 백발이 되어 있을 거란다……."

아나똘리가 마지못해 빗을 받아든다. 들숙의 등 뒤에서 무릎을 꿇고 앉아 그녀의 머리카락을 빗기기 시작한다.

"아나똘리, 넌 담비 사냥꾼이던 외할아버지를 쏙 빼닮았다. 그래서 널 보고 있으면 외할아버지가 네 몸을 빌려 환생한 것 같은 기분이 들곤 한단다."

"그런 말씀 하신 적 없으시잖아요. 게다가 난 외할아버지를 본 적이 없으니까요."

"네 외할아버지가 했던 말이 떠오르는구나. '마시러 오는 노루가 없어도 옹달샘은 마르지 않는구나.'"

촛불이 쪼그라들더니 그을음을 울컥 토하고 꺼져든다.

아무도 새 초를 켜지 않는다.

소곤거리는 소리가 잦아들고, 사람들이 잠들기를 기다려 오순은 식량 자루를 묶은 노끈을 푼다. 그녀는 소리 내지 않으려 조심하며 자루 입구를 벌린다. 잠든 남편의 옆구리를 손가락으로 살짝 꼬집어 깨운다. 자루에서 꺼낸 소시지 덩이를 남편의 손에 들려준다. 챙겨온 식량이 바닥난 사람들이 먹을 걸 구걸하는 풍경이 열차 안에 펼쳐지면서 그녀는 다들 잠들기를 기다려 몰래 음식을 먹는다. 그녀는 자루에서 소시지 한 덩이를 더 꺼내 자신의 입으로 가져간다. 돼지 똥 냄새를 역하게 풍기는 소시지에 헐거운 이빨을 박아넣고 조금 물어뜯는다. 입속에 고인 침이 입가로 흘러내린다.

"우리는 또다시 굶주리게 될 거야……" 깨어 있던 황 노인의 목소리가 덜컹이는 어둠 속을 떠돈다.

## 22

역광을 받으며 두 팔을 십자로 벌리고 열차에서 뛰어내리는 아나똘리를 금실은 순간 새로 착각한다.

“여기가 어디예요?”

잠에서 깨어난 오순이 눈곱이 엉겨붙은 눈을 손으로 비비며 풍도에게 묻는다.

“난들 알겠어요?”

풍도는 성급히 대꾸하고 엉거주춤한 자세로 떠밀리듯 열차에서 내린다.

“어머니는 열차에 계세요.”

“나도 데려가라.”

소덕이 아이처럼 금실의 치맛자락을 붙들고 늘어진다.

“어머니는 보따리를 지키고 계세요.”

그녀는 아이처럼 매달리는 소덕의 손을 억지로 떼어내고 열차에서 내린다.

등허리가 굽은 남자와 여자가 막막히 펼쳐진 벌판을 바라보고 서서 주고받는 소리가 금실의 귀에 들려온다.

"여보, 저 땅을 봐요. 시작도 끝도 없이 펼쳐진 땅을요."

"우리보고 저 땅을 일구며 살라고 하면 소원이 없겠어."

"씨감자 한 자루만 있으면 평생 저 땅을 떠나지 않고 살아갈 텐데요."

"우물을 파고, 집을 짓고, 토끼를 기르고……."

잎 진 비루한 나무들만 멀찍이 외떨어져 서 있고 집 한 채 보이지 않는다. 마차나 트럭이 길을 내며 지나간 자국도 없다. 에돌아 흐르는 강줄기 같은 것도 시야에 담겨오지 않는다. 금실은 숨을 깊이 들이마시며 바람에 팔락팔락 나부끼는 머릿수건을 풀어 손에 쥔다. 인설이 그녀를 지나쳐 벌판으로 걸어나간다. 우뚝 멈추어 서더니 바지를 끌어내리고 오줌을 눈다. 겨울잠에 들려는 짐승처럼 움츠리고 있지만 봄이 되면 벌판에는 초록빛 풀이 돋고 새들이 날아들 것이다.

호위대원 둘이 담배를 피우며 그녀 앞으로 지나간다. 머릿수건을 다시 두르려다 말고 그녀는 머리카락을 풀어헤친다. 등을 덮을 만큼 길고 숱 많은 머리카락을 손가락으로 빗어 내리며 이를 턴다.

사람들은 벌판 여기저기 자리를 잡고 앉아 용변을 보고, 이불과 옷을 턴다. 백순도 이불을 들고 나와 펄럭펄럭 소리 나도록 턴다. 들깨가 떨어지듯 벼룩이 튄다.

언청이인 여자가 사내아이를 태양 아래 세워두고 머리카락을 헤

집으며 이를 털고 있다.

"미치카, 멀리 가지 마!"

열차에 걸터앉아 머리카락을 빗던 아리나의 손에서 빗이 미끄러져 떨어진다. 잠바 주머니에 두 손을 찔러넣고 구둣발로 열차 쇠바퀴를 툭툭 차던 아나똘리가 빗을 주워든다. 고슴도치처럼 생긴 빗에 엉긴 머리카락에 이가 기어간다.

들판에 주저앉아 있던 들숙이 몸을 일으킨다. 손으로 툭툭 오줌 묻은 치맛자락을 턴다.

"미치카!"

아이들이 술래잡기를 하듯 뛰어다닌다.

"아나똘리, 나뭇가지를 구해와라."

"미치카, 돌아와!"

등이 구부정할 정도로 키가 큰 호위대원이 미치카를 낚아채듯 잡더니 번쩍 들어올린다. 미치카를 쫓던 안나가 두 손으로 입을 가리며 멈춰선다. 그녀는 겁에 질려 바들바들 떨기만 할 뿐 아무 소리도 내지 못한다. 호위대원은 잡아먹을 것 같은 표정을 지어 보이곤 땅에 말뚝을 박듯 미치카를 내려놓는다.

아기를 두 팔로 감싸 안은 따냐가 요셉의 부축을 받으며 열차에서 내린다.

"여보, 아기와 햇볕을 쬐야겠어요."

그녀는 몇 발짝 내딛다 땅을 찢고 올라온 바위에 걸터앉는다.

사람들은 벌판에서 주운 마른 풀과 나뭇가지로 불을 피운다. 보잘것없는 불길 위에 그을렸거나 찌그러진 냄비를 올려놓고 밥을 짓거나 쪼글쪼글 말라비틀어진 감자를 굽는다.

"내 시누이가 타고 있는 칸에서는 한바탕 인민재판이 열렸대요. 반동분자를 가려내 열차가 서자마자 호위대원들에 넘겼대요."

눈썹이 짙고 낯빛이 까무잡잡한 조선 사내가 호위대원을 붙들고 서툰 러시아 말로 묻고 있다. 자신이 겁에 질려 있다는 걸 들키지 않으려는 듯 사나운 표정을 지으려 애를 쓰느라 얼굴이 우스꽝스럽게 일그러져 있다.

호위대원의 입에는 담배가 물려 있다.

"우리를 어디로 **가져갔던** 거요?"

"뭐?"

"우리를 어디로 **가져갔던** 거요?"

백발인 사내는 오줌을 누느라 풀어헤쳤던 바지 앞섶을 추스르며 훌쩍거린다. "흑흑, 아버지도 안 계시는구나! 어머니도 안 계시는구나! 남의 땅에 나만 있구나!"

안경을 쓰고 콧수염을 기른 사내는 책을 찢어 그 종이로 불을 피우려 하고 있다. 사내 옆에는 남매처럼 보이는 어린 여자아이와 남자아이가 쪼그리고 앉아 있다. 머리를 양 갈래로 땋아내린 여자아이는 입술까지 버짐으로 뒤덮인 얼굴을 손으로 긁고 있다.

"얘들아, 이건 레닌 아저씨가 쓴 책이란다. 이 책 어디에도 약소민족을 핍박해도 된다고 쓰여 있지 않단다."

남자는 찢은 종이들을 날개 접은 새 모양으로 말아, 거미줄 모양으로 쌓아올린 나뭇가지들 사이사이에 끼운다.

남자는 성냥을 그으며 중얼거린다.

"책을 먹을 순 없으니까."

성냥불이 종이에 옮겨붙는다. 종이들이 불길에 휩싸이며 재가 날린다. 사내는 떨리는 손으로 책을 두세 장씩 찢어 둘둘 말아서는 불길 속으로 집어넣는다. 나뭇가지에 불이 붙으며 왕관만 한 불길이 일자 그 위에 양철 냄비를 올린다. 손잡이 부분까지 그을린 냄비 속 물에는 쪼그라든 감자 다섯 알이 둥둥 떠 있다. 종이들이 금방 타드는데다 나뭇가지들이 앙상해 불길은 세차게 타오르지 못하고 쪼그라든다. 감자 다섯 알을 띄운 물은 끓을 기미가 보이지 않는다. 사내는 반토막 난 책을 통째로 불길 속에 쑤셔넣는다.

친정아버지를 찾아 다른 칸을 살피고 다니던 금실은 늙수그레한 사내 둘이 호위대원을 붙들고 사정하는 소리를 듣는다.

"마실 물이 필요해요."

"석탄이든, 장작이든 뗄 걸 주시오. 열차 안에서 얼어 죽을 지경이오."

깡마른 어깨에 너덜너덜 해진 숄을 두른 여자가 호위대원에게 묻고 있다.

"내 남편을 어디로 데려갔나요?"

호위대원은 대답을 회피하고 험악한 표정을 짓는다.

"하바롭스크 역에서 내 남편을 데려갔잖아요."

얼굴이 보름달처럼 둥근 여자애가 여자의 겨자색 치맛자락을 손으로 꼭 붙들고 콧물을 훌쩍훌쩍 들이마시며 우는 소리를 낸다.

"내 남편을 어디로 데려간 거예요?"

그때 호위대원 하나가 호루라기를 분다. 그 소리에 놀란 여자애가 콧물을 들이마시다 말고 딸꾹질을 한다. 호위대원들이 소리를 지르고, 호루라기를 불며, 우리로 닭을 몰아넣듯 사람들을 열차로 몰기 시작한다.

포대기를 둘러 등에 아기를 업은 여자가 밥물이 끓어 넘치는 냄비를 치마로 감싸 안고 열차로 뛰어간다.

'아버지는 대체 어느 칸에 타고 계신 걸까……' 울먹이며 서 있는 금실의 팔을 차갑고 기다란 손이 움켜잡는다. 비명을 지르며 돌아다보는 그녀를 인설이 무섭게 쏘아본다.

"어서 열차에 타요!"

"발이, 발이 안 떨어져요……"

"아나똘리! 아나똘리!"

어느새 열차에 오른 들숙이 열차 문을 붙잡고 서서 숄을 미친 듯이 흔들며 아들을 부른다.

금실은 바위처럼 단단히 뭉치는 배를 두 손으로 끌어안고 철퍼덕 주저앉는다. 인설이 그녀의 팔뚝을 손으로 움켜잡더니 일으켜 세운다. 다급히 뛰어와 열차에 오르려는 풍도의 뒤통수에 대고 소리친다.

"도와주세요!"

금실은 인설과 풍도의 부축을 받으며 간신히 열차에 오른다.

"아나똘리!"

열차가 움직이기 시작한다.

"아나똘리!"

아나똘리가 달려와 훌쩍 뛰어오르더니 열차 안으로 몸을 날린다. 인설이 문을 닫는다.

목이 찢기는 것 같은 고통이 느껴질 만큼 가쁜 숨을 겨우 고르고 나서야 열차 안을 둘러보던 금실의 눈꺼풀이 떨린다. 열차 문을 열려는 그녀를 인설이 막아선다.

"어머니가 안 탔어요……!"

속도가 붙은 열차는 고삐 풀린 망아지처럼 기운차게 내달리고 있다.

"아주머니, 제 시어머니 못 봤어요?"

"소변이 마렵다며 열차 밑에 들어가시는 걸 봤는데……." 백순이 자신 없는 목소리로 중얼거린다.

"아이고, 열차 밑에서 못 나왔나보네!"

# 23

"번개가 치나봐요"

"번개 치는 게 보여요?"

"새파란 불빛이 번쩍였어요…… 마른하늘에 번개가 치던 날 아버지가 고향 집에 다녀오겠다며 카미쇼바야*강을 따라 걸어 내려갔어요. 강 너머가 아버지 고향이었거든요. 아버지는 돌아오지 못하셨어요. 1926년이던 그해 국경이 생기는 바람에요."

"내 아버지는 러시아 땅에 지은 집을 두고는 함경북도 경흥 고향 집을 그리워하셨어요."

"어머니는 열네 살에 날 낳았어요. 그리고 열여섯 살에 과부가 되셨지요. 낯선 사내가 길을 묻거나 먹을 걸 구걸하려고 집에 찾아오면 어머니는 날 손으로 가리키며 말씀하셨어요. '저 애가 내 남

---

* **카미쇼바야강** 러시아 크라스키노와 중국 훈춘 사이에 흐르는 강. 옛 명칭은 파티예강으로, 한인들이 강가에 파타시라는 마을을 형성하고 살았다.

편이에요.'"

"내가 아장아장 걸어 다닐 때니까 몹시 오래전이지요. 어머니가 밭에서 잡은 지렁이를 암탉에게 던져주셨어요. 암탉이 부리로 지렁이를 쪼아먹기 시작했어요. 그 장면이 떠오를 때마다 나는 닭이 징그럽고 혐오스러웠어요. 그런데 생각해보니 암탉은 자신이 먹어도 되는 걸 먹었던 것뿐이에요."

"여보, 여보……."

따냐가 목소리를 잔뜩 낮추어 요셉을 부른다. 요셉이 안간힘을 쓰듯 이마를 찌푸리며 눈을 뜬다.

"아, 따냐……."

"여보…… 우리 아기 손이 차요. 너무 차서 개구리를 만지는 것 같아요."

"따냐……."

"미안해요, 우리 아기 손을 개구리라고 하다니……."

따냐가 아기를 받치고 있던 손을 빼더니 자신의 뺨을 찰싹, 찰싹 때린다.

"따냐, 그러지 마!" 요셉은 팔짱을 풀고 따냐를 향해 돌아앉는다. 자꾸만 감겨드는 눈꺼풀을 억지로 뜨고, 아기의 두 손을 자신의 손 안에서 모아 잡는다. 호호 입김을 불어넣는다.

열차가 기적을 두 차례 연달아 울리더니 속도를 더 낸다. 허공에 매달린 양철 냄비들과 그릇들이 서로 부딪치며 요란한 소리를 낸다. 그것이 나락밭에 모여드는 참새를 쫓으려고 내는 소리와 비슷해 황 노인은 훠이훠이 새 쫓는 소리를 낸다.

아기의 손에 입김을 불어넣다 말고 요셉은 꾸벅꾸벅 존다. 힘이 풀어진 그의 손에서 아기의 손이 미끄러지며 달아난다.

뱃속 아기의 발길질에 놀라 깨어나는 금실의 눈을, 널빤지 새로 비쳐드는 빛이 찔러온다. 벌침에 쏘인 것처럼 따가워 그녀는 새청맞은 비명을 지른다.

"아기가 죽었어!"

오순이 자라처럼 주름진 목덜미 속에 턱을 숨기고 재빠르게 속삭이는 말에 그녀의 눈이 저절로 커진다.

"아기가 죽었지 뭐야."

그녀는 그 말을 자신의 뱃속 아기가 죽었다는 소리로 알아듣곤 세차게 고개를 흔든다.

"살살 얘기해요, 아기 엄마는 아직 아기가 죽은 걸 몰라요."

"저것 봐요, 젖을 먹이려 하고 있잖아요."

아기의 입에 젖꼭지를 물리려 애쓰는 따냐를 요셉은 절망 어린 눈길로 바라보기만 한다. 그의 얼굴이 일그러지며 눈에서 주르륵 굵은 눈물방울이 흘러내린다.

"갓난아기가 보채지도 않고 쥐 죽은 듯 조용해 이상하다 싶었어요. 이불 뭉치를 안고 있나 싶었다니까요. 그래서 요강을 비우고 돌아서다 강보 속 아기 얼굴을 들여다봤지요…… 단박에 아기가 죽은 걸 알았어요." 그렇게 말하는 여자의 손에는 요강이 들려 있다.

"되돌릴 수 없어요."

"이 열차처럼요……."

"일단 숨이 끊어지면 모든 게 끝이에요."

"죽는 게 아무것도 아니에요. 우리가 아무 생각 없이 들이마시고 내쉬는 숨 하나에 달려 있으니 말이에요."

아기가 죽었대요…… 아기가 죽었대요…… 성냥 긋는 소리…… 아기가 죽었대요…… 시계 태엽 감는 소리…… 아기가 죽었대요…… 사기요강에 오줌 떨어지는 소리…… 아기가 죽었대요…… 성냥 긋는 소리…….

"엄마, 아기가 죽었대요!"

"미치카, 넌 그 입 때문에 망할 거야!"

따냐가 아기를 온몸으로 감싸 안고 어깨와 등을 격하게 떤다. 그 모습이 마치 인간들에게 새끼를 빼앗기지 않으려고 버티는 어미 짐승 같다. 풀어진 머리카락이 흘러내려 그녀의 얼굴과 목을 가린다. 한순간 그녀의 고개가 들린다. 눈물이 고여 있는데다 빛을 받아 기이한 광채를 발하는 눈동자로 사람들을 쏘아본다. 눈물과 침 범벅인 입을 찢듯 벌리고 누구라도 가까이 오면 물어뜯을 듯 으르렁거린다. 어깨를 들썩들썩하더니 목을 빳빳이 세우고 절규한다.

놀란 여자들이 흩어지고 요셉이 따냐의 격렬하게 떨리는 등을 손으로 어루만진다.

"죽은 아기를 열차에 둘 순 없어요!"

"하긴, 열차에 전염병이 돌면 큰일이지요."

"아기를 열차 밖으로 버려요."

"땅에 묻어주게 둬요."

"열차가 언제 설 줄 알고요."

"죽은 아기 하나 때문에 우리 다 죽을 순 없어요."

"우린 살아야 해요."

"우리가 왜 살아야 하는데요?"

"왜요?"

"네, 왜요?"

"살아 있으니까요."

"살고 싶잖아요."

## 24

“촛불을 켜야지…… 하나 남은 초이지만 아껴두고 켜지 않으면 없는 거나 마찬가지니까.”

들숙의 손바닥 위에서 불꽃이 피어난다. 그녀가 몸을 일으키더니 불꽃이 타오르는 초를 손으로 잡고 높이 들어 보인다. 그녀는 빛을 골고루 나눠주려는 듯 열차 구석구석을 비춰 보인다.

촛불 불빛은 이제 요셉과 따냐, 아기를 비추고 있다. 요셉이 외투 소매로 두 눈을 훔치며 몸을 일으킨다.

“따냐…….”

“아직 아기 이름도 지어주지 않았잖아요.”

요셉을 흘겨보는 따냐의 눈에는 원망이 가득하다.

“새 땅에 도착하면 그 땅에 어울리는 이름을 지어주겠다고 약속했잖아요.”

요셉이 따냐의 품에서 아기를 들어올릴 때 금실은 자신의 뱃속에서 아기가 꺼내지는 것 같은 비참한 공포와 고통에 시달린다.

두 팔로 죽은 아기를 번제물처럼 떠받치고 서 있는 요셉의 그림자가 금실과 인설 사이에 드리워진다.

아기가 죽었다는 걸 분명히 해두려는 듯 요셉이 열차 안을 둘러본다.

"내 남편이 염을 할 줄 알아요." 오순이 말한다.

"아저씨, 우리 아기 좀……."

요셉은 말을 끝까지 잇지 못하고 고개를 숙인 채 흐느낀다. 허우재가 몸을 일으켜 아기를 받아 안아든다.

"새들은 죽을 때 슬피 울고, 사람은 죽을 때 착한 말을 한다지요."*

광목천으로 꽁꽁 감싼 아기는 다시 요셉의 품에 안겨 있다. 열차 안 사람들의 눈길은 일제히 요셉과 아기에게 쏠려 있다.

요셉이 문 쪽으로 걸어간다. 문 앞에 버티고 앉아 있던 인설과 풍도가 몸을 일으킨다.

열차 문을 열자 눈발 섞인 바람이 휘몰아쳐 들어온다. 눈송이들이 따냐의 산발한 머리카락에 점점이 달라붙는다. 눈송이들은 그녀의 머리에 면사포처럼 드리워졌다 허무하게 녹아버린다. 요셉이 포효하며 아기를 열차 밖으로 던진다. 아기를 감싼 광목천이 풀어지는가 싶더니 순식간에 시야 밖으로 사라진다.

---

* 〈태백〉, 《논어》에서 인용.

이제 영영 가는 곳은 먹을 것 입을 것 마련하는 일도 없고,

혼사나 상사의 절차도 없고, 손님을 맞고 편지를 왕래하는 예법도 없고, 염량세태나 시비의 소리도 없는 곳일 게요.

다만 맑은 바람과 환한 달빛, 들꽃과 산새들만 있을 뿐…….*

* 혜환 이용휴가 쓴 제문 〈정자 황맹년의 애사권의 뒤에 쓰다(題黃正字孟年哀辭卷後)〉에서 인용.

## 25

아이 목소리, 나이든 여자 목소리, 젊은 여자 목소리, 사내 목소리…… 온갖 목소리들이 벌떼처럼 황 노인의 귓가에서 윙윙거린다.

'아, 내 자손이 저렇게나 많구나!'

황 노인은 뒷짐을 지고 서서 자신의 발 앞에 펼쳐져 있는 밭을 바라본다. 그가 등지고 있는 집 마당에는 자식들과 손주들, 증손주들이 모여 잔치를 벌이고 있다. 순대 삶는 냄새, 떡 찌는 냄새, 전 부치는 냄새, 고사리 같은 나물 볶는 냄새…….

그는 하늘을 올려다본다.

'별일이군, 오래 살다 보니 해가 안 뜨는 날도 다 있네.'

하늘에 해가 뜨지 않는 게 흉조인지 길조인지 가늠이 안 돼 그는 고개를 갸웃거린다.

그는 밭으로 걸어나간다. 하늘을 한 차례 더 올려다보고 나서야 흙 위에 철퍼덕 주저앉는다. 그 순간 그의 육체가 쪼그라들어 걸음

마도 안 뗀 갓난아기와 같아진다.

그는 흙 묻은 발가락을 꼼지락거리며 손으로 흙을 움켜쥔다. 눈앞에서 흙을 흩뿌린다. 흙은 검고 축축하다.

그는 자신이 가장 복된 죽음을 맞으려 하고 있다는 걸 깨닫는다. 이름을 일일이 암기할 수 없을 만큼 불어난 자손들이 집 마당에 모여 잔치를 벌이고, 천수를 누린 자신은 밭을 갈다 숨을 거두는 것이 복된 죽음이다.

'땅이 흔들리는군…….'

"엄마, 나는 어디서 왔어요?"

그 소리에 황 노인은 놀라 꿈에서 깨어난다. 마지막 숨을 거두어 가려고 그의 머리맡을 지키고 앉아 있던 죽음도 덩달아 놀라 저만치 달아난다.

# 26

"여보, 그 여자가 내 아기를 훔쳐갔어요…… 그 여자요…… 그 여자는 바라바시강에 자기 아기를 버렸어요…… 개구리들이 극성스럽게 울더니 사흘 내내 비가 내렸어요. 불어난 강물이 범람해 강기슭에 심은 옥수수들과 오두막을 쓸어갔어요. 그날 노루엉덩이고개에는 번개가 쳤지요. 그 고개 너머에 할아버지와 할머니가 살고 계시다고, 아버지는 언니들과 내게 말씀하시곤 했어요. 고향집 마루 끝에 깨금발로 서서 바라보면 손에 잡힐 듯 가까워 보이지만 반나절을 꼬박 걸어가야 닿는 먼 고개였지요. 어느 날 아버지가 날 데리고 그 고개를 찾아갔어요. 아침을 먹자마자 집을 나섰는데 해가 중천에 떠서야 그 고개에 이르렀지요. 고개 너머는 휑한 들판이었어요. 고갯마루에 있던 미루나무 아래서 아버지가 이마의 땀을 옷소매로 훔치며 말했어요. '저 지평선 너머에 할아버지, 할머니가 살고 계신다.' 그 여자가 바라바시강에 아기를 버리던 날, 콩

밭이 비에 쓸려가지나 않았나 둘러보러 갔던 아버지가 비 맞은 생쥐 꼴을 하고 마당에 들어서며 어머니에게 말했어요. '강씨 마누라가 강 쪽으로 내려가는 걸 봤어.' '그래요? 배를 보니까 당장 애가 나올 것 같던데…….' 강씨는 어머니의 먼 친척이었어요. 그는 대마 장사꾼이었지요. 조선인들이 러시아 땅에서 키운 대마를 사들여 소가 끄는 수레에 싣고 국경 너머 중국에 내다팔았어요. 번개가 치더니 노루엉덩이고개 미루나무가 두 쪽으로 갈라졌어요. 비는 나흘을 더 내리고 나서야 그쳤어요. 언니들과 나는 강가에 놀러 갔다 그 여자를 봤어요. 긴 머리를 풀어헤치고 강둑에 서서 불어난 강물을 들여다보고 있었어요. 터질 듯 불러 있던 그 여자의 배가 반으로 쪼그라들어 있었어요. 얼마 뒤 그 여자가 아기를 바라바시강에 버렸다는 소문이 마을에 돌았어요. 마을 여자들이 탈곡장 앞에 모여 수군거렸어요. '아기 얼굴이 마처럼 희었어.' '아기를 봤어요?' '아기 울음소리가 들려서 방문을 열어봤지. 탯줄을 자르고 있던 여편네가 놀라서는 양수에 흥건히 젖은 치마로 아기 얼굴을 감추더군요.' '바라바시강에 아기를 버렸다지요.' 대마를 팔러갔던 강씨가 돌아온 날 밤, 나는 그 여자의 비명 소리를 들었어요. 고라니 울음소리 같던 비명 소리는 날이 밝도록 들려왔어요. 그리고 얼마 후 그 여자가 미쳤다는 소문이 돌았어요…… 마을에서 돌 지난 아기가 사라진 건 1년쯤 지나서였어요. 아기 엄마가 밭 두 고랑을 매는 사이에, 바구니 속 젖을 먹고 곤히 잠들었던 아기가 없어졌다고 했어요. 마을 여자들이 말했어요. '들개가 물어갔을까?' '바구니에서 기어나와 강물로 들어갔을까?' 그날 나는 아기를 안고 강가 버드나무 아래 앉아 있는 그 여자를 보았어요. 그 여자가 날 보고는 누런 이를 드러내고 웃었어요. 그녀의 물 찬 배 같던 젖가슴이 저고리 섶 밖으로 흘러나와 있었어요. 강물로 늘어뜨린 가지들을 흐느적흐느적 흔드는 버드나무에 까마귀가 날아들었어요…… 그날 이후로 그 여자와 아기를 마을 어디서도 볼 수 없었어요…… 여보, 그 여자가 우리 아기를 훔쳐간 거예요……."

## 27

소덕이 열차에서 내내 깔고 앉아 있던 담요를 두 손으로 움켜잡고 고통스러워하던 금실은 그것에 얼굴을 파묻고 흐느낀다. 샐쭉이 뜬 눈으로 열차 안을 둘러보던 들숙이 몸을 일으킨다. 저린 다리를 절룩이며 금실 뒤로 가서 서더니, 그녀의 머리에 헐렁하게 걸쳐져 있는 머릿수건을 푼다. 금실이 소스라치며 얼굴을 든다.

"땋은 머리가 다 풀어졌네……."

들숙은 금실의 머리카락에 묻은 건초 부스러기들을 손으로 떼어낸다.

"아, 아주머니……."

열차에 실린 뒤로 감지 못한 금실의 머리카락에 서캐와 이가 들끓는다.

"나 처녀 때만큼이나 머리숱이 많네."

"아, 아주머니……."

들숙이 금실 뒤에 자리를 잡고 앉는다.

"소싯적에는 머리숱이 감당이 안 될 정도였어. 숲속에서 산딸기를 따 먹고 있는 날 누가 보았다면 털북숭이 짐승으로 착각했을 거야. 담비 사냥꾼인 내 아버지는 자신은 변발을 하고 다니면서 나는 머리카락을 자르지 못하게 했어. 태어나 한 번도 자르지 않아서 열다섯 살 무렵에는 머리카락이 무릎까지 자랐어. 아버지는 밤마다 나무를 깎아 만든 빗으로 내 머리카락을 빗겨주셨지. 날이 밝으면 강에서 떠온 차갑고 맑은 물로 내 얼굴을 씻기고 머리카락을 땋아주셨어……."

들숙은 손가락으로 금실의 머리카락을 쓸어내린다.

"아주머니…… 나는 심장이 터질 것 같아요."

"뱃속 아기를 생각해."

들숙은 아나똘리가 자신의 머리카락을 빗기던 빗으로 금실의 머리카락을 빗기기 시작한다.

"머리카락이 흑단 같네……."

"아주머니, 나는 검은 머리카락이 싫었어요…… 그래서 가위로 머리카락을 자른 적도 있지요. 나는 검은색은 나쁜 거라고 생각했어요. 빨간 사과가 썩으면 검은색을 띠지요. 꽃들도 짓무르면 검은색을 띠고요. 검은 까마귀가 울면 사람이 죽어요. 러시아 여자들은 부모가 죽으면 검은 옷을 입지요. 죽음, 그늘, 부패, 썩은 웅덩이, 썩은 잎, 곰팡이, 그림자, 불 탄 나무, 불탄 집, 그믐밤……."

"그믐밤이 있으니까 보름밤이 있는 거야. 검은색이 있으니까 흰색이 있는 거고. 잎이 썩으면 거름이 되지."

"나는 러시아 여자들의 밝은 머리카락이 부러웠어요. 나는 어려서부터 겁이 많았어요. 잘 울고, 잘 놀라고, 잘…… 어머니에게 나는 순하고 착한 딸이었어요. 나 자신도 그런 줄 알았지요. 내게 무서운 데가 있다는 걸 깨달은 건 열일곱 살 먹어서예요. 거울 속 가위로 머리카락을 자르고 있는 날 보았지요. 거울 속 나는 목이 휑하게 드러나도록 머리카락을 자르고 잘랐어요. 가위에 머리카락이 잘리는 소리가 내 귓가에 극성스런 벌레 울음소리처럼 떠돌았지요. 잘린 머리카락이 내 다리를 덮었어요. 그날 이후로 나는 나 자신이 낯설고 무서울 때가 종종 있어요."

"요즘 젊은 여자들은 머리카락을 잘도 자르더군. 머리카락이 너무 길긴 했군. 조금 자르면 낫겠어. 머리카락이 너무 무거워도 힘이 드니까."

"아주머니, 하지만 나는 머리카락을 자를 수 없어요."

"어째서?"

"남편이 장사를 떠났거든요."

"그렇군…… 그래서 같이 못 온 거야?"

"내 남편은 보따리장사꾼이지요."

"쯧쯧, 떠도는 사내를 남편으로 두었군."

"네…… 내 남편은 철새 같은 남자지요. 집을 떠나 국경 너머 먼 땅까지 날아갔다 날아오지요. 그이가 돌아올 때까지 나는 머리카락을 자를 수 없어요. 괜히 머리카락을 잘랐다 남편에게 흉한 일이라도 생기면 안 되니까요. 남편이 장사를 떠나면 나는 개미나 거미도 함부로 죽이지 않지요. 나뭇잎도 안 찢고, 썩은 가지도 부러뜨리지 않지요. 나쁜 생각도 안 하고, 나쁜 마음도 안 가지려고 애쓰지요."

"조심하는 건 좋은 거야. 가만 보자…… 내 계산이 맞는다면 글피가 그믐이군. 담비 사냥꾼인 내 아버지는 그믐밤에 사냥을 나가곤 하셨지. 동틀 녘이 돼서야 노루를 들쳐업고 돌아오시곤 했어."

"아주머니, 나는 남편과 생이별을 할까봐 겁이 나요."

"네 남편은 살아 있지?"

"그럼요, 그이는 살아 있어요."

"살아 있으면 만나게 돼 있어."

"살아 있으면요?"

"그게 언제가 될지 몰라서 그렇지, 살아 있으면 언젠가는 만나게 돼 있어."

"아, 언젠가는요……?" 금실은 주먹으로 가슴을 친다.

"그게 언제가 될지 몰라서 그렇지 언젠가는……."

들숙은 고개를 든다. 창문을 막은 양철 조각 새에 고인 배꽃빛 달빛을 응시하며 쓸쓸히 웃는다.

## 28

그믐밤이다.

황 노인이 번쩍 찢듯 눈을 뜬다.

"지혜로 땅을 세웠다……."

"땅은 슬퍼하는 자들을 불쌍히 여긴대요."

"우리를 위한 땅이 있겠지요."

"땅이 있어야 벼를 심으니까요."

"벼를 심어야 밥을 먹고요."

"밥을 먹어야 사랑도 하지요."

"아빠, 집에 촛불을 켜야 해요. 오늘 밤도 촛불을 켜지 않으면 집은 동굴이 될 거예요. 그럼 굴뚝으로 박쥐들이 날아들겠지요.

아빠에게 용서를 빌러 집에 돌아온 큰오빠를 박쥐들이 쫓아버릴 거예요."

"아나똘리?"

"아나똘리, 거기 있는 거냐?"

"아나똘리?"

"여보, 또 그 꿈을 꿨어요. 러시아 경찰들이 몰려와 날 트럭에 실었어요. 죽어야 꿈도 끝나겠지요."

"여보, 뭘 찾아요?"

"엄마, 난 어디서 왔어요?"

"아나똘리?"

"내 밭에 씨를 뿌리며 백수를 맞는 게 소원이었어. 아내는 사냥해 잡은 토끼를 요리하고, 큰아들은 돼지우리를 손보고, 작은아들은 강에 잉어를 잡으러 가고…… 내 집 지붕으로 새들이 날아드는 걸 보며……."

"아빠, 집에 촛불을 켜야 해요."

"여보…… 우리 아기는 어디로 갔을까요? 하나님은 어째서 아기를 우리에게 보냈을까요. 이름도 지어주기 전에 데려가버릴 거면서 말이에요…… 여보, 난 거짓말을 했어요…… 난 뒤돌아봤어요. 들깨밭을 달려가다 고개를 돌리는 바람에 발을 곱디뎌 아기를 떨어뜨릴 뻔했지요…… 난 뒤돌아보지 않으려고 했어요. 하지만 고개가 저절로 홀짝 들렸어요. 난 소금기둥이 되지 않았어요…… 난 속으로 생각했지요. '아, 하나님이 딴눈을 파셨나보네.' 여보, 난 당신에게 묻고 싶었어요. 왜 뒤돌아보면 안 되는지 말이에요…… 저 뒤에 모든 게 다 있는데, 내가 사랑을 주었던 모든 게 다 있는데…… 깜둥이도, 사과나무도, 참새들도, 우물도…… 난 내 손길이 닿는 모든 것에 사랑을 줬어요. 마당에 굴러다니는 돌멩이에도요……."

"아나똘리?"

"내 아들, 거기 있는 거냐?"

"아, 살아 있을 때 복을!"

"실, 바늘, 달걀 다섯 개, 설탕 100그램, 비누 한 개, 멀쩡한 접시……."

“여보, 뭘 찾아요?”

“엄마, 우리는 들개가 되는 거예요?”

“아저씨, 노래를 불러줘요. 내 뱃속 아기가 듣게 노래를 불러줘요.”

“여보, 노래를 불러요.”

세상 만물이 돌아가고 돌아가고 쉼 없이 돌아가네요.
이만하면 다 돌아갔겠지 싶었는데 아직이네요.
돌아가고 돌아가도 도무지 끝이 없네요.
만물 중 하나인 당신에게 묻고 싶어요, 당신은 어느 곳으로 돌아가시려나요.*

* 서경덕(1489~1546)의 한시 〈유물음(有物吟)〉 변형 인용.

# 3부

# 29

땅 위로 뿌리가 들리듯 금실의 몸이 들려진다. 그녀는 조용히 타오르고 있는 촛불을 체념 어린 눈길로 응시하다 자신의 땅굴집을 둘러본다. 지난겨울 그녀는 구덩이를 파고, 갈대로 엮은 멍석으로 그 위를 덮어 땅굴집을 지었다. 집이 완성되었을 때 그녀의 손톱 여섯 개가 빠져 있었다. 판판하게 다진 흙마루 위에 늘어놓은 그릇들—녹슬고 우그러진 양철 주전자, 양철 냄비, 나무 주걱, 등유 한 방울 없는 램프, 양철 상자, 갈대로 짠 바구니, 날이 녹슬고 휘어진 식칼.

그녀는 놋수저가 꽂혀 있는 양철 그릇을 물끄러미 들여다본다. 비었다는 걸 알면서도 자꾸만 눈길이 간다. 가장자리가 눌리고 여기저기 긁힌 양철 그릇은 씻은 듯 깨끗하다.

들판에서 들려오는 자칼들의 울음소리에 그녀의 어깨가 저절로 오그라든다. 지난봄, 그녀는 마을의 아이를 자칼이 물어갔다는 소문을 들었다. 들판에 부는 바람 소리는 보리를 베는 낫질 소리 같다. 갈대로 엮어서 짠 문이 들썩거린다. 잠에서 깨어난 아기가 칭얼거린다. 그녀는 아기를 품에 안고 저고리 섶을 풀어헤친다. 젖은 메말라 한 방울도 나오지 않는다. 배가 고픈 아기는 젖가슴을 통째로 빨아 삼킬 듯 세차게 젖꼭지를 빤다. 그녀는 두꺼비만 한 보리빵 한 덩이로 사흘을 버텼다. 양을 불리려 조금씩 떼어 들에서 뜯은 낯선 야생풀과 함께 죽을 쑤어 먹었다. 쥐가 갉아먹은 듯 잎이 뾰족뾰족하고 질긴 야생풀에는 민들레처럼 노란 꽃이 매달려 있었다. 피어나기 전부터 강렬한 햇빛과 건조한 모래바람에 시달린 꽃은 애늙은이처럼 지치고 슬퍼 보였다. 그녀는 꽃을 떼어내버리고 뿌리와 잎만 씻어 죽에 넣었다. 약초들이 대개 그렇듯 풀은 쌉싸름한 맛이 났다.

금실은 아기의 이마에 입술을 대고 속삭인다. '내 아기, 먹을 복이 있어서 평생 배불리 먹고 살아라…….'

작년 가을 페르바야 레치카 역을 떠난 열차는 겨울이 돼서야 최종 목적지에 도착했다. 열차에서 내린 그녀의 눈에 들어오는 것은 싸락눈 덮인 구릉과 시든 갈대밭뿐이었다. 트럭 수십 대가 기다리고 있다 열차에서 내린 조선인들을 나누어 싣고 사방으로 흩어져 갔다. 그녀는 친정아버지와 올가를 만나지 못했다. 그녀가 얼떨결에 올라탄 트럭에는 황 노인 가족이 타고 있었다. 트럭은 태양을 등지고 나무 한 그루 보이지 않는 모래벌판을 달려갔다. 모래바람 속에 사람들을 부려놓고 황급히 떠났다. 모든 게 준비돼 있다는 말은 거짓이었다. 그곳엔 집도, 가축도, 농기구도 없었다. "아, 죽으라고 우리를 모래땅에 데려다놓았구나!" 들숙이 퍼질러 앉아 통곡했다. 자신이 버려진 땅이 기근과 전염병으로 수백 명이 죽은 땅이라는 걸, 콜호스에 반대하던 농부들이 자신이 키우던 가축들을 무자비하게 도살한 땅이라는 걸, 금실은 이듬해 봄이 돼서야 알았다.

원주민 여자가 주고 간 염소젖과 빵이 아니었으면 그녀와 뱃속 아기는 굶어 죽었을 것이다. 그녀가 노랗게 타오르는 태양 아래서 굶어 죽어가고 있을 때 구릉 위로 한 여자가 나타났다. 검은 천으로 얼굴을 가린 여자는 어린 당나귀를 끌며 그녀 곁으로 다가왔다. 몸에도 검은 천을 두른 여자는 비쩍 말라 불에 탄 나무 같았다. 여자는 벌침을 쏘는 것 같은 눈빛으로 그녀를 내려다보며 러시아 말로 물었다.

"너희는 무슨 죄를 지어서 사막에 버려졌지?"

혀가 달팽이 집처럼 말려들어서 그녀는 입을 몇 번이나 벙긋거린 뒤에야 겨우 목소리를 낼 수 있었다.

"죄를 지었지요……"

그녀는 자신이 조선말과 러시아 말 중 어느 말로 말하고 있는지 분간이 안 갈 만큼 의식이 혼미했다.

"사람이라도 죽인 거야?"

"아니요……."

"남의 집 송아지라도 훔쳤어?"

"아니요……."

여자는 하늘을 올려다보았다. 매처럼 큰 새가 땅을 굽어살피며 유유히 날아갔다.

"부정한 짓이라도 저지른 거야?"

그녀는 고개를 흔들었다.

"그럼 무슨 죄를 저질렀을까?" 여자는 당나귀의 머리를 쓰다듬으며 금실이 아니라 자기 자신에게 물었다.

"따뜻할 때 먹어."

여자는 염소젖이 든 양철통과 담요에 싼 빵을 그녀 앞에 놓아주고 돌아섰다. 여자가 당나귀와 함께 구릉 너머로 사라지고 나서야 그녀는 자신이 지은 죄가 뭔지 깨달았다. 따냐의 죽은 아기가 달리는 열차 밖으로 던져질 때, 그녀는 자신의 뱃속 아기가 살아 있는 것에 안도했다.

염소젖과 빵을 먹고 간신히 기운을 차린 금실은 갈대밭에 들어가 아기를 낳았다. 들척지근하고 시큼한 양수 냄새가 갈대밭에 퍼질 즈음 하늘에 노을이 번져왔다.

•

요셉 부부는 금실의 땅굴집에서 5리쯤 떨어진 곳에 그들만의 땅굴집을 짓고 살고 있다. 그녀는 닷새 전 아기를 들쳐업고 마을에 구걸하러 갔다 요셉을 우연히 만났다. 구불거리는 머리카락이 목덜미를 덮을 만큼 자라 산양을 떠올리게 하던 그는, 쓰레기더미를 신중히 뒤지고 있었다. 달걀 껍데기, 부패한 음식물 찌꺼기, 머리카락 뭉치, 양초 부스러기 뭉치, 깨진 유리병 조각 등이 뒤섞인 쓰레기더미에서 그가 감자 껍질을 들어올리는 걸, 천이 해져 깃털처럼 일어난 바지 주머니 속에 집어넣는 걸 그녀는 유심히 지켜보았다. 그는 고개를 비틀듯 들어 하늘을 올려다본 뒤 도축장 쪽으로 느릿

느릿 걸어갔다. 얼마나 느리게 걷는지, 떡갈나무 껍질 같아진 구두가 매달려 있는 발로 땅을 통째로 끌면서 걸어가는 것 같았다. 도축장 앞에서 다시 만난 그에게 그녀는 조선말로 물었다.

"당신 아내는 잘 있나요?"

그가 고개를 갸웃거려서 그녀는 러시아 말로 다시 물었다.

"따냐 말이에요. 그녀는 어떻게 지내나요?"

"따냐는 다시 아기를 가졌답니다."

그는 러시아 말이 아닌 조선말로 대답하고 금실의 등에 얼굴을 파묻고 잠든 아기를 쳐다보았다.

"네, 그녀는 다시 아기를 가졌답니다." 그는 러시아 말로 중얼거리고는 가축을 도축할 때 튄 피로 울긋불긋 얼룩진 울짱에 눈길을 주었다. 마당에 돋은 잡풀들은 가축의 피를 뒤집어쓰고 꽃 흉내를 내고 있었다. 까만 씨를 빼곡하게 품은 해바라기가 울짱 끝에 구부정히 서 있었다.

"소식 들었나요? 황 노인이 낙타젖을 먹고 설사병이 나 죽었다더군요." 요셉은 러시아 말과 조선말을 섞어 말했다.

"원주민에게 얻은 말젖을 먹고 죽은 사내아이를 봤어요."

"인간은 어쩌다 낙타젖까지 빼앗아 먹게 됐을까요?"

"굶어 죽지 않으려고요."

"서른 명은 죽었을 거라고 하더군요."

버려진 땅에서 첫 겨울을 나는 동안 사람들은 굶어 죽거나 얼어 죽었다. 괘종시계를 등에 혹처럼 매달고 다니던 사내는 지난 봄 독사에 물려 죽었다. 괘종시계는 그의 홀로 남겨진 아내의 등에 매달려 있다.

"당신 아내가 다시 아기를 가져서 너무 다행이에요…… 이곳이 아이들이 자랄 수 있는 땅이니까 하나님이 그녀에게 또 아기를 주었겠지요……."

"불모지 같은 이 땅에서 수천 년 대를 이어가며 살고 있는 사람들이 있으니까요." 요셉은 씁쓸히 웃고는 그녀에게서 돌아섰다.

그의 바지 주머니 밖으로 삐죽 나온 감자 껍질에 눈길을 주며 그녀는 생각했다. '오늘 저녁 감자 껍질로 수프를 끓여 아내에게 먹이겠구나.'

화가 난 아기가 맹렬히 젖꼭지를 물어뜯지만 젖이 한 방울도 나오지 않는다. 내일 그녀는 아기를 등에 둘러업고 마을에 먹을 걸 구걸하러 갈 것이다.

갈대를 엮어서 짠 문이 덜컥 열리더니 검고 커다란 그림자가 들어선다. 촛불이 불안하게 흔들린다.

"……아, 당신이에요?"

"날 기억하겠습니까?"

그 사내다. 그녀는 갈대밭에서 그를 마지막으로 보았다. 그때 그녀의 품에는 갈대밭에서 낳은 아기가 안겨 있었다.

그녀는 아기에게 물렸던 젖가슴을 내놓고 인설을 쏘아본다.

"나는 혼자입니다. 아내도 없고, 자식도 없지요."

그제야 그녀는 앞섶을 만지작거려 젖가슴을 가린다.

"하지만 나는 남편이 있어요."

"오리를 가져왔어요."

인설이 손에 든 자루를 땅바닥에 툭 소리 나게 내려놓는다. 젖을 한 방울도 못 얻어먹은 아기가 발길질을 하며 신경질을 부린다.

"마을 사내들에게 쫓기는 조선 사내를 보았어요. 달아나던 조선 사내는 파종이 끝난 수수밭에서 남자들에게 붙들려 얼굴이 피투성이가 되도록 맞았어요. 염소를 훔쳤다더군요. 그에게는 아이가 넷이나 있어요. 그 사내가 얼마나 착한 사람인지 나는 누구보다 잘 알아요. 이 집 갈대 지붕도 그가 짜준 거지요."

"나는 그 오리를 정당히 얻었지요."

"하늘에 달이 떴나요?"

인설이 고개를 흔든다. 그의 외투에서 무엇인가가 굴러떨어져 그녀의 발 앞까지 굴러온다. 황소 눈알만 한 금색 단추다. 그녀는 손을 뻗어 단추를 집어든다.

"외투를 벗어서 내게 주어요. 내게 바늘과 실이 있어요. 떨어진 단추를 달아줄게요."

인설이 외투를 벗는다. 망설이다 그것이 사냥해 잡은 짐승이라도 되는 듯 금실 앞에 풀석 내려놓는다.

떠도는 땅

1판 1쇄 발행 2020년 4월 27일
1판 7쇄 발행 2024년 11월 11일

지은이 · 김숨
펴낸이 · 주연선

총괄이사 · 이진희
책임편집 · 김서해
표지 및 본문 디자인 · 손주영
책임마케팅 · 이선행
마케팅 · 장병수 김진겸 강원모
관리 · 김두만 유효정 박초희

**(주)은행나무**
04035 서울특별시 마포구 양화로11길 54
전화 · 02)3143-0651~3 | 팩스 · 02)3143-0654
신고번호 · 제 1997—000168호(1997. 12. 12)
www.ehbook.co.kr
ehbook@ehbook.co.kr

ISBN 979-11-90492-52-2 03810